dtv
premium

VALENTINA D'URBANO

MIT ZWANZIG HAT MAN KEIN KLEID FÜR EINE BEERDIGUNG

ROMAN

Aus dem Italienischen von
Constanze Neumann

Deutscher Taschenbuch Verlag

MIX
Papier aus verantwortungsvollen Quellen
FSC® C013736
FSC
www.fsc.org

Deutsche Erstausgabe 2014
Deutscher Taschenbuch Verlag GmbH & Co. KG,
München

Titel der italienischen Originalausgabe:
›Il Rumore dei tuoi passi‹
(Longanesi 2012)

Umschlagkonzept: Balk & Brumshagen
Umschlaggestaltung: glanegger.com, München,
unter Verwendung eines Fotos von
Christoforos Mechanezidis
(www.stolenmoments.de)
Satz: Greiner & Reichel, Köln
Gesetzt aus der Stempel Garamond 10/14˙
Druck und Bindung: Kösel, Krugzell
Gedruckt auf säurefreiem, chlorfrei gebleichtem Papier
Printed in Germany · ISBN 978-3-423-24999-7

Auch die Ärmsten der Armen
brauchen eine Geschichte

1

24. Juni 1987

Für sie waren wir die Zwillinge.

Sie sagten, wir würden gleich aussehen, auch wenn wir uns überhaupt nicht ähnelten.

Sie sagten, weil wir immer zusammen waren, würden wir uns gleichen wie ein Ei dem anderen.

Ich ging über den Platz vor der Kirche.

Die weißen Kieselsteinchen rutschten mir in die Sandalen und taten mir an den Füßen weh. Aber ich achtete nicht darauf, sondern ging weiter, um in den Schatten zu kommen.

Von weitem sieht die Kirche des Viertels wie ein riesiger grauer Quader aus, der irgendwie zwischen den Häusern klemmt. Als hätte man ihn da hineingerammt, mit Gewalt in ein Loch gedrückt, in das er eigentlich nicht passt. Aber nun steht die Kirche schon seit Jahren dort, und aus der Nähe sieht man, was sie eigentlich ist: fünfzehn Meter Zement und kleine Fenster, die von außen schwarz aussehen, ein schweres Portal und auf der Spitze ein schiefes, verrostetes Kreuz, das nur durch ein Wunder noch da oben ist.

Sie wird Pagode genannt.

Alles hier hat einen Spitznamen. Aus der Kirche ist die Pagode geworden. Aus dem Viertel La Fortezza, die Festung.

Wir waren die Zwillinge.

Auch heute habe ich gehört, dass sie uns so nannten.

Es waren viele gekommen, ganz viele, und alle flüsterten dasselbe. Ich drehte mich nicht um, sondern ging langsam über den glänzenden Boden der Kirche weiter, und die Menge teilte sich, um mich durchzulassen. Alle schauten mich an, aber heimlich, es gehört sich nicht, das offen zu tun.

Ich kam mir wichtig vor, im Zentrum der Welt, und es ist absurd, dass mir das ausgerechnet hier passieren musste. Ich spürte, wie alle Augen auf mich gerichtet waren, und alle hatten sie den blöden Gesichtsausdruck, den man hat, wenn man nicht weiß, was man machen soll.

»Keine Sorge«, hätte ich gern gesagt, »das weiß nie jemand.«

Ich legte eine Sonnenblume auf den Sarg und beugte mich hinunter, um das Holz dort zu küssen, wo sein Kopf sein musste.

So langsam, wie ich gekommen war, ging ich wieder raus aus der Kirche.

Vom Kirchplatz aus hat die Sonnenblume so wuchtig ausgesehen, als würde sie alles andere überdecken.

Sie nannten uns die Zwillinge, keine Ahnung, wie sie mich in Zukunft nennen. Vielleicht benutzen sie ab jetzt meinen richtigen Namen.

Ich heiße Beatrice. Der Name ist was Besonderes und hier nicht üblich.

Meine Mutter hatte den Namen im Fernsehen gehört, in einer Sendung, in der es um eine Prinzessin ging, und wollte mich so nennen. Vielleicht gefiel ihr das mit der Prinzessin, keine Ahnung, ich habe nie gefragt.

Heute ist ein schöner Tag, noch ist der Himmel über La Fortezza blau.

Ich bin zurück in die Kirche gegangen und bis zum Schluss in der vordersten Reihe sitzen geblieben. Ich habe der Messe zugehört, bin in den richtigen Momenten aufgestanden und habe so getan, als würde ich wie alle anderen beten, als wäre alles okay und als wäre ich nicht total am Ende, eigentlich fielen mir die Augen zu und mir war speiübel.

Ich hab sogar so getan, als wäre mir diese ganze lächerliche Vorstellung wichtig, die Blumensträuße am Sarg, die vollgestopfte Kirche.

Damit alle zufrieden waren, hatte ich die Mundwinkel zu etwas angehoben, das wie ein trauriges Lächeln aussehen sollte, und tat so, als würden die Floskeln und peinlichen Umarmungen mir was bedeuten.

Don Antonio sagte, dass er ein guter Junge war, bei allen beliebt, dass wir für seine Seele beten sollten, Sorgen brauchten wir uns nicht um ihn zu machen, denn wenn der Herr einen so jungen Menschen zu sich ruft, dann, weil er ihn besonders liebt und im Himmelreich haben will.

Aber ich konnte mich noch so anstrengen, ich sah Alfredo einfach nicht im Himmel.

Der Pfarrer redete weiter über ihn, als hätte er ihn schon immer gekannt, als hätte er ihn gestern noch gesehen. Er sagte noch mal, wie freundlich er war. Ein netter Junge. Herzensgut. Der sicher in den letzten Augenblicken seines Lebens an seine Familie und an die Menschen gedacht hat, die ihn liebten.

Ich hätte vor Wut ausrasten können bei diesem Gerede.

Ich weiß, dass Alfredo nicht gut war, dass ihn niemand geliebt hat. Denn wenn du jemanden hast, der dich liebt, ist es unmöglich, allein wie ein Hund zu verrecken.

Wenn du jemanden hast, der dich liebt, hast du eine Chance durchzukommen.

Ich weiß nur, dass Alfredo ein Idiot war. Ein Schwachkopf, von Anfang bis Ende, sein ganzes Leben lang. Der hat an nichts gedacht, als er krepiert ist, wahrscheinlich hat er es nicht mal mitbekommen.

Er hat nie was mitbekommen, Alfredo rutschte einfach immer in alles rein. Er war eine Heulsuse, ein Schlägertyp mit Rotznase, einer von denen, die du ohrfeigen willst, sobald du sie siehst, einer von denen, die dir auf die Nerven gehen, einfach nur weil sie da sind. Ich konnte diesen Alfredo nicht ausstehen.

Und ich hatte ihn lieb, mehr als ich je gedacht hätte. Jetzt weiß ich das.

Ich gehe weg. Heute Abend gehe ich weg aus La Fortezza. Dieser Ort aus verfallenen Häusern und staubigen Straßen mit altem löchrigem Asphalt ist zum Kotzen. Sie haben ihm einen alten, poetischen Namen verpasst, aber hier ist nichts vornehm. Wir brauchen keine Festung. Wir müssen uns gegen uns selbst verteidigen, und da sind Mauern völlig überflüssig.

Alfredo hat gesagt, dass wir uns fügen müssten und dass es besser wäre, sich zufriedenzugeben, dass das Leben hier wäre wie der Sturz in einen Trichter, du wirst reingesogen und kommst nie mehr raus. Er hat sich geirrt. Ich kann auch draußen leben, ich will jemand anderer sein, irgend jemand anderer. Hauptsache jemand anderer als jetzt.

Ich will nicht, dass sich der abgestandene Geruch der dunklen Hausflure an mich heftet, ich will nicht den Dreck dieser Straßen einatmen, ich bleibe nicht hier, um die weißen Häuser anzustarren, mit ihren illegalen Antennen, die aussehen wie Spieße, Häuser, von denen sich der Putz löst, abbröckelt und zerfällt wie manche Leben.

Ich will nicht sein fehlendes Stück sein. Ich will nicht nur diesein, die ihn überlebt hat.

Und ich weiß, dass er mir fehlen wird, auch wenn ich es nie schaffen werde, das zuzugeben. Ich werde so tun, als wäre nichts, ich werde so tun, als hätten diese Jahre keine Spuren hinterlassen, ich werde so tun, als hätte ich sie vergessen oder nie erlebt.

Heute Abend gehe ich weg, ich breche alle Brücken hinter mir ab und will alles vergessen, sein Gesicht, seine Stimme, den Ort, wo er gelebt hat und wo ich lebe. Ich will auch meine Straße vergessen. Ich werde lernen, mir den Namen einer anderen Straße zu merken, so weit weg von hier wie möglich. Ich will alles vergessen und nie wieder zurückkommen. Ich lasse Stücke von mir hier, und ich werde nicht einmal die Scherben einsammeln, die ich unterwegs verliere. Es ist mir lieber so. Ich bin zufrieden damit, wie ich bin, kaputt, angeschlagen, nur halb lebendig.

Als ich aus der Kirche ging, kam Arianna zu mir. Ich sah, wie sie sich aus der kleinen Menge um den Sarg löste und auf mich zusteuerte. Sie trug ein schwarzes Kleid, das ich nie an ihr gesehen hatte. Es war ihr zu groß, man sah, dass es nicht ihrs war, dass sie es ausgeliehen hatte. Ich habe nichts zu dem Kleid gesagt, dass sie da zehnmal reinpasst. Mit zwanzig hat man kein Kleid für eine Beerdigung, man leiht es sich.

Sie kam zu mir, in der Hand ein Sträußchen mit weißen Blumen, die welk und mickerig aussahen. Alfredo hätte gelacht, er mochte keine Blumen.

Ich mag sie schon, vor allem Sonnenblumen. Deshalb habe ich eine auf den Sarg gelegt. Denn im Grunde genommen war es auch meine Beerdigung.

Ariannas Augen waren rot und geschwollen. Sie hatte die ganze Messe lang geweint und nicht einen Augenblick aufgehört.

Ich habe nicht geweint. Ich habe keine einzige Träne vergossen. Es gibt nichts zu weinen.

»Beatrice, es ist nicht deine Schuld«, sagte sie, den Blick auf die Schuhspitzen gerichtet.

»Nein, ist es nicht. Es ist alles seine Schuld.«

Ich schaute wieder in die volle Kirche.

Im kühlen Halbdunkel wurde Alfredos Sarg von sechs Männern auf die Schultern gehoben.

Sechs Männer für einen Dummkopf, der gerade mal fünfzig Kilo gewogen hat.

Ich drehte mich um und ging weg ohne zurückzuschauen. Es war nicht meine Schuld, dass er gestorben ist. Es hat nichts mit mir zu tun.

Das ist das Einzige, was ich weiß, das Einzige, was ich nicht vergessen will.

2

Als ich klein war, habe ich mich viel gelangweilt. Besonders im Sommer, wenn es zu heiß war, um irgendwas zu tun und im Fernsehen nur Wiederholungen liefen.

In La Fortezza gab es nichts zu tun. Mitte Juni machten die Schulen dicht, und wir Kinder hatten nichts zu tun und wussten nicht, wie wir die Zeit totschlagen sollten. Hausaufgaben machen kam nicht infrage, und Urlaub am Meer war ein Traum, den wir uns nicht leisten konnten.

Das war nicht so schlimm; die meisten von uns hatten das Meer nie zu Gesicht bekommen, und im Viertel fuhr sowieso niemand in Urlaub. Reisen war was für Reiche.

Mein Bruder Francesco und ich verbrachten die Tage damit, mit unseren Schulkameraden in Sonne und Staub zwischen den Gebäuden herumzutoben. Wir spielten Verstecken, Fangen, prügelten uns. Unsere Eltern waren nie da, und wir konnten uns ungehindert balgen. Bei Sonnenuntergang gingen wir nach Hause, voller blauer Flecken und zerkratzt, mit dreckigen Klamotten und roten, verschwitzten Gesichtern.

Abends, wenn es besonders heiß war und man es in der Wohnung nicht aushielt, deckte meine Mutter den Tisch auf dem Balkon, stellte uns Cola hin, zündete Kerzen an, um die Mücken zu vertreiben, und legte die Tischdecke aus Plastik auf, jeden Sommer dieselbe, eine mit Zitronen drauf. Auch wenn wir kaum um den Tisch passten, freuten wir uns. Für uns war das wie richtiger Urlaub. Mein Vater lächelte und sagte, dass er im Jahr darauf mit uns ans Meer fahren würde. Das versprach er jedes Jahr. Aber wir waren trotzdem glücklich, wir waren zufrieden mit seinen Versprechen, sie reichten uns.

In dem Sommer, als ich Alfredo kennenlernte, war ich acht Jahre alt. Meine Eltern hatten Saisonarbeit bei einer Firma am anderen Ende der Stadt gefunden. Mein Vater arbeitete als Parkplatzwächter, und meine Mutter putzte. Sie gingen morgens früh aus dem Haus und kamen abends zurück, ich sah sie fast nie.

Mein Bruder und ich durften die Wohnung nicht verlassen. Wir mussten sie besetzt halten, weil das Risiko bestand, dass sie weg war, wenn niemand zu Hause war. Irgendwer hätte das Schloss aufbrechen, reinkommen und unser Zeug vom Balkon werfen können. Das war vorgekommen. Irgendwer besetzte die Wohnung, und man konnte nichts dagegen tun. Von einem Tag auf den anderen saß man auf der Straße. Man konnte nicht mal die Carabinieri rufen, aus zwei Gründen: einmal, weil die Streifenwagen nicht nach La Fortezza kamen. Und dann, weil uns die Wohnung nicht gehörte. Auch wir hatten, wie alle Bewohner des Viertels, unsere Wohnung besetzt.

Das war viel früher passiert, als die Häuser neu waren und noch niemand darin wohnte. Die Wohnungen hatten zum Verkauf gestanden und waren alle leer gewesen. Wir haben niemanden verjagt, wir haben keiner anderen Familie das Dach über dem Kopf weggenommen. Wir waren also irgendwie weniger schuldig. Aber jetzt mussten wir von früh bis spät in der Wohnung bleiben. Wir taten so, als würden wir mit Mama und Papa reden. Wir drehten das Radio laut. Wir sangen und verrückten die Stühle, wie mein Vater es uns gesagt hatte: »Macht möglichst viel Lärm, damit sie hören, dass hier Leute wohnen.«

Aber obwohl wir so viel Krach machen durften, wie wir wollten, langweilten wir uns irgendwann doch fürchterlich.

Deshalb dachte ich mir ein Spiel aus.

Es war ein Wettbewerb zwischen mir und Francesco. Abwechselnd stiegen wir die Treppe bis ins oberste Stockwerk hoch, rannten schnell wieder runter und klingelten unterwegs überall. Wir lachten über die wütenden Flüche der Nachbarn. Sie drohten uns mit Ohrfeigen oder damit, dass sie es unseren Eltern sagen würden, aber das machten sie dann doch nie, und wir wurden jeden Tag dreister, wir ließen keinen aus.

Außer eine Wohnung.

Es gab eine Tür im fünften Stock, wo wir uns nie trauten zu klingeln.

In der Wohnung direkt über unserer wohnte ein Mann, den ich nicht mochte, einer, der nie lächelte. Er war groß und hager, hatte immer dieselben Klamotten an und schielte. Es sah so aus, als würde er dich immer anstarren, seinen Blick hast du gespürt, der brannte. Und er stank. Er zog eine Alkoholfahne hinter sich her und den Gestank von Schweiß und dunklen, verkommenen Straßen, man roch ihn kilometerweit.

Er hatte drei Söhne, die ungefähr so alt waren wie wir, aber Francesco und ich hatten sie nie zu Gesicht bekommen.

Sie waren ein paar Jahre zuvor angekommen, nachts, hatten die Wohnung belegt und das Schloss ausgetauscht. Aus den Gesprächen meiner Eltern hatte ich verstanden, dass sie von außerhalb kamen, aus den Wellblechhütten, die wie Pilze am Fluss entlang aus dem Boden schossen. Dort wohnten die wirklich Armen, solche, im Vergleich zu denen wir hier in La

Fortezza noch reich waren. Wenigstens hatten wir Licht und fließend Wasser.

Die Hütten am Fluss hatten das nicht, nicht mal Klos. Sie machten ins Wasser oder gruben Löcher in den Boden. Wenn meine Mutter die Nase voll hatte von unserem Geschrei und wollte, dass wir Ruhe gaben, drohte sie uns damit, uns zu den Hütten mitzunehmen und uns dort zu lassen, und diese Drohung wirkte immer. Wir hatten Angst vor der Armut, die man da unten am Schilf sah, und deshalb hatten wir auch Angst vor den Bewohnern des fünften Stocks, die von dort kamen.

Die Kinder aus der Wohnung spielten nie mit uns. Wir hörten sie immer weinen, wir kannten ihre Stimmen und ihre Namen, aber die Gesichter, zu denen sie gehörten, sahen wir nie. Sie blieben immer in der Wohnung. Der Alte verschwand oft und ließ sie tagelang allein. Dann kam er total besoffen zurück, und das war die Hölle für die drei, er prügelte sie windelweich. Der Älteste, Massimiliano, bekam am meisten ab, aber auch der Mittlere, der Alfredo hieß, wurde nicht gerade mit Samthandschuhen angefasst. Jedes Mal, wenn der Vater ihn schlug, schrie er wie am Spieß, und manchmal konnte ich wegen dieser schrillen Schreie nicht einschlafen.

Aus den frühen Jahren in La Fortezza war ihm eine weiße Narbe geblieben, die ihm über das Gesicht lief und seine Braue teilte. Eine Erinnerung an seinen Vater aus der Nacht, in der wir uns kennenlernten, eine Nacht vor dreizehn Jahren.

Es war ein Abend im August, zum Ersticken schwül. Ich erinnere mich, dass es auf der Straße seltsam und unnatürlich still war. Hitze und Feuchtigkeit waren wie eine Glocke, die alle Geräusche dämpfte, es war keine Menschenseele unterwegs, es fuhr nicht mal ein Auto vorbei.

Ich konnte in dieser merkwürdigen Stille nicht einschlafen und lag reglos mit aufgerissenen Augen da und starrte das Fenster an, als die Schreie begannen.

Sie kamen von nirgendwoher, ganz plötzlich. Ein langgezogener Schmerzensschrei, dann Schluchzer und ein dumpfes Geräusch von Sachen, die genau über uns auf den Boden krachten, dann noch ein Schrei, aber diesmal kürzer, abgerissen. Ich bekam eine Gänsehaut.

Im Nachbarzimmer sprang meine Mutter aus dem Bett und fing auch an zu schreien.

»Vittorio!«, schrie sie. »Vittò, wach auf! Die Armen da oben, der bringt sie noch um!«

Mein Vater stand fluchend auf, und ich lief in den Flur. Ich traf ihn, während er sich die Hose zumachte und mit meiner Mutter zur Eingangstür lief. Sie bemerkten mich nicht einmal.

Auf der Treppe waren viele Leute, fast das ganze Haus. Von den Schreien geweckt waren sie aus ihren Wohnungen gekommen, die Gesichter schwer von Schlaf, ungekämmt, mit Morgenmänteln, die kaum über den schmutzigen T-Shirts und zerknitterten Schlafanzügen schlossen. Mit einem Mal drängelten und drückten sie sich auf dem schlecht erleuchteten Treppenabsatz herum, redeten durcheinander und fuchtelten mit ihren brennenden Zigaretten herum. Und der Rauch war so dicht, dass man nicht atmen konnte. Ich nutzte das Durcheinander, um ein Stockwerk höher zu steigen, ohne dass meine Eltern es merkten. Ich wollte rausfinden, was passiert war. Vielleicht hatten sie jemanden umgebracht.

Die Türen um den schmutzigen Treppenabsatz des fünften Stocks waren alle verrammelt.

In der Mitte, zusammengekrümmt auf dem Boden, lag eine Vogelscheuche von einem Kind, das sich weinend die Hände vor das Gesicht hielt. Das Erste, was ich sah, waren seine Haare. Ich dachte, sie wären rot, aber sie waren blutverklebt. Ich stand wie gelähmt da und starrte es an.

Meine Mutter, die ganz vorne in der ersten Reihe stand, war die Erste, die sich bewegte. Sie ging vorsichtig zu ihm hin und berührte es leicht an der Schulter. Das Kind rührte sich nicht, es konnte nicht mehr. Es weinte nur noch, zu Tode erschrocken, sodass auch mir die Tränen kamen.

Genauso ging es auch meiner Mutter, die dort auf dem schmutzigen Treppenabsatz allein mit dem Kind und ihren feuchten Augen so aussah, als stünde sie auf einer Bühne. Schluchzend hob meine Mutter sein Kinn hoch und alle sahen die Maske aus Blut, die es bedeckte. Der offene Mund ohne die beiden Vorderzähne, ein Auge verschwollen und geschlossen, wo sich Blut und Tränen vermischt und eine Kruste gebildet hatten.

Bei dem Anblick brach auch ich, das einzige Kind, das in jener Nacht dabei war, in Tränen aus. Ich brach in Tränen aus, ohne genau zu wissen, warum, und machte damit meinen Vater auf mich aufmerksam, der sich wortlos zu mir umdrehte und nicht schimpfte, weil ich die Wohnung verlassen hatte.

Alfredo sah mich und beruhigte sich. Er starrte mich mit dem Auge, das er noch öffnen konnte, an und wurde so von sich selbst abgelenkt. Vielleicht fragte er sich, was ich rumzuheulen hatte, wo er derjenige war, der übel zugerichtet war.

Wir wussten es noch nicht, aber es würde zwischen uns immer so gehen. Mit der Zeit würden wir das merken.

Wir würden uns nie verstehen.

3

Letzte Nacht hatte ich einen Traum. Ich war kurz vor Morgengrauen auf dem Sofa eingeschlafen, heute stand die Beerdigung bevor. Und träumte von Alfredo.

Viele Jahre über hatte ich nicht von ihm geträumt. Es reichte schon, ihn den ganzen Tag zu ertragen, da fehlte es noch, nachts von ihm zu träumen.

Aber in dieser Nacht war es passiert.

Im Traum war ich in einem Zimmer mit ockergelben Wänden aufgewacht. Diese Wände hatte ich schon einmal gesehen, sie hatten dieselbe Farbe wie der Saal meiner Mittelschule. Ich saß auf dem Boden mit dem Gesicht zur Wand und wollte mich nicht umdrehen. Plötzlich drehte sich das Zimmer um sich selbst. Und er saß vor mir, mit einem Mickey-Maus-T-Shirt, das ihm meine Mutter vor vielen Jahren gekauft hatte.

»Alfredo, dir gefällt's hier richtig, stimmt's?«, fragte ich ihn im Traum.

Er nickte zerstreut. »Bea, wo hast du mich hier hingebracht? Ist echt ätzend hier.«

»Ich weiß. Das ist meine Schule. Alle Schulen sind ätzend«, antwortete ich.

Da schüttelte er den Kopf und schaute mich plötzlich traurig an. »Das ist keine Schule, Beatrice. Das ist dein Leben. Du musst besser hinschauen, näher rangehen.« Ich wollte nicht schauen, aber er zwang mich dazu, er hob grob mein Kinn an und tat mir weh. Und vor mir war ein riesiger Spiegel und in dem Spiegel wir beide, zuerst winzig klein, aber dann wuchsen wir immer schneller.

Mein Spiegelbild starrte mich an, und ich fing an zu weinen. Er stand da und weinte mit mir zusammen, und sein Spiegelbild sah müde aus, erschöpft und viel älter.

Als ich wach wurde, war meine Mutter bei mir und hatte die Lippen auf meine Stirn gelegt.

»Du hast dich herumgewälzt. Hast du Fieber?«

»Ich habe von Alfredo geträumt, Mama.« Sie kniff die Augen zusammen, als wollte sie mich scharf stellen. Meine Mutter glaubt an Träume.

»Was hat er gesagt?«

»Nichts. Dass es ihm gut geht«, sagte ich, um sie zufriedenzustellen.

»Siehst du, er ist gekommen, um sich zu verabschieden«, sagte sie mit zitternder Stimme, und ich hatte Angst, dass sie von einem Augenblick auf den anderen in Tränen ausbrechen würde. »Er ist gekommen, um sich zu verabschieden.«

4

Manchmal vergisst man Dinge, die man erlebt hat. Man schiebt sie beiseite, weil sie einem kindisch vorkommen, sinnlos, und lässt sie sich selbst begraben. Man tut sie ab, bis etwas passiert, das einen daran erinnert. Und damit ändert sich auch der Blick auf die Realität.

Wie bei einem See. Das Wasser ist klar und still. Aber wenn man einen Stein hineinwirft, sieht man, wie es sich vermischt, wie Schlamm aufgewirbelt und es trübe wird.

Dieser Schlamm, der das Wasser verschmutzt, ist immer da gewesen, unbeweglich, nur dass man entschieden hat, ihn an die Oberfläche zu befördern. Aber es dauert nicht lang, bald beruhigt sich alles wieder.

Es ist ein Zyklus.

Als ich rausschaute, sah ich den Hof, in den die Sonne schien. Diesen Hof hatte ich elf Jahre lang nicht bemerkt, weil niemand den See meiner Erinnerungen aufgewühlt hatte. Schließlich hat Alfredo dafür gesorgt, dass das passierte.

Gelblicher Staub. Bauschutt in den Ecken. Worte in den grauen Putz der Mauer geritzt. Von hier aus kann man sie nicht sehen, aber sie sind da.

Ich ging hinunter in diesen stillen, sonnigen Hof, um sie mir anzuschauen.

Und fand sie, sie waren immer noch da. Es waren elf Jahre vergangen, und niemand hatte sie angerührt. Sie haben den Fluss der Zeit überstanden und alle anderen, die nach uns geboren sind.

Ich bückte mich, um die schiefen, kindlichen Buchstaben auf dem bröckeligen Putz anzuschauen. Ich fühlte mit dem Finger daran entlang, als wollte ich die Arbeit, die vor langer Zeit mit einem Stück Draht begonnen wurde, das wir von einer der verlassenen Baustellen geklaut hatten, beenden.

»Alfredo«, stand da und »Forza Inter«. Ich erinnere mich daran, als wäre es gestern gewesen. Er hatte es geschrieben.

»Scheiß Inter«, hatte ich ein Stück weiter geschrieben, um ihn zu ärgern. Aber meine Schrift ist, wann auch immer, mit einem Stück Putz abgefallen und hat einen Teil der Mauer nackt gelassen. Seine Schrift hingegen war noch da.

Grausame Ironie des Schicksals?

Beschissener Zufall?

Ein Stein im See, der Schlamm aufwühlt?

Es war im Sommer 1976. Zwei Jahre waren seit der Nacht auf dem Treppenabsatz vergangen, der Nacht, in der sein Vater ihn beinahe umgebracht hätte. Alfredo war neun Jahre alt, hatte ein Paar graue Hosen, die ihm zu groß waren und die er am Bauch ein paar Mal umschlug, und die Haare abrasiert wegen der Flöhe, die er aus der Schule mitbrachte. In der Hand hielt er einen verrosteten Eisenstab und kratzte mit aller Kraft auf dem Putz herum, um etwas hineinzuschreiben.

Meine Erinnerung daran ist so deutlich, als wäre es gestern passiert.

Ich dachte, dass er mein Freund gewesen war. Dass es ihn gegeben hatte, weil er an jenem Tag an die Mauer geschrieben und die Hände darauf gelegt hatte. Es schien mir unmöglich, aber dieselben Hände berührten auch mich. Die Hände, die es nicht mehr gab.

Es ist erschreckend, wie man sich an den Tod eines Menschen gewöhnt. Man weiß, man wird ihn nie wiedersehen. Er ist nicht weggefahren, es gibt keinerlei Hoffnung, dass man ihn zufällig trifft. Einen solchen Zufall wird es nie geben.

Man möchte am liebsten schreien, so ätzend ist das.

Und so setzte ich mich auf den Boden in den klebrigen Staub, lehnte die Stirn an die Mauer und schrie. Ich schrie aus vollem Halse, ich schrie, bis mir fast die Stimme wegblieb, bis es sich so anfühlte, als würde ich mich innerlich verletzen, und Alfredo hat sich hinter meinen vor Anstrengung geschlossenen Lidern vervielfacht, er war dreizehn Jahre alt und hatte Haare bis zur Schulter, er war sieben und blutverschmiert, dann war er zwanzig, und sein Gesicht war blau, und er war schon mehrere Stunden tot … dann war er wieder neun und winkte mir zu und lief lachend weg, und ich war älter als er, das Kind Alfredo winkte meinen 21 Jahren aus der Ferne zu, undeutlich, schrecklich, herzzerreißend.

Genau in diesem Moment habe ich mich entschieden wegzugehen. Ich kann nicht mit einem Toten leben, ich kann nicht die Last von jemandem tragen, den es nicht mehr gibt. Ich möchte nicht hier bleiben, ich möchte hier nicht verrecken, ich habe etwas Besseres verdient, niemand hat das hier verdient.

Nicht einmal Alfredo.

5

1976. Der Sommer vor elf Jahren.

Aus dem Radio tönten unaufhörlich blöde Lieder, die sich mit dem Zirpen der Grillen mischten.

Woran ich mich aus jenem Sommer erinnere, ist die unerträgliche Hitze.

Wir ließen alle Fenster und Türen offen, um Luft hereinzulassen, und das Haus füllte sich mit Gerüchen, Geschwätz und Liedern.

Jedes Jahr im Juni, nach Schulende, packte meine Mutter meinen Bruder Francesco, Alfredo und mich, setzte uns auf den Badewannenrand und schnitt uns die Haare.

Die beiden mochten das, sie lachten und hielten nicht einen Augenblick lang still. Ich hingegen bewegte mich nicht und weinte verzweifelt, und wenn meine Mutter mit dem Schneiden fertig war, betrachtete ich im Spiegel diesen entsetzlichen Topfschnitt und sagte, ich würde nie mehr das Haus verlassen.

Aber dann vergaß ich meine Haare und beschäftigte mich wieder mit meinen Spielen, und in jenem Sommer gab es zum ersten Mal ein Mädchen, mit dem ich spielen konnte.

Arianna war einige Monate zuvor nach La Fortezza gekommen. Sie war so alt wie ich und hatte einen Mob rotes Haar auf dem Kopf. Ihre Eltern waren beide im Gefängnis. Als sie verhaftet wurden, hatte ein Sozialarbeiter sie zu ihrer Großmutter väterlicherseits gebracht, die nicht mal wusste, dass sie eine zehnjährige Enkelin hatte, und total überrascht war. Aber sie schickte sie nicht weg, sondern behielt die unbekannte Enkelin bei sich. Ihre Großmutter wäre nett, sagte Arianna. Sie lud uns oft zu sich nach Hause ein, und Francesco, Alfredo und ich gingen gern hin.

In der Wohnung war es kühl. Alle Fenster gingen auf einen Innenhof hinaus, in den die Sonne nicht hinkam. Er war schmutzig und feucht, und oft rannten riesige Mäuse herum, aber wenigstens knallte die Sonne nicht hinein und versengte alles, und die Kühle stieg hoch bis zu uns. In der Wohnung standen eine Reihe halb verwelkter Basilikumpflanzen auf der Fensterbank der Küche, an der Wand war ein großer Holztisch, und es gab immer etwas Gutes zu essen.

Arianna war mir sympathisch, auch wenn wir sie nie dazu überreden konnten, mit uns auf der Straße zu spielen. Sie sagte, sie wollte sich die Kleider nicht dreckig machen.

Deshalb ging ich manchmal zu Arianna, wenn Alfredo und Francesco auf der Straße spielten oder auf dem Fußballfeld am Oratorium der Pagode. Arianna erzählte mir Dinge, die ich nicht verstand, merkwürdige Dinge, die zwischen Mann und Frau passieren. Ich lachte und erzählte Alfredo davon, der auch lachte und sagte, Arianna würde sich das ausdenken.

Wir wussten schon, dass wir unterschiedlich waren. Meine Mutter badete uns immer zusammen, um Zeit zu sparen, aber sie wich unseren Fragen aus und schimpfte mit uns, wenn wir die Geschichten wiederholten, die Arianna uns erzählte.

Ich hatte das Gefühl, dass sie ein bisschen log, aber das war mir egal. Ich fand es schön, dass ich ein Mädchen hatte, mit dem ich Zeit verbringen konnte, und hoffte, dass ihre Eltern nicht so bald aus dem Gefängnis kamen.

Elf Jahre sind vergangen, und Arianna ist geblieben. Ihr Vater ist gestorben, ihre Mutter wurde entlassen und hat eine neue Familie gegründet. Arianna hat immer noch ihre roten, dichten Haare, aber heute Morgen bei der Beerdigung war ihr Gesicht anders als sonst.

Während der Priester die Messe las, stand sie plötzlich auf. Ich sah ihren Kopf über allen anderen, und alle Blicke richteten sich auf sie. Und auf der ganzen Gemeinde lastete ein gespanntes, sehr schweres Schweigen.

Sie kniete sich neben Alfredo und klopfte an den Sarg. Das Echo dieser Schläge erstickte mich beinahe.

»Wach auf, Alfredo«, murmelte sie. »Bitte, wach auf und komm raus, tu uns das nicht an.«

Jemand hinter mir schluchzte laut.

Ich schaute sie an, dieses schwarze, viel zu förmliche Kleid, völlig fehl am Platz. Ihr verzerrtes Gesicht, das plötzlich gealtert war. Meines hatte am Morgen im Spiegel normal ausgesehen, nur ein wenig blass.

Es schien mir absurd, 21 Jahre alt zu sein und aufgeben zu müssen, eine so schwere Last tragen zu müssen.

In dem Moment, als ich sie über den Sarg gebeugt sah, hätte ich sie am liebsten umarmt. Ihr gesagt, dass sie dort weggehen soll, dass sie aufhören soll eine Szene zu machen. Sie wegführen.

Oder mich einfach neben das glänzende Holz legen, in derselben Haltung wie Alfredo, und so tun, als wäre ich an seiner Stelle dort drin.

Und mit ihm reden, als ob er mir antworten könnte.

Weißt du, Alfredo, ich wüsste gern, was du gedacht hast, als dir klar wurde, dass Endstation ist, dass das dein letzter Tag ist und dass es aus ist.

Was ist das letzte Bild, das du gesehen hast? Vielleicht hast du meine Mutter gerufen, weil du dich an deine ja nicht mal erinnerst.

Vielleicht hast du nach mir gerufen.

Um mir was zu sagen?

Vielleicht hast du, bevor du verschwunden bist, verstanden, dass es schwer war für mich, dass ich alles gegeben habe, du kannst mich sowieso nicht hören, aber du hast dein grünes T-Shirt zwischen meinen Klamotten liegen lassen, dein Lieblings-T-Shirt, und ich liebe dich, Alfredo, ich habe dich die ganze Zeit geliebt, jede Sekunde, jeden Augenblick deines Lebens, und auch danach habe ich alles geliebt, und man braucht Mut, um einen wie dich zu lieben, aber wenn du jetzt rauskommst, verzeih ich dir, glaub mir, Alfredo, Schwamm drüber, und wenn es dir immer noch schlecht geht, kannst du ich sein, wir können tauschen, ich gehe für dich da rein, aber sprich mit mir, ich bitte dich, sag mir, dass das ein Witz ist, lass mir ein anderes Bild von dir, nicht dieses, ich hasse es, ich werde das nie akzeptieren, weil es zeigt, dass ich gescheitert bin, weil ich gar nicht anders kann als einzusehen, dass du gewonnen hast und dass es dir einmal mehr gelungen ist, mich zu täuschen.

6

Alfredo hatte keine Ahnung.

Er bemerkte gar nicht, was um ihn herum geschah, nicht mal, wenn es vor seiner Nase passierte. Er kannte mich in- und auswendig, begriff aber nicht, was ich fühlte.

Oder vielleicht schon, aber er tat so, als wäre nichts.

Ich wusste es immer schon, ich wusste es, und mehr gibt's dazu nicht zu sagen. Er war wie ein Bruder für mich, aber er war auch mehr. Ich hatte einen richtigen Bruder und spürte das ganze Gewicht dieses Unterschieds. Francesco hatte meinen Nachnamen, dasselbe Gesicht wie ich. Bei meinem Bruder zu sein, bei ihm zu schlafen war wie allein zu sein. Mit Alfredo war es anders, auch wenn wir dieselben Sachen machten. Mein Körper änderte sich, meine Empfindungen wurden wacher. Es war mir sehr unangenehm. Ich wollte das nicht fühlen, es kam mir wie etwas Schmutziges vor. Ich unterdrückte es, hielt es versteckt wie eine Krankheit, wie etwas Peinliches.

Ich war sechzehn, mein Bruder war vierzehn, und auch Alfredo war älter geworden. Seine Stimme war tiefer, er war viel größer als ich. Mit fünfzehn Jahren sah er gut aus.

Plötzlich war alles anders geworden. Ich wollte nicht mehr, dass Alfredo und Francesco mich nackt sahen, ich schämte mich. Wenn ich mich ausziehen musste, passte ich auf, dass niemand in der Nähe war. Die Vorstellung, dass Alfredo ins

Zimmer platzte, wie er es immer tat, und ich keine Unterhose anhatte, erschreckte mich. Ich fand mich hässlich, weil ich nicht dünn war. Weil mein Hintern dicker war als der der anderen Mädchen, mit denen wir zusammen waren. Wenn er sie anschaute, krampfte sich mein Magen zusammen, und mir kamen die Tränen, aber ich weinte nie.

Alfredo stieß mir seinen spitzen Ellenbogen in die Rippen und gab mir Zeichen, um die Aufmerksamkeit auf sich zu lenken, und ich schaute dorthin, wo er hinschaute, und fühlte mich schlecht. Mädchen, so alt wie wir, dünn, nicht zu groß, den Hintern in Jeans gedrückt, die ich mir nicht erlauben konnte.

»Um so einen Arsch zwischen die Finger zu kriegen, würd ich meine Seele verkaufen«, sagte er einmal mit festem Blick. »Hast du diesen Arsch gesehen, Bea?«

»Was interessiert mich das? Ich bin ein Mädchen, ich schau mir doch keine Weiber an.«

Er drehte sich erstaunt zu mir um. »Aber du bist anders als die.«

»Ach so? Wie bin ich denn?«

»Ich weiß nicht. Du bist du.«

»Falls dir das noch nicht aufgefallen ist, ich bin auch ein Mädchen.«

»Ja, aber anders.«

»Was meinst du mit anders?«

»Verdammt, keine Ahnung, Bea, du bist anders. Nerv nicht rum, komm, ich merk doch, dass du Streit willst.«

Aber ich wollte überhaupt keinen Streit. Jedes Mal, wenn wir über so etwas sprachen, ging ich mit einem komischen Gefühl zwischen Hals und Magen weg, das mich nicht in Ruhe ließ.

Nach jener Nacht auf dem Treppenabsatz flüchtete sich Alfredo immer zu uns, wenn sein Vater besoffener war als sonst. Er quetschte sich in das Ehebett, in dem mein Bruder und ich schliefen, und ich legte mich zwischen die beiden und schlief ein.

Aber als ich sechzehn war, dachte ich manchmal nach, während sie schliefen.

Ich wollte Alfredo umarmen. Ich wollte ihn küssen. Ich wollte, dass er aufhörte, mich wie seinen besten Freund zu behandeln. Ich wollte mit ihm ins Bett und all das machen, was Arianna schon mit verschiedenen Jungen gemacht hatte. Dann betrachtete ich im Dunkeln sein Gesicht, das mir zugewandt war, der offene Mund, das zerwühlte Haar, die weiße Narbe an der Augenbraue. Während ich zuhörte, wie er schnarchte, dachte ich daran, dass er so etwas wie mein Bruder war, und meine Gedanken kamen mir so ekelhaft vor, dass mir kotzübel wurde.

Ich weiß nicht, ob er jemals an so was gedacht hatte.

Manchmal schaute er mich komisch an, als sähe er mich zum ersten Mal. Wenn ich ihn fragte, was los war, stand er auf und ging wortlos aus dem Zimmer. Vielleicht versuchte er sich zu beherrschen, wer weiß. Wir waren Geschwister. Mehr noch, wir waren Zwillinge.

Ich habe nie erfahren, was er in diesen Augenblicken gedacht hat.

Es gibt tausend Sachen, die ich ihn hätte fragen wollen und die ich nun nicht mehr erfahren werde.

7

Ich möchte ihn fragen, ob er sich noch daran erinnert, wie wir uns als Kinder immer im Waschraum unseres Hauses versteckt haben. Der war im obersten Stock, und wir durften eigentlich nicht hin. Wir hatten ihn eines Tages entdeckt, als sein Vater noch lauter herumbrüllte als sonst. Seine rauen Schreie hallten durch das Treppenhaus. Wie immer verfluchte er seine Söhne, drohte, sie umzubringen, sie ein für alle Mal nacheinander aus der Welt zu schaffen, dann beruhigte er sich für fünf Minuten, bevor er von vorn anfing. Jedes Mal stotterte er mehr. Alfredos älterer Bruder Massimiliano war aus der Wohnung gerannt. Wir hatten gesehen, wie er immer zwei Stufen auf einmal nahm, wie er ausrutschte, aufstand und weiterrannte. Den Kleinsten von den dreien, Andrea, hatte meine Mutter zu sich genommen.

Der Alte trat gegen unsere Wohnungstür. Er schrie, sie solle ihm das Kind wiedergeben, aber meine Mutter schrie lauter als er, sie beleidigte ihn, sie drohte, sagte, sie würde ihn erschießen.

Ich musste lachen, weil sie gar keine Pistole hatte, sie war nur eine etwas verängstigte 24-Jährige. Meine Mutter hatte Alfredo lieb. Und die anderen beiden auch. Sie behandelte sie wie ihre eigenen Kinder.

Damals stiegen Alfredo und ich in den obersten Stock und versteckten uns im alten Waschraum.

Jemand hatte vergessen, die Türe zu schließen, und wir gingen in den kühlen Raum mit seinen unverputzten Wänden, in deren Ecken der Schimmel wuchs. Da standen große, leere Wannen, die feucht waren und nach Seife rochen. Wir legten uns rein und taten so, als würden wir schwimmen.

Alfredo schlug vor, wir könnten so tun, als wären wir am Meer.

»Du weißt doch noch nicht mal, wie das Meer aussieht«, sagte ich zu ihm, und er zuckte mit den Schultern. Es war ihm egal, dass er es noch nie im Leben gesehen hatte.

»Ich hab's im Fernsehen gesehen.«

»Das ist nicht dasselbe. Das ist kein richtiges Meer.«

»Dann hast du ja auch noch kein richtiges Meer gesehen.«

Ich hätte ihm gern gesagt, dass ich sehr wohl das richtige Meer gesehen hatte. Manchmal, wenn es mittags sehr heiß war, wurde der Asphalt zum Meer und begann zu zittern. Dann stellte ich mir Sonnenschirme anstelle der verrosteten schmutzverkrusteten Bänke vor, und die Hitzewellen, die von der Straße aufstiegen, wurden plötzlich blau und kühl wie die in den Filmen, die sonntagnachmittags im Fernsehen liefen.

»Wir können meinen Vater fragen, ob er mit uns ans Meer fährt.« Alfredos Stimme unterbrach meine Gedanken unvermittelt.

»Dein Vater ist immer besoffen«, antwortete ich und setzte mich auf.

»Nicht immer.«

»Aber fast.«

»Wenn ich groß bin, fahre ich selbst hin.«

»Dann fahren wir zusammen«, schlug ich vor.

Alfredo schüttelte den Kopf. Er wollte ans Meer, um Sachen zu machen, die ich nicht wissen durfte.

Er würde nach Amerika gehen, und ich würde ihn im Fernsehen sehen. Dann würde er zurückkommen, mich heiraten und Kinder mit mir kriegen.

»Ich schlag sie nie«, sagte er bestimmt. »Sie dürfen alles, was sie wollen, und ich hau sie nie.«

Mit neun Jahren erschien mir die Idee, Alfredo zu heiraten, gar nicht schlecht.

In der Schule sagten alle, wir wären verlobt. Wenn wir zusammen vorbeikamen, lachten die anderen Kinder, klatschten in die Hände und sangen den Hochzeitsmarsch. Alfredo wurde wütend und trat um sich. Mir war es egal, sollten sie denken, was sie wollten. Ich sagte ihm immer, er sollte sie einfach nicht beachten, aber er weigerte sich jedes Mal, wenn sie ihn ärgerten, mit mir zu sprechen oder mich anzuschauen. Statt wütend auf die zu sein, die ihn veralberten, war er wütend auf mich. Wenn wir aus der Schule kamen, schlug ich ihn so lange mit meinem Lineal, bis er wieder mit mir sprach. Ich hasste es, wenn er schmollte.

Er wehrte sich nie, weil ich größer und schwerer war als er. Er ließ es lieber sein, und er stritt nicht gern mit mir, weil ich immer gewann. Er ertrug alles schweigend und petzte dann abends meiner Mutter.

Sie sagte nichts und wartete darauf, dass mein Vater ins Wohnzimmer ging, um mit Francesco Fernsehen zu schauen. Dann setzte sie sich neben mich und schaute mich wortlos an.

Meine Mutter war sehr jung. In jenem Jahr wurde sie im Oktober 25 Jahre alt. Ich schaute sie an und fand, dass ihr das ernste Gesicht nicht stand. Es ließ sie älter aussehen, so wie die Mütter meiner Schulkameraden.

»Du hast Alfredo schon wieder gehauen«, sagte sie einmal. Es war keine Frage.

Ich zuckte die Schultern und schaute woanders hin, mit der typischen Unverfrorenheit von einer, die sich ihr Leben lang noch keine Ohrfeige eingefangen hat.

Ich war sicher, sie würde wieder mit der langweiligen Leier anfangen, dass Alfredo schon von seinem Vater geschlagen wurde und dass ich ihn nicht auch noch schlagen durfte. Aber ich schlug ihn ja nicht so wie der Alte. Meine Schläge waren anders. Ich wollte nur, dass er tat, was ich ihm sagte, ich wollte, dass er mir gehorchte. Ich schlug ihn nicht, um ihn umzubringen, sondern nur, um ihm einzutrichtern, dass ich recht hatte und nicht er. Ich bereitete mich also darauf vor, zum x-ten Mal von meiner Mutter diesen Vortrag zu hören und zu antworten, dass ich verstanden hätte, dass sie recht hatte, dass ich mich schlecht benommen hätte und es nicht wieder machen würde.

Doch an jenem Abend gab meine Mutter mir eine feste Ohrfeige.

Ich schaute sie entsetzt an. »Mach das nicht noch mal«, sagte sie. »Wage es nie mehr, Alfredo anzurühren. Du weißt gar nicht, was für ein Glück du hast, du kapierst es einfach nicht.«

Sie stand auf und ging in die Küche. Ich blieb sitzen und dachte über mein Glück nach, und dass mein Glück darin bestand, dass meine Mutter mir Ohrfeigen gab, um einen zu verteidigen, der nicht mal ihr Sohn war, der nichts mit ihr zu tun hatte.

Im Waschbecken in der Küche wusch ich mir mit kaltem Wasser die Wange, die brannte, und als ich den Hahn zudrehte, hörte ich sie im Wohnzimmer lachen – im Fernsehen lief ein lustiger Film. Auch mein Vater und mein Bruder lachten. Ich hasste sie, ich hasste sie alle, fast so sehr, wie ich Alfredo hasste.

Was meine Mutter anging, war ich sehr besitzergreifend. Das Ganze gefiel mir nicht. Alfredo war von einem Tag auf den anderen in unsere Familie geplatzt und alle Aufmerksamkeit, die vorher meinem Bruder und mir gegolten hatte, galt plötzlich ihm. Francesco war das egal, ihm ging es gut damit. Er mochte Alfredo, alle mochten ihn, und das ertrug ich nicht.

Ich litt wie ein Hund, ich fühlte mich verlassen. Wenn meine Mutter sagte, wie schön Alfredos blonde Haare waren, löste ich meine, stellte mich vor sie hin, bis sie sagte, dass ich auch schöne Haare hätte. Wenn mein Vater Francesco, Alfredo und seine Brüder zum Fußballspielen auf das Feld vor dem Oratorium mitnahm, wollte ich mit, auch wenn mir Fußball egal war. Ich drängelte, bis mein Vater ja sagte, langweilte mich dann aber einsam am Rand des Spielfelds und schaute zu, wie sie dem Ball hinterherrannten, um zu kontrollieren, dass Alfredo nicht meinen Platz in der Familie einnahm.

Und wenn er meiner Mutter auf die Knie kletterte und ihr die Arme um den Hals legte, flippte ich aus.

Sie lachte, sie kitzelten sich. Er schien ihr Kind zu sein, nicht ich.

Ich schaute sie finster von meiner Ecke aus an. Ich wartete darauf, dass sie fertig waren, ich wartete, dass meine Mutter in ein anderes Zimmer ging, und wenn sie mich nicht sehen konnte, nahm ich ihn beiseite und erinnerte ihn daran, dass das meine Mama war, nicht seine. Dass seine tot war und er keine andere erwarten konnte. Jedenfalls nicht meine. Sein Gesicht verdüsterte sich. Er verschränkte die Arme und zog eine Grimasse.

»Ich nehm sie dir ja nicht weg«, sagte er. »Ich weiß, dass sie nicht meine Mutter ist. Ich nenne sie Elena, nicht Mama.«

»Das fehlte noch, dass du anfängst, sie Mama zu nennen«, schrie ich und überhäufte ihn mit Ohrfeigen.

Wenn so etwas passierte, verschwand Alfredo tagelang. Er wollte nicht zu uns kommen. Manchmal hoffte ich, er würde nie wieder kommen und bei seiner widerlichen Familie bleiben. Aber dann kehrte er doch immer wieder zurück. Und meine Eltern schickten ihn nicht weg, sondern waren froh. Ich wünschte mir hingegen nur, dass er verschwand.

Ich war ein schreckliches Kind, ist mir heute klar. Egoistisch bis in die Fingerspitzen, ich dachte nur an mich selbst. Es war mir egal, ob dieser Junge, der bislang nur Schläge und Hunger kennengelernt hatte, etwas anderes erlebte. Eine normale Familie, mit Leuten, die sich lieb hatten. Mit Leuten, die ihn lieb hatten.

Alfredos Mutter war fünf Jahre zuvor gestorben. Der Alte hatte das meinem Vater in einem seiner wenigen klaren Momente anvertraut. Sie war in den Hütten unten am Fluss gestorben, nachdem sie den letzten Sohn geboren hatte. Sie hatte auf der Erde entbunden, mitten im Dreck, wie die Tiere. Sie hatte Kindbettfieber bekommen und war innerhalb von einem Monat gestorben.

Jammernd hatte der Alte erzählt, dass alle drei Söhne ihr ähnlich sahen. Dass sie blond waren, hellblond wie die Mutter. Manchmal versuchte ich sie mir vorzustellen, diese wunderschöne Mutter, die vor Erschöpfung bei den Hütten starb, aber es gelang mir nicht, mir fiel nur Alfredo ein.

Der Alte sagte, dass sie genauso aussahen. Dass die Kinder ihn an sie erinnerten, dass ihn diese Ähnlichkeit quälte.

Vielleicht versuchte er deshalb jeden Tag sie umzubringen.

8

Bis ich zwölf war, war ich die Stärkste.

Ich war groß, viel größer als die anderen Mädchen und auch als viele der Jungen in meinem Alter. Ich war kräftiger als Francesco und Alfredo und nutzte meine Kraft, um jeden Tag herrischer zu werden.

Dabei merkte ich gar nicht, wie sich die Dinge änderten.

Plötzlich begann Alfredo zu wachsen, von einem Tag auf den anderen, als hätte man ihn gedüngt. In wenigen Monaten wurde er so groß wie ich und überholte mich. Er war immer noch spindeldürr und sollte es auch bleiben. Seine Klamotten waren ihm alle zu kurz, kaum hatte er sie angezogen, war er schon rausgewachsen. Er lief mit nackten Knöcheln und bloßem Bauchnabel herum und sah aus wie eine Vogelscheuche, aber das war ihm egal. Es interessierte keinen, was wir anhatten.

Unter den zu kleinen Klamotten konnte er die Male auf seinem Körper nicht verstecken. Wir schauten sie uns schweigend an und sagten nichts, und er dachte, wir hätten sie nicht bemerkt.

Sein Rücken war ein engmaschiges Netz aus geronnenem Blut unter der weißen Haut. Die roten Striemen stachen hervor wie Stigmata: eine deutliche, unverwechselbare Hinterlassenschaft der Prügel, die er bekam.

Der Vater schlug ihn immer noch – mit dem Gürtel –, obwohl Alfredo größer, jünger und gesünder war als er. Wenn Alfredo gewollt hätte, hätte er ihn leicht umbringen können. Aber er wehrte sich nicht, sondern erduldete alles, ohne zu reagieren.

Und dieser ekelhafte Trunkenbold merkte es nicht mal. Er dachte überhaupt nicht daran, dass seine drei Söhne bislang nicht den Mut gehabt hatten, zu rebellieren, ihn aber eines Tages fertigmachen konnten.

Alfredo sprach nie darüber, dass sein Alter jeden Tag gewalttätiger und jähzorniger wurde. Ich betete jede Nacht darum, dass er starb, aber er starb einfach nicht, und das hieß, dass sein Sohn so oft wie möglich bei uns war.

Ich hatte mich längst daran gewöhnt, dass er immer in meinem Bett lag, aber manchmal störte mich seine Anwesenheit.

Ich hatte Brüste bekommen. Jetzt hatte ich diese Dinger dort, die zwar winzig waren, aber nicht unsichtbar. Meine Mutter hatte die Veränderung mit einem Lächeln wahrgenommen, mein Vater besorgt. Ich wäre gern stolz darauf gewesen wie alle anderen Mädchen, aber ich schaffte es einfach nicht. Ich schämte mich, so rumzulaufen.

Außerdem hatte ich unten Haare bekommen. Zwar nur ein paar, aber sie machten mir Angst. Mir war klar, was los war. Ich wollte keine Frau werden, sondern so sein wie Alfredo, der vor mir badete, und ich sah, dass er kein einziges Haar hatte.

Arianna hatte viel mehr als ich, und die Farbe war komisch. Sie sagte, ich müsste mich nicht schämen, den Jungs gefiele das. Die Haare da unten bedeuteten, dass man groß war.

Ob ich den Jungen gefiel, war mir egal, und ob ich groß war, auch.

Jedes Mal, wenn ich ins Bad ging, schloss ich mich ein, damit mich niemand sah.

Alfredo wollte wissen, was los war, und ich antwortete nicht. Er hätte es sowieso nicht kapiert.

Dann versuchte er, mich anzufassen, und ich schlug ihn.

Aber vieles war anders geworden, er hielt meinen kraftlosen Fausthieben stand, und ich traf ihn nicht mehr und konnte ihm nicht mehr wehtun wie früher. Inzwischen war er stärker als ich.

Der Tag, an dem ich zum ersten Mal meine Regel bekam, war ein Sonntag.

Es war Januar oder vielleicht Februar, ich weiß es nicht mehr genau. Ich weiß aber noch, dass es kalt war und neblig. Hier ist es selten neblig, das kommt fast nie vor. Als ich an diesem Morgen aufwachte, war La Fortezza verschwunden. Vor dem Fenster war nichts, nur Weiß und Grau. Für uns alle war das wie ein Fest, und wir liefen runter, um diese feuchte Decke genauer zu betrachten, die das ganze Viertel einhüllte.

Die wenigen Leute, die wir im Nebel erkennen konnten, benahmen sich wie wir. Sie gingen langsam, schauten sich um, ertasteten Formen mit den Händen. Wir hörten ihre Stimmen verstreut in diesem Weiß. Einer lachte, der Nächste sorgte sich um die Wäsche, die draußen hing und feucht bleiben würde, wieder einer beschwerte sich über die Feuchtigkeit. Wie immer war ich mit Alfredo zusammen. Seit Jahren waren wir unzertrennlich. Auch wenn wir den ganzen Tag stritten, uns bissen und an den Haaren zogen. Jetzt, an der Schwelle zum Erwachsenwerden, wehrte er sich, und wie. Wenn ich ihn ohrfeigte, ohrfeigte er zurück. Wenn ich ihn trat, drehte er mir den Arm auf den Rücken. Ich setzte all meine Kraft ein, er hingegen hatte gelernt, seine so zu dosieren, dass er mir nicht wehtat. Wir balgten uns wie die Katzen von früh bis spät, aber wir trennten uns nie.

Die Leute in La Fortezza sagten, wir seien komisch. Dass man zwei wie uns noch nie gesehen hätte. Sie nannten uns Zwillinge. So nannten uns auch unsere Freunde.

Die Zwillinge.

Das lag daran, wie wir uns bewegten. Wir liefen synchron, mit dem gleichen lässigen und wiegenden Gang. Wir hatten den gleichen Gesichtsausdruck, die gleichen Angewohnheiten, die gleichen nervösen Gesten: mit dem Ringfinger die Augen reiben. Mit den Zähnen auf der Oberlippe herumbeißen. Sich die rechte Augenbraue massieren, die, wo er die Narbe hatte. Die Art zu lachen, zu essen, selbst die Stellung, in der wir schliefen, war die gleiche, aber das wussten nur wir zwei.

Sie machten sich über uns lustig. Wir versuchten aufzuhören gleich zu sein, aber wir schafften es nicht. Wir hatten uns aneinander angesteckt.

An jenem nebligen Tag jedoch ähnelten wir uns gar nicht. Mir ging es schlecht. Ich lief mit schleppendem Schritt wegen andauernder Bauchschmerzen, die mir die Luft nahmen. Ich kannte den Grund, wollte es aber nicht zugeben. Ich spürte es.

Aus Angst, uns zu verlieren, liefen wir Hand in Hand durchs Viertel. Wir waren allein, verloren, alles erschien uns neu.

Ein paar Mal ließ ich seine Hand los und rannte weg, um mich zu verstecken, bloß, weil ich hören wollte, wie Alfredo wütend wurde und mich im Nebel suchte.

Man sah nichts, ich hörte nur seine etwas raue Stimme, halb Kind, halb Erwachsener. Aber auch sie wurde vom Nebel gedämpft.

Schließlich verlor ich die Orientierung.

»Wo bist du?«, fragte ich.

»Wo verdammt noch mal bist du, Bea!«

»Keine Ahnung, ich seh nix!«

Ich konnte ihn hören, wusste aber nicht, wie weit weg er war. Ich schwamm im Weiß. Und musste lachen.

»Bleib stehen, sonst finden wir uns nie!«

»Hast du Angst, dass du mich verlierst, Alfredo?«

»Schön wär's! Dann wär ich dich wenigstens los!«

Er musste auch lachen.

Er kam von hinten und schubste mich, ich stolperte, landete mit dem Gesicht an einem Baum und stieß mir die Nase an.

»Du Idiot!«, platzte ich heraus.

»Halt die Klappe! Weißt du, wo wir sind?«

Ich schaute mich um und versuchte, etwas zu erkennen. Wir waren im Hof eines verlassenen Hauses. Ich erkannte es sofort. Seit Jahren stand es hier, am westlichen Rand des Viertels, und war halb verfallen. Efeu und Brombeersträucher waren innerhalb und außerhalb der kaputten Fenster gewachsen. Ein Schild wies darauf hin, dass das Gebäude einsturzgefährdet war, und gleich darunter hing, fast ganz von Pflanzen überwuchert, eines dieser Plastikschilder der Stadt mit ausgebleichten Buchstaben. Ein Schild, auf dem stand, dass die Abrissarbeiten am 7. November 1966 beginnen würden. Genau der Tag und das Jahr, an dem Alfredo geboren war. Seit zwölf Jahren wartete dieses Haus darauf, abgerissen zu werden.

»Gehen wir rein?«, fragte er mich.

»Ich denke nicht daran. Da laufen Ratten rum. Sie können beißen.

Ich hatte Angst vor dem Haus, auch wenn ich das nie zugegeben hätte. Alfredo zuckte mit den Schultern und kramte in seinen Taschen herum. Er zog eine zerdrückte Zigarette hervor, die Marke, die sein Vater rauchte, und zündete sie ungeschickt an.

Ich wollte auch rauchen und riss ihm die Zigarette aus der Hand. Als ich den stinkenden Qualm und den Nebel in die Lungen sog und eine graue Wolke hustete, hatte ich plötzlich ein Gefühl, als hätte mir jemand Suppe zwischen die Beine gekippt.

In der Kälte war da etwas Heißes, Nasses, das meine Trainingshose an der Haut kleben ließ. Ich fühlte mit der Hand und spürte, dass meine Schenkel feucht waren. Ohne nachzuschauen wusste ich genau, was das war.

»Alfredo, gehen wir?«

»Warte, wir sind doch gerade erst angekommen.«

»Nein, ich will weg.«

»Nerv hier nicht rum.«

»Du Idiot, ich verschwinde.«

Ich ging weg ohne mich umzudrehen und ließ ihn allein im Nebel. Alfredo war manchmal wirklich ein Idiot. Ich wünschte ihm, dass er von einer Ratte gebissen wurde oder sich verirrte.

Ich fand den Weg nach Hause und ging ihn mit zusammengepressten Beinen.

Meine Mutter war zu Hause.

Sie sagte nichts, ihr reichte mein Gesichtsausdruck. Ich war nervös und wusste nicht, was ich tun sollte. Das Blut lief mir weiter die Beine herunter, ich stellte es mir dickflüssig und dunkel vor, und mir wurde übel.

»Beatrice, was ist los?«

»Nichts, Mama.«

Unter ihren misstrauischen Blicken schloss ich mich im Bad

ein. Ich zog mich aus und versteckte die schmutzigen Kleider ganz unten im Wäschekorb.

Ich wollte das Blut nicht. Ich hatte nicht darum gebeten und ekelte mich davor.

Im Schrank fand ich Binden, steckte mir eine zwischen die Beine und ging raus. Vor der Badezimmertür wartete meine Mutter auf mich.

»Hast du deine Tage bekommen?«

»Ja«, sagte ich beschämt. Ich wusste nicht, was ich noch hätte sagen sollen.

Ihr Gesichtsausdruck sprach Bände.

»Von jetzt an musst du aufpassen«, sagte sie.

Sie drehte sich um, machte zwei Schritte in Richtung Küche und drehte sich dann zu mir um. Ihrem Gesicht sah man das Mädchen an, das sie einmal gewesen war und das mit sechzehn schwanger geworden war. »Du musst aufpassen, vor allem mit Alfredo.«

In jenem Moment verstand ich nicht, was das mit ihm zu tun hatte.

Drei Tage lang wälzte ich mich im Bett hin und her, die Hände auf dem Bauch. Meiner Meinung nach erlebte ich die schlimmste erste Regelblutung in der Geschichte der Menschheit.

Eines Morgens kam Alfredo in mein Zimmer und teilte mir mit, sein Vater wäre so besoffen, dass er auf dem Klo eingeschlafen und seit Stunden dort wäre, und wenn er nicht auf unser Klo hätte gehen können, hätte er sich buchstäblich in die Hosen gemacht.

Ich antwortete nicht. Das war nichts Neues. Aber ich schaute ihn mit anderen Augen an, weil ich nicht aufhören konnte, an das zu denken, was mir meine Mutter gesagt hatte.

Alfredo.

Arianna sagte, wenn es auf der Welt einen Mann gäbe, der nicht wusste, was er mit seinem Schwanz anfangen sollte, dann war das Alfredo. Ich glaubte ihr.

Sie sagte auch, dass das schade wäre, denn Alfredo sähe gut aus. Ich betrachtete ihn und kapierte nicht, was an diesen zwölf Jahren spitzer Knochen und ungekämmter blonder Haare gut aussehen sollte.

Die Schauspieler im Fernsehen sahen gut aus.

Die in den Fotoromanen meiner Mutter sahen gut aus.

Und ein paar große Jungs, die wir in der Bar sahen, sahen gut aus.

Aber Alfredo war Alfredo.

9

Ich wusste genau, weshalb sich meine Mutter solche Sorgen machte: Sie wollte nicht, dass ich so endete wie sie.

Ich wurde gezeugt, als sie gerade sechzehn geworden war. Der, der dann mein Vater wurde, war neunzehn Jahre alt und einer der ersten Bewohner von La Fortezza. Nach dem Tod seines Vaters – meines Großvaters – hatte er die Basilicata zusammen mit meiner Großmutter verlassen, die schon alt war, es am Herzen hatte und mehr tot als lebendig war. Im Süden ließ mein Vater Vittorio einen Bruder und eine Schwester zurück, die beide viel älter waren und schon Familie hatten und sie nicht aufnehmen konnten, denn alle waren arm, und zwei weitere Münder zu füttern, konnten sie sich nicht erlauben.

Meine Mutter hingegen hatte keine Eltern.

Sie hatten sie gleich nach der Geburt bei den Nonnen gelassen, und sie wuchs im Heim auf. Ihr ging es dort nicht schlecht. Sie hatte zu essen, war mit anderen Kindern zusammen, sie hatten ihr Lesen und Schreiben beigebracht, und sie hatte ein Bett. Die Schwestern mochten sie, aber ihnen rutschte leicht die Hand aus. Ein Verdacht reichte – was auch immer –, und sie packte die heilige Wut. Einfach so, aus heiterem Himmel.

Meine Eltern erzählten, dass mein Vater eines Morgens die Schwestern im Heim fragte, ob sie zufällig Arbeit für ihn hätten, und sie ließen ihn das Laub im Garten rechen, nicht, weil das unbedingt nötig gewesen wäre, sondern weil ihnen dieser dunkelhäutige Junge, der nicht mal zwanzig war, leid tat.

An jenem Tag hatte meine Mutter einen Stapel Teller fallen lassen und war in den Garten geflüchtet, um sich zu verstecken. Sie lief an meinem Vater vorbei und ließ ihn schwören, den Schwestern nichts zu verraten, wenn sie nach ihr suchten. Mein Vater nickte und sah ihr zu, wie sie in der Hecke verschwand, in der Hoffnung, die Schwestern würden sie dort nicht finden.

Aber sie fanden sie schließlich doch, zusammengekauert hinter der Madonnenstatue. Sie wussten, dass sie die Teller kaputt gemacht hatte. Mein Vater sah die Schläge, die auf ihr Gesicht prasselten. Heftig, ihr Kopf flog von einer Seite zur anderen.

Aber sie weinte nicht. Sie blieb, wo sie war, und sagte nur: »Es tut mir leid, ich mache es nie wieder.« Sie sagte die paar Worte ganz ernst, ausdruckslos und so voller Stolz, dass es meinen Vater überraschte und er sie bewunderte.

Am nächsten Tag kam er wieder und fragte nach Arbeit.

Und am übernächsten.

Schließlich ließen ihn die Schwestern zwei Tage pro Woche den Garten machen und hier und da einfache Dinge wie den Müll wegbringen oder Besorgungen außerhalb des Instituts. Sie bezahlten nicht einmal schlecht, aber das Geld interessierte ihn nicht.

Ihn interessierte meine Mutter.

Und nach wenigen Monaten, die er im Heim arbeitete, war meine Mutter schwanger.

Zwei und zwei waren schnell zusammengezählt. Das, was nicht passieren durfte, war passiert, und was man sicherlich nicht brauchte, war ein weiteres Kind ohne Eltern, für die Schwestern natürlich ein Geschenk Gottes, aber ein recht unwillkommenes. Das, was niemand wollte, am Anfang nicht mal meine Mutter, war ich.

Aber mein Vater, der beschuldigt wurde, meine Mutter »in Schwierigkeiten« gebracht zu haben, machte keinen Rückzieher. »Ich heirate sie«, sagte er. »Das hätte ich sowieso getan.«

Und so geschah es. Sie heirateten schnell, bevor ich im Bauch meiner Mutter zu groß wurde. Bevor alle sehen konnten, dass ausgerechnet in einem katholischen Heim ein Kind außerhalb des heiligen Sakraments der Ehe gezeugt worden war. Er führte sie aus dem Heim und brachte sie nach La Fortezza.

Von einem Tag auf den anderen brachte mein Vater dieses elternlose Mädchen, das überdies schwanger war, mit nach Hause. Ein Mädchen, das jetzt seine Frau war. Der Schock, den neunzehnjährigen Sohn mit einer schwangeren Ehefrau ankommen zu sehen, verschlechterte Großmutters Gesundheitszustand so, dass er kritisch wurde. Sie starb wenige Monate später und schaffte es nicht mehr, mich auf die Welt kommen zu sehen. Sie hatte nicht mal Zeit zu sehen, wie mein Gesicht aussah, ob ich meinem Vater oder meiner Mutter ähnlich sah. Ich, die ich, vielleicht als Ausgleich des Schicksals für sie, ihrem Sohn wie aus dem Gesicht geschnitten war.

Genau davor hatte meine Mutter Angst. Sie hatte es nie bereut, meinen Vater geheiratet zu haben. Sie waren nun seit Jahren zusammen, und sie sagte immer, dass sie, auch wenn ich nicht gekommen wäre, früher oder später geheiratet hätten. Sie wollte nur nicht das gleiche Schicksal für mich.

Später, mit den Jahren, verstand ich auch ihre Liebe zu Alfredo. Irgendwie erinnerte er sie an sich selbst. Alfredo, dessen Mutter gestorben war, als er klein war. Alfredo, den niemand gewollt hatte. Alfredo, der eigentlich, auch wenn ich das nie zugegeben hätte, auch mir seine Anwesenheit und diese unbequeme Liebe aufgedrängt hatte.

10

Unsere Kindheit fiel in eine seltsame Zeit.

Die Bleiernen Jahre waren schwierige Jahre, wenn auch nicht für uns.

Wir Kinder verschwendeten diese Jahre auf den Bürgersteigen von La Fortezza. Seit einiger Zeit hatte sich etwas geändert, etwas war neu, was wir so nie erlebt hatten.

Die Polizei.

Wir schauten ihren Autos mit aufgerissenen Augen nach, wie wir einen Elefanten angestarrt hätten. Wie Elefanten kannten wir auch Streifenwagen nur aus dem Fernsehen.

Von einem Tag auf den anderen waren sie hier, wo sie eigentlich nicht hindurften. La Fortezza war ein Freihafen, Niemandsland. Die aus dem Viertel hatten keine Angst vor den Streifen, sie hatten nichts zu verlieren. Wen interessierte das Gefängnis, die, die hier wohnten, hatten zum großen Teil schon gesessen, und ob man noch mal rein musste, machte keinen Unterschied.

Wir hatten keine Angst vor ihnen, wir behandelten sie auf Augenhöhe. Wenn sie schossen, schossen wir aus La Fortezza auch. Wenn sie durch die Straßen des Viertels Streife fuhren, flogen Flaschen, Teller und Müll runter. Wenn sie jemanden suchten, wusste keiner was, hatte keiner irgendwas gesehen.

Wir wollten sie hier nicht haben, sie waren nicht willkommen, und schließlich begriffen sie das auch. Sie ließen uns in Ruhe, sie taten so, als hätten sie uns vergessen, und kamen nicht mehr. Wir konnten uns hier drin unter der Bedingung gegenseitig bekämpfen, dass wir nicht rausgingen, und sie würden uns in Ruhe lassen. Und wir hatten uns so organisiert, dass wir unter uns blieben: eine eigene Gesellschaft jenseits der anderen, und um uns abzugrenzen, hatten wir uns ein Gefängnis gebaut. Uns war das recht so.

So war es viele Jahre lang gewesen, bis draußen Bomben explodierten. Da kamen sie zurück, um uns zu quälen, auch wenn wir nichts damit zu tun hatten.

Es gab Leute, die spätnachts kamen, Leute, die nicht nach La Fortezza gehörten. Alle wussten, wer das war und was los war, aber keiner sagte es laut, nein, keiner durfte es wissen. Nach ihnen kam die Polizei, und wir mussten sie reinlassen. Manchmal fanden die Carabinieri die Leute, manchmal nicht, aber geholfen haben wir denen in Uniform nie. Wir sagten nichts, wir unterstützten sie auch nicht.

Von unserer Seite aus war es schon viel, sie reinzulassen.

Inzwischen hatte sich in der Stadt das Gerücht verbreitet, dass wir in La Fortezza Terroristen versteckten.

Plötzlich veränderte sich das Viertel. Es wurde ein Präsidium, eine bewachte Grenze. Den ganzen Tag hörten wir Polizeisirenen. Polizeistreifen fuhren hin und her, Schreie, Weinen, man brachte Leute weg, die ihr Gesicht hinter Zeitungen versteckten.

Meine Eltern wollten, dass wir in der Wohnung blieben, es wäre nicht mehr sicher, sagten sie, es gäbe zu viele Leute von außerhalb, jeder konnte inzwischen nach La Fortezza rein. Sie schossen am helllichten Tag auf der Straße herum, mitten in die Leute.

Alle Eltern wollten, dass ihre Kinder eingesperrt in den vier Wänden blieben, aber irgendwie schafften wir es immer abzuhauen.

Wir setzten uns auf den Bürgersteig und schauten uns das Durcheinander an. Wir schauten die Carabinieri an.

Wir hatten keine Ahnung, starrten sie aber hasserfüllt an. Ich weiß nicht mal, warum.

Jeder von uns hatte wenigstens ein Elternteil, das schon mal im Gefängnis gewesen war. Auch mein Vater hatte als junger Mann dunkle Zeiten erlebt. Den Hass hatten wir mit der Muttermilch eingesogen. Während wir laufen lernten, lernten wir auch, dass der Staat unser Feind war. Niederträchtig. Und die Polizei war sein Tanzbär. Wir konnten diese beiden Dinge nicht auseinanderhalten, wir waren angesteckt.

So waren für uns diese Bleiernen Jahre. Wir haben die Welt von diesem Haufen weißer, geschundener Häuser aus angeschaut. Sie schmiegten sich an den Hügel, weit weg wie ein gefährliches Untier, wie der Wolf, der die Herde von oben betrachtet und sie fressen will.

Die Stadt starrte uns von unten an und glaubte, dass hier drinnen nichts wachsen konnte.

Dieser Ort hat nie einen richtigen Namen gehabt. Viele Jahre lang war das nur das besetzte Viertel, aber Anfang der siebziger Jahre fing jemand an, es La Fortezza, die Festung zu nennen.

Die draußen konnten nicht rein. Und wenn man genau darüber nachdachte, konnten wir auch nicht raus.

Wir waren wenig vertrauenserweckend, Leute, die niemand einstellen wollte, der Abschaum der Gesellschaft. Die, die keine Hoffnung mehr hatten, waren irgendwann nach La

Fortezza gekommen, sie hatten sie mit Leben erfüllt und Kinder in die Welt gesetzt, die noch weniger Chancen hatten als ihre Eltern.

Schuld ist der allgemeine Verfall, sagten die in der Stadt.

Schuld sind die, die Anrecht auf eine Sozialwohnung hatten, aber keine bekamen. Also hatten sie in den Sechzigern eine neue Wohnsiedlung besetzt, die Colle dei Salici, wo die Wohnungen Ende des Jahres hätten übergeben werden sollen. Und dann waren all die anderen nachgekommen: Sizilianer, Kalabreser, Arbeitslose, Nomaden, Leute, die eine Wohnung wollten, aber keine bekamen, die außerhalb der Gesellschaft standen und mit ihren jämmerlichen Lumpen ankamen, dem Schweißgestank, vier oder fünf Kindern, die sie sich nicht leisten konnten und die sie sterben ließen. Sie überließen sie sich selbst und ließen sie inmitten ausgeweideter Mofas und verrotteter Matratzen aufwachsen, neben den Spritzen der Drogenabhängigen spielen, ohne dass sie lesen und schreiben konnten, ohne ärztliche Behandlung oder Impfungen, ohne nichts.

So waren wir. Zurück in einem Naturzustand, in dem strenge, grausame Selektion galt und der Stärkere den Schwächeren verschlang. Das schien uns das Normalste von der Welt, und vielleicht war es das auch.

Ich bin hier geboren. Ich habe nie etwas anderes kennengelernt, war nie woanders. Mein Vater war einer der Ersten, die hier besetzt haben. Er war jung, wütend, er wollte eine Wohnung und bekam keine, also nahm er sich die Wohnung mit Gewalt. Er hat meine Mutter kennengelernt, dann kam ich, hier machen wir alles auf die Schnelle, kriegen auf die Schnelle Kinder, wir werden schnell groß, und auch sterben tun wir schnell.

Ich bin hier geboren, und ich habe keine Angst, das hier ist mein Zuhause, hier fühle ich mich sicher.

Nirgends werde ich wieder so sicher sein wie hier, in diesem Viertel der Diebe und Dealer, der Drogenabhängigen und Verbrecher, diesem Ort mit seinen schmutzigen Ecken und den Hauseingängen, die nach Pisse stinken, mit seinen kaputten Straßenlaternen und Straßen, die im Dunkel ertrinken, mit seinen bewachten Grenzen, damit niemand reinkommt und seine Nase reinsteckt und schaut, was wir machen.

Ich bin daran gewöhnt. Ich laufe nachts durch Straßen, die niemand entlanggehen würde, ich laufe erhobenen Hauptes die Straße mit den Wachposten entlang, die das Viertel begrenzen. Ich sehe sie nicht, sie verbergen sich in der Dunkelheit, um unsere Grenzen zu kontrollieren, ich sehe sie nicht, aber ich weiß, dass sie da sind, ich spüre ihre Blicke in meinem Nacken und höre das deutliche Klicken der Pistolen, aber ich laufe weiter durch die Nacht, still, ohne dass sie mich erkennen, und nie hat jemand auf mich geschossen, weil wir wie Tiere am Schritt erkennbar sind, als hinterließen wir eine Spur der Angst. Dann renne ich über die Straße, wo die illegalen Rennen stattfinden, und höre das dumpfe, ferne Stimmengewirr der Wettenden und das Bellen der Motoren, die an der Startlinie stehen und das Go eines improvisierten Starters abwarten, und wenn der in die Luft schießt, werfe ich mich mitten auf die Straße, ohne die blinkenden Lichter der Scheinwerfer anzuschauen, die sich mit irrwitziger Geschwindigkeit nähern, und wenn ich die Zeit falsch kalkuliere, überfahren sie mich, wirbeln mich in die Luft wie eine leere Dose. Dann falle ich nach einem Flug von mehreren Metern auf den Boden, lande auf dem Rücken und rutsche weiter, verliere das Bewusstsein, und aus dem Schlaf wird Tod.

Das Risiko gibt es, und ich kenne es. Ich kenne alle Risiken dieses Ortes.

Aber es gibt jemanden, der diese Risiken nie in Betracht gezogen hat, sie ignoriert hat, so getan hat, als existierten sie nicht. Es gibt jemanden, der die Zeit falsch kalkuliert hat und, obwohl er das wusste, sich nicht darum geschert hat.

Und derjenige war wirklich der Letzte, von dem man das erwartet hätte.

Alfredo.

Die Bleiernen Jahre waren seltsame Jahre. Auch für uns, die wir mit den Auseinandersetzungen nichts zu tun hatten.

Aber wir sahen, wie Leute auf Lastwagen weggebracht wurden, und ich dachte, dass sie eines Tages jemanden von uns holen würden. Es war nur eine Frage der Zeit.

Ich sah Alfredo an, der neben mir saß und an seiner Zigarette zog, und ich fragte mich, wer von uns beiden zuerst dran war. Vielleicht ich. Ich war mutiger als er.

Eines Tages sah uns ein Polizist und kam zu uns. Wir schauten ihn von unten an, ohne einen Mucks von uns zu geben. Alfredo zog an der Zigarette bis zum Filter und warf sie weit weg, ohne den Blick von dem Mann in Uniform zu nehmen, der vor uns stand.

»Wie alt bist du?«, fragte der nach einer Weile.

»Zwölf«, sagte Alfredo.

»Meinst du nicht, dass es ein bisschen früh zum Rauchen ist?«

»Meinst du nicht, dass es ein bisschen zu früh ist, um mir auf den Sack zu gehen?«

Ich schlug die Hand vor den Mund und versuchte mir nicht anmerken zu lassen, dass ich lachte. Aber es gelang mir nicht.

»Und du, mein Fräulein? Wo sind deine Eltern?«

»Die habt ihr gerade abgeholt«, forderte ich ihn heraus. Er wusste nicht, ob er mir glauben sollte oder nicht.

»Wer einen Fehler macht, muss dafür bezahlen. Aber es sieht so aus, als hätten sie euch das nicht beigebracht.«

Alfredo schob den Kopf zwischen die Knie. Er spuckte ihm auf die Schuhe, dann hob er den Kopf und lächelte ihn an.

»Du kleines kriminelles Arschloch. Warte ein paar Jahre, dann holen wir dich auch. Das ist genau das Ende, das euch Tiere erwartet«, sagte der Polizist. Die Ohrfeige, die er uns hätte geben wollen, verbrannte seine Hände, aber er konnte nichts machen.

Alfredo richtete sich auf. Er schaute ihm mit allem Ernst, dessen er fähig war, in die Augen.

»Dann komm nur«, sagte er, »kannst lange suchen, bevor du mich hier noch findest.«

Wir schauten ihm zu, wie er sich mit seinen bespuckten Schuhen durch die Menge, die sich zusammengerottet hatte, zurück zu seinem Mannschaftswagen drängelte. Kurze Zeit später kamen vier wie er aus dem Haus gegenüber. Zwei von ihnen hielten eine Frau fest, die weinte, ohne sich zu wehren.

»Schau sie dir an, Bea. Zu viert für eine Frau.«

Ich antwortete nicht, sah ihn nicht einmal an. Ich schaute die Frau an, die sie verhaftet hatten.

Er nahm mein Gesicht in die Hände, zwang mich ihn anzusehen, ihm zuzuhören. Seine grünen Augen blickten ernst und voller Stolz.

»Ich lasse mich von diesen Schweinen niemals abholen«, sagte er.

Wie recht Alfredo hatte, konnte ich damals nicht wissen.

Sie sollten ihn nie schnappen.

11

Dann kamen die achtziger Jahre.

Wir gingen mit gesenktem Kopf in unsere Jugend, als wollten wir eine Mauer einreißen und diese Jahre so schnell wie möglich hinter uns bringen. Sie hatten gerade begonnen, und schon wollten wir sie hinter uns lassen.

Alfredo wuchs weiter, als würde er nie mehr damit aufhören. Mit fünfzehn war er viel größer als alle Gleichaltrigen und vollkommen anders. Es schien, als hätte man ihn fälschlicherweise hierhergesteckt, er sah nicht aus wie einer von uns. Er war zu groß, zu hell, zu blond, sah nicht mal italienisch aus. Das Haar trug er lang bis auf die Schulter, er kämmte es nie, und im Sommer wurde es von der Sonne noch heller, es sah aus wie gefärbt. Wenn man ihn von hinten sah, hätte man ihn für eine Frau halten können, wäre er nicht so groß gewesen.

Die Mädchen im Viertel sagten, er sähe gut aus, dass einer wie er Schauspieler in einem Fotoroman hätte sein können oder sogar im Fernsehen. Ich sah das anders, aber meine Freundinnen und einige ältere Mädchen hatten nichts Besseres zu tun als zu tuscheln, sich Blicke zuzuwerfen und blöd zu kichern, wenn Alfredo in der Nähe war. Auch Silvia, Michela und Cristina, meine besten Freundinnen nach Arianna, benahmen sich so, und ich konnte das nicht ausstehen. Sie überhäuften ihn mit bewundernden Blicken und scharwenzelten immer um ihn herum. Und er klopfte mit den anderen Jungs zwar seine dummen Sprüche, aber er merkte es nicht mal. Mädchen interessierten ihn nicht, er wollte nur Fußball spielen, in der Bar die Spiele kommentieren und Joints rauchen. Er verbrachte die Tage damit, sich mit Gras vollzustopfen. Wir versteckten uns unter der Treppe, damit meine Mutter uns nicht sah, und kamen Stunden später vollkommen stoned hervor. Wir machten nichts, von morgens bis abends.

Versucht hatte ich es. Nach der neunten Klasse hatte mich meine Mutter gefragt, ob ich vielleicht versuchen wollte, aufs Gymnasium zu gehen, aber ich hatte nur gelacht. Sie hatte mit den Schultern gezuckt. Im Grunde genommen hatte sie es nicht zu hoffen gewagt. Die neunte Klasse reichte mir, und ich begann einen Job zu suchen.

Ich erwartete nicht viel. Gern wäre ich Verkäuferin in einem Klamottenladen oder einer Parfümerie geworden oder Friseurin, aber alles andere wäre mir auch recht gewesen. Meine Eltern hatten mich bei der Suche nicht gedrängt. Eigentlich hofften sie, dass ich es mir noch einmal überlegte und aufs Gymnasium gehen würde, vielleicht nicht auf den klassischen Zweig, wie meine Mutter sich das wünschte, aber wenigstens auf eine Berufsschule.

Nur hatte ich einfach keine Lust zu lernen. Ich wollte Arbeit finden und mein eigenes Geld verdienen, Geld, mit dem ich machen konnte, was ich wollte. Klamotten auf dem Markt kaufen, Zigaretten und Bier, wenn ich mit meinen Freunden ausging, und Gras für Alfredo und mich.

Deshalb hatte ich mir vorgenommen, in allen Geschäften der Stadt nach Arbeit zu fragen, hatte aber nichts gefunden. Die Leute würdigten mich eines flüchtigen Blicks und schrieben mich ab, es war, als stünde mir ins Gesicht geschrieben, wo ich herkam.

Ich hatte Kilometer um Kilometer hinter mich gebracht, um jemanden zu finden, der mir einen Job gab, und jedes Mal war es die gleiche Geschichte. Sie schauten mich skeptisch an, während ich die ausliegende Ware betrachtete. Ich spürte ihre Blicke, sie passten auf, dass ich nichts klaute. Aber ich wollte nichts klauen. Wenn ich nach Arbeit fragte, wollten sie wissen, wo ich herkam. Und wenn sie hörten, wo ich wohnte, war das Gespräch zu Ende.

Einige forderten mich auf zu gehen, andere drohten mit der Polizei. Die Freundlicheren ließen sich meine Telefonnummer geben und sagten, sie würden mich vielleicht anrufen. Das passierte nie.

Aber ich hatte es wenigstens versucht. Ich hatte mich bemüht, Arbeit zu finden, ich hatte die neunte Klasse geschafft. Alfredo nicht mal das. Er war nach fünf Jahren abgegangen. Es war ihm egal, dass er kaum lesen konnte und mit fünfzehn wie ein Siebenjähriger schrieb, er musste sich vor niemandem beweisen. Niemanden interessierte, dass er nicht gut lesen konnte. Und so hatte er die letzten vier Jahre einfach in La Fortezza herumgelungert. Manchmal wartete er vor der Schule auf mich, er schwor, dass er sich am nächsten Tag Arbeit suchen würde, aber der Tag kam nie, und dann zuckte er die Schultern und sagte, wir wären am falschen Ort zur Welt gekommen. Mit dieser schwierigen Herkunft, die an uns klebte, würden wir nie Arbeit finden, jedenfalls nicht in unserer Stadt.

Also redeten wir darüber wegzugehen und wie man Geld zusammenbekäme, um Gras zu kaufen, das waren unsere einzigen Themen.

Manchmal klaute ich Geld von meiner Mutter, manchmal fragten wir Alfredos älteren Bruder.

Massimiliano war achtzehn und hatte Arbeit, er hatte nach langer Suche was gefunden: Nachtwächter auf einer Baustelle. Bei Sonnenuntergang ging er los und kam morgens früh zurück. Er sagte, die Arbeit wäre nicht schlecht, er saß in einem Kämmerchen, schaute Fernsehen, und wenn er ein Geräusch hörte, musste er raus und nachgucken. Vor Dieben hatte er keine Angst. Im Endeffekt kannte er alle Diebe. Er arbeitete und beschwerte sich nicht, irgendwer musste die Arbeit ja tun, sagte er, es hatte keinen Sinn herumzuheulen, auch wenn du eine Scheißfamilie hattest und der Älteste warst, besser war es, die Ärmel hochzukrempeln.

Massimiliano wurde nie wütend, er sprach leise und schuftete wie ein Maultier. Bis auf die äußere Ähnlichkeit hatte er nichts mit Alfredo gemein. Alfredo war ein fünfzehnjähriger Faulpelz, der sein Leben damit zubrachte, sich auf den kaputten Bänken von La Fortezza herumzudrücken. Massimiliano hingegen brachte ein Gehalt nach Hause, von dem die ganze Familie lebte. Sein Vater bekam auch eine Behindertenrente, aber die war kaum angekommen, da hatte der Alte alles bis zur letzten Lira versoffen.

Das einzig Gute war, dass Massimiliano nicht mehr geschlagen wurde. Dem Alten war genügend Verstand geblieben, um zu kapieren, dass die Lage nicht besser wurde, wenn er die einzige Einkommensquelle der Familie zu Tode prügelte. Deshalb begnügte er sich damit, ihn zu beleidigen und anzuschreien, und wenn er Lust hatte, handgreiflich zu werden, lebte er sich an Alfredo und Andrea aus.

Ich hasste den Alten. Er war ein Säufer, das wussten wir alle und taten, als wäre nichts. Wir behandelten ihn so, als wäre er gar nicht da, und wenn wir ihn schlafend in irgendeiner dreckigen Ecke fanden, drehte Alfredo sich weg, als ob er ihn nicht kannte.

Er sagte, er wäre ihm egal, aber ich weiß, dass er unter der Demütigung litt; das hier war sein Vater, und er schämte sich schrecklich für ihn.

Alfredo ertrug alles, er versuchte, die blauen Flecken und Schnitte unter seinen Klamotten zu verstecken. Auch im Hochsommer trug er langärmlige Hemden, auf denen der Schweiß große Flecken hinterließ. Manchmal verletzte der Alte ihn ernsthaft, dann humpelte er, konnte sich vor Rückenschmerzen nicht bücken und manchmal vor Schmerz nicht einmal atmen. Dann erzählte er, er wäre die Treppe runtergefallen. Alle taten so, als glaubten sie ihm, auch wenn er demnach dauernd die Treppe herunterfiel.

Aber während die anderen sich nur vorstellen konnten, was bei ihm zu Hause passierte, wusste ich es. Seit ich klein war, war ich daran gewöhnt, durch die dünnen Wände des Hauses mitzuhören. Es war seit Jahren die gleiche Geschichte, und ich konnte nichts daran ändern. Alfredo sagte mir, ich sollte mich nicht einmischen, das wäre seine Angelegenheit und er könnte damit umgehen. Ich wurde wütend, ich schrie und schmollte, akzeptierte dann aber widerwillig meine Ohnmacht. Ich musste damit leben, dass er seinen Vater trotz allem liebte. Und dass er ihm nie und nimmer etwas getan hätte.

Wie man jemanden lieben konnte, der einem nur wehtat, blieb mir ein Rätsel. Ich habe nie gesehen, dass er gegen den Alten aufbegehrte, während ich ihn mehr als ein Mal getreten habe, wenn er zu besoffen war, um sich zu bewegen oder mich zu erkennen. Ich hoffte, dass er sterben würde, ich hoffte, ihn umzubringen.

Und eines Tages hätte ich es beinahe geschafft.

Den ganzen Morgen über drangen aus dem Stockwerk über uns Lärm und Geschrei. Der Alte war besoffen vom Wein, aber nicht genug, um sich irgendwohin zu verziehen und uns in Ruhe zu lassen. Er schrie wie besessen, rief und verfluchte seine tote Frau. In den Pausen antwortete ihm Alfredo, er klang nicht ängstlich, sondern antwortete ihm geduldig. Auch ich hatte keine Angst, er war sehr viel stärker als sein Vater. Wenn er gewollt hätte, hätte er ihn ohne Probleme aus dem Fenster werfen und für immer loswerden können.

Ich war allein zu Hause, meine Eltern waren mit Francesco zum Arzt gegangen. Er hatte hohes Fieber, das nicht weggehen wollte. Um mich während der Abwesenheit meiner Eltern nützlich zu machen, staubte ich die Möbel ab, wischte den Fußboden und hörte mit einem Ohr auf die Geräusche von oben.

Holzpantoffeln klapperten, ein Stuhl rutschte über den Boden, und irgendetwas knallte herunter. Dazwischen das verhasste Genuschel von dem Alten und Alfredos etwas abfälliges Lachen. Alles ganz normal.

Doch dann geriet die Situation aus dem Ruder.

Das Geräusch von nackten Füßen, die sich eilig Richtung Ausgang bewegten.

Ich lief zu unserer Wohnungstür und machte gerade rechtzeitig auf, bevor Alfredo dagegenknallen konnte.

»Er hat ein Messer, er will mich umbringen! Los, aus dem Weg!«

Er drückte mich gegen die Wand im Flur und knallte die Tür zu. Etwas warf sich schwer von der anderen Seite dagegen.

Ich sah, wie er sich leichenblass die Haare aus der Stirn strich und eine Anrichte packte, um sie zu verrücken.

»Was stehst du so doof rum? Hilf mir, sonst kommt der rein und macht uns beide fertig.«

Das ließ ich mir nicht zweimal sagen und packte mit an, um eine Barrikade zu bauen, die uns von dem Verrückten da draußen trennte. Der Alte grölte und bearbeitete mit Fußtritten und Messerhieben die Tür, die hinter der Anrichte bebte und zitterte.

Der Alte rief Alfredo, er beleidigte ihn und drohte ihm. Ich betete, dass die Barrikade hielt, die Türangeln kamen mir brüchig vor, und der verdammte Säufer schien heute in Form zu sein.

Wir hockten uns auf den Boden, die Schultern gegen die Anrichte gelehnt. Alfredo zog ein Päckchen Zigaretten aus der Tasche. Er zündete zwei an und gab mir eine.

Er war weiß wie die Wand und strich sich immer noch nervös die Haare aus der Stirn.

Auf einmal hörten die Schläge und Schreie auf. Sein Vater ging draußen vor der Tür auf und ab, zischte Drohungen und Flüche.

»Hat er dich geschlagen?«, fragte ich. Wenn Alfredo sich von seinem Vater hauen ließ, wurde ich fuchsteufelswild. Ich wurde auf ihn wütend, weil er außerstande war sich zu wehren.

Er schüttelte den Kopf. »Heute nicht. Aber der Drecksack hat versucht, mich zu erstechen.«

Sein rechter Unterarm – mit dem er sein Gesicht geschützt hatte – war mit blauen Flecken und Blutkrusten übersät. Dazwischen eine frische Wunde, die noch blutete. Ein Schnitt, nicht sehr tief.

»Früher oder später bringt der dich um.«

»Das schafft er nie und nimmer, du siehst doch, in welchem Zustand er ist.«

»Aber wenn ich dir nicht schnell genug die Tür aufgemacht hätte, hätte er dich dran festgenagelt.«

Alfredo zuckte die Schultern. Er glaubte mir nicht.

»Ach Quatsch. Das hätte er nie gemacht.«

»Das ist wirklich das Allerletzte. Soll er doch verrecken.«

»Du bist gemein, Bea.«

»Ich bin nicht gemein, ich bin ehrlich.«

Er antwortete mir nicht, sondern kam nur näher und legte den Kopf auf meine Schulter. Sein Blut hinterließ Flecken auf meinem T-Shirt, aber ich achtete nicht darauf.

»Wie hältst du das bloß aus?«

»Dich halte ich doch auch aus, warum sollte ich dann ihn nicht aushalten?«

»Aber ich bin nicht wie dein Vater.«

»Nein, du bist schlimmer. Du bist gemein. Er ist nur besoffen.«

Auf dem Treppenabsatz hatte der Lärm aufgehört. Jetzt war da nur noch eine unterdrückte Stille. Ich stellte mir vor, wie der Alte vor der Tür auf uns wartete, in einem Hinterhalt, aber ich hatte ihn überschätzt. Er hatte nicht genug Geduld, er war nur eine arme Sau und erinnerte sich nicht mehr daran, dass er versucht hatte, seinen Sohn umzubringen.

Wir machten die Tür auf und sahen, dass er mit ausgebreiteten Armen am Rand der Treppe schlief.

Ich ging hin und hob das Messer auf. Es war ein langes, scharfes, spitzes Küchenmesser. Damit konnte man jemanden umbringen. Es war blutverschmiert.

Ich zeigte es Alfredo.

»Schau mal. Der hätte dich umgebracht.«

»Noch mal, du Sturkopf: Er hat dafür nicht die Kraft.«

»Und warum bist du dann abgehauen? Ich stehe nicht immer hier und kann dich reinlassen. Eines Tages finden ich oder deine Brüder dich gekreuzigt an unserer Tür.«

»Mann, du machst vielleicht ein Theater, Bea.«

Ich schaute weg. Wenn er ihn erwischt hätte, hätte er ihn umgebracht, das wussten ich und er auch. Aber Alfredo redete alles klein, er wollte nicht zugeben, dass ich recht hatte. Das machte mich wütend. Ich hatte gute Lust, ihn die Treppe runterzuschubsen.

In diesem Moment kam mir eine Idee.

»Schmeiß ihn runter«, sagte ich und zeigte auf die Stufen. Sie waren steil, und der Alte lag ganz am Rand.

»Gib ihm einen Schubs, und du bist ihn los.«

»Machst du Witze?«

Ich brauchte meine ganze Kraft, um ihm zu antworten. Alfredo schaute mich entsetzt an, als wäre ich verrückt geworden. In seinem Blick lag eine Mischung aus Schrecken, Ekel und Angst. »Ich mach keine Witze. Wir sind mutterseelenallein. Keiner weiß, dass wir das gewesen sind. Die werden denken, dass er von selbst gestürzt ist.«

»Schlägst du mir vor, meinen Vater umzubringen?«

»Er wollte dich umbringen, dann seid ihr quitt!«

Er schüttelte den Kopf und ging weg. »Du bist krank.«

»Wenn du nicht den Mut hast, schmeiß ich ihn runter. Ich tu das für dich.«

Ich beugte mich über den Alten, der, nicht ahnend, in welcher Gefahr er schwebte, weiterschlief. Ich packte ihn am Hemd, drehte mich um und suchte Alfredos Blick, seine Zustimmung.

Ich fand sie nicht.

Alfredo griff mit einer solchen Wut nach meinem Arm,

dass ich erschrak. Er hob mich hoch und warf mich gegen die Wand. Ich stieß mir den Kopf an der Mauer und spürte, wie meine Zähne klappernd aufeinanderschlugen.

»Sag das nie wieder! Ich möchte nie wieder so einen Unsinn aus deinem Mund hören! Verstanden?«

»Kapierst du nicht, dass ich das deinetwegen mache? Ich möchte deine blauen Flecken nicht mehr sehen! Die tun mir weh, die tun mir so weh wie dir! Wenn du ihn los wirst, wird alles besser!«

»Er ist mein Vater, Bea. Das hat nichts mit dir zu tun, kümmere dich um deinen eigenen Dreck.«

Er ließ mich plötzlich los und ging ein paar Schritte, fixierte mich aber weiter mit seinem Blick. In seinen Augen loderte Hass, aber das war mir egal. Den Hass hätte ich gern auf mich genommen, nur um solche Szenen nicht mehr zu erleben. Ich ertrug das alles seit Jahren, jetzt schaffte ich es nicht mehr.

Alfredo schwieg. Ich musste etwas sagen.

»Du weißt, wie wichtig du mir bist.«

»Du hast wirklich eine komische Art, mir das zu zeigen.«

Er drehte sich um und kniete sich neben seinen Vater. Er weckte ihn vorsichtig, half ihm auf die Beine und lud ihn sich auf die Schulter. Der Alte murmelte undeutlich. Er erinnerte sich an nichts und hielt sich, aus Angst hinzufallen, an seinem Sohn fest.

»Geh zurück in die Wohnung, du Miststück, sonst erkältest du dich.«

Er sagte es ohne mich anzuschauen und verschwand, sich an seiner wertlosen Last abschleppend, auf der Treppe.

Zurück in der Wohnung nahm ich all meinen Stolz zusammen, um nicht in Tränen der Wut auszubrechen.

Ich war sechzehn Jahre alt und verstand ihn einfach nicht. Ich verstand nicht einmal, wie sehr ich ihm wehtat. Es ging ihm schlecht, er litt wie ein Hund, verzieh aber immer weiter, er verzieh allen. Die er am meisten liebte – seinen Vater und mich –, machten ihn fertig. Aber ich wollte nicht, dass er jemand anderen liebte, ich wollte ihn ganz für mich allein. In meinen Augen hatte ich ein Anrecht auf seine Liebe. Ich hatte ihn verteidigt, ihn ertragen. Wir hatten nebeneinander geschlafen, wir waren zusammen aufgewacht, seit Jahren teilten wir alles, während sein Vater ihm niemals auch nur annähernd das gegeben hatte, was er sich bei mir holte. Wenn jemand seine ganze Liebe verdient hatte, dann ich. Niemand anderes.

Denn das war eine von Alfredos wenigen guten Seiten: Er konnte bedingungslos lieben. Aber er hatte einen anderen Charakter als ich. Wenn es in unserer Freundschaft eine tragende Säule gab, dann war ich das. Er liebte wie ein Hund, mit dem gleichen blinden Zutrauen, der gleichen blinden Hingabe.

Ich hingegen hasste.

Ich hasste seinen schwachen Charakter, seine Gleichgültigkeit, seine Faulheit, die Ergebenheit an die Welt, die ihn hervorgebracht hatte. Ich hasste die Mädchen, die ihm gefielen, ich hasste unsere Freunde, wenn sie ihn mir wegnehmen wollten, ich hasste alles, wodurch er sich mir entzog. Mehr als alles andere hasste ich seinen Vater. Ich dachte, dass es die äußeren Umstände waren, die uns zu entzweien drohten. Ich dachte, Alfredo hätte keinen eigenen Willen, deshalb zwang ich ihm meinen auf. Ich verstand nicht, dass er vor mir fliehen wollte, dass er vor sich selbst fliehen wollte. Dass er es war, der etwas anderes suchte.

In jener Nacht war ich schon im Bett, als er kam. Ich war hellwach und wälzte mich hin und her. Neben mir schlief ruhig mein Bruder, und ich beneidete ihn sehr.

Er klopfte an unsere Tür, sagte meinem Vater, dass der Alte wieder besoffen war. Ich hörte sie im Flur reden, und wenige Minuten später kam sein schwarzer Schatten ins Zimmer.

»Bea?«

Ich antwortete nicht und tat so, als würde ich schlafen. Er seufzte und legte sich neben mich. Seit einiger Zeit fühlte ich mich so schwer, als hätte ich einen Stein verschluckt, wenn er mir zu nah kam, und bekam Lust auf eine Zigarette. Ich hasste dieses Gefühl, es war etwas, das ich für niemand anderen empfand. Ein komisches Unwohlsein kribbelte auf meiner Zunge. Und ich spürte eine große Hitze im Bauch.

»Ist der Alte immer noch besoffen?«

»Ich dachte, du schläfst?«

»Ich hab nur so getan. Ist er nun besoffen oder nicht?«

»Nein. Er schläft.«

Ich drehte ihm den Rücken zu. »Was willst du dann hier?«

Er umarmte mich. Das machte er selten, und wenn er es tat, fühlte ich mich noch schlechter. Ich spürte, wie meine Knie weich wurden.

»Dreh dich um, verdammt.«

»Ist bequemer so.«

»Sei nicht so blöd, dreh dich um.«

Francesco, der sich gestört fühlte, grunzte im Schlaf. Ich gab nach, nur damit Alfredo still war.

»Was willst du? Hättest doch zu Hause bleiben können.«

Ich schaffte es nicht, nett zu ihm zu sein. Ich hatte unrecht und wusste es. Ich hatte ihm vorgeschlagen, seinen Alten umzubringen. So schlimm er auch war, er blieb sein Vater. Ich kam mir wirklich blöd vor. Und gemein. Genau wie er gesagt hatte.

»Ich weiß auch nicht, weshalb ich hergekommen bin. Ich wollte hier sein.«

Seine kalten Hände streiften meinen Mund und meine Haare. Ich erschauerte.

»Entschuldige ... tut mir leid wegen vorhin«, sagte ich leise, beinahe erstickt. Ich wollte, dass er mich gehen ließ, dass er aufhörte, mich so an sich zu drücken. Es war anders, wir waren keine Kinder mehr. Er umarmte mich nicht, um mich nach einem Alptraum zu trösten. Es gab einen unterirdischen, geheimen Strom, der leise durchs Bett rauschte. Sein Körper schmiegte sich an meinen. Ich konnte kaum atmen, seine Stimme war unsicher.

»Ich wollte dich nicht an die Wand drücken. Ich wollte dir nicht wehtun. Aber manchmal sagst du Sachen, die mich verrückt machen. Versprich mir, dass du das nicht mehr tust.«

»Es ist gut, Alfredo, lass uns nicht mehr darüber reden.«

Langsam und unentschlossen umarmte ich ihn auch. Ich umarmte ihn fest. Er legte sein Gesicht in die Grube meines Halses. Und streichelte vorsichtig meinen Rücken.

Mein Bruder hustete und fluchte im Schlaf.

Mein Bruder, der mir sehr ähnlich war.

Und dieser andere blonde Bruder, der jetzt die Hände unter meinem T-Shirt hatte.

Wir waren Zwillinge. Das ging nicht, daran durfte man nicht mal denken. Ich versteifte mich, und Alfredo merkte es.

Er ließ mich los, küsste mich auf die Stirn und sagte, ich solle schlafen.

Nur dass mir das in jener Nacht nicht gelang.

12

Und dann steckte Arianna in Schwierigkeiten. Es ging ihr nicht gut. Jedes Mal, wenn ich bei ihr klingelte, um sie zu fragen, ob sie rauskam, sagte sie, sie könnte nicht. Sie hätte Bauch- oder Kopfschmerzen, sie wäre umgeknickt, sie hätte Fieber. Sie ließ mich nicht mal in die Wohnung, den ganzen Tag blieb sie allein mit ihrer Großmutter. Ich wusste, dass sie nicht wirklich krank war, dass das alles nur Ausreden waren, aber ich verstand den Grund nicht.

Ich hing mit den anderen Mädchen aus La Fortezza herum, aber das war nicht dasselbe. Cristina, Silvia und Michela mochte ich. Wir waren zusammen in die Grundschule gegangen, wir kannten uns von klein auf. Silvia war mit mir auch zur Mittelschule gegangen. Ich war gern mit ihnen zusammen, aber mit Arianna war es etwas anderes, sie war meine beste Freundin. Ich hatte Spaß mit ihr, wir lachten immer. Wir redeten über alles, fragten uns alles. Sie zog mich nicht damit auf, dass ich mich nicht für Jungs interessierte, dass ich noch Jungfrau war, dass ich mich nicht dafür interessierte, jemanden abzuschleppen und rumzuvögeln. Solange das für mich in Ordnung war, sagte sie, war es auch für sie in Ordnung, und jeder hätte eben seinen eigenen Rhythmus. Aber sie mochte es und tat es mit vielen Jungs. Aber seit einigen Wochen ließ sie auch das sein und verbarrikadierte sich den ganzen Tag in der Wohnung. Draußen begann der Juni, die Tage waren lang, man kam schon vor Hitze um, und sie vergrub sich bei ihrer Großmutter.

Unsere Freunde sagten, ich sollte sie in Ruhe lassen. Sie wäre auf Koks. Und es würde vorbeigehen. Aber ich glaubte das nicht, ich war überzeugt, dass sie ein Problem hatte.

Deshalb ging ich eines Tages zu ihr und klingelte zum tausendsten Mal. Sie sagte, sie könnte nicht runterkommen, weil sie Heuschnupfen hätte. Es war gar keine Heuschnupfen-Zeit, außerdem hatte Arianna noch nie Allergien gehabt. Ich würde ihr das nicht glauben und trotzdem hochkommen, sagte ich, und ohne auf eine Antwort zu warten, ging ich in den Flur und stieg die Treppe hoch.

Als ich im zweiten Stock angekommen war, fand ich die Tür angelehnt, aber niemand erwartete mich dort.

Ich ging unaufgefordert rein und suchte Arianna in allen Zimmern, was nicht lange dauerte, weil die Wohnung ihrer Oma klein war.

Ich fand sie im Bad, auf dem Klo sitzend, die Unterhose um die Knöchel und die Ellbogen auf die Knie gestützt. Sie schaute mich schweigend an. Um die Augen hatte sie dunkle Ringe.

»Ach so, das ist das große Geheimnis, weshalb du nicht mehr aus der Wohnung kannst? Durchfall? Das hättest du gleich sagen können.«

»Ich hab keinen Durchfall.« Sie machte die Beine breit, damit ich das saubere Wasser in der Kloschüssel sehen konnte.

»Warum sitzt du dann wie angewurzelt da? Komm, lass uns rausgehen.«

»Bea, sie kommen nicht.«

Ich war einen Augenblick lang verwirrt. »Wer kommt nicht?«

»Meine Tage. Ich krieg sie nicht. Den ganzen Tag sitze ich hier, um nachzuschauen, ob sie kommen. Ich bin zwei Wochen drüber, und immer noch nichts. Ich bin schwanger, Bea.«

»Ach du Scheiße! Bist du sicher? Warum hast du das nicht gleich gesagt? Von wem ist es? Willst du es behalten?«

Ich schüttelte sie und zog sie von der Kloschüssel weg. Jetzt standen wir uns gegenüber, ich schaute ihr in die Augen, ich voll angezogen, sie mit Leidensmiene und der Unterhose, die zwischen den nackten Füßen hing.

»Ich weiß nicht, was ich tun soll, Beatrice. Ich weiß es nicht. Ich weiß nur, was ich nicht will. Ich bin sechzehn. Mit sechzehn kannst du kein Kind behalten.«

Ich erinnerte sie nicht daran, dass das nicht stimmte. Dass meine Mutter in diesem Alter geheiratet und mich bekommen hatte.

»Arianna, von wem ist es? Willst du mir das sagen?«

»Ich weiß nicht, von wem. Auch deshalb will ich es nicht.«

»Irgendeine Ahnung musst du doch haben, du kannst doch nicht einfach sagen, du weißt es nicht.«

»Ich weiß es nicht, basta, Bea, frag einfach nicht mehr«, sagte sie so scharf, wie ich sie noch nie erlebt hatte. Sie schaute mich an. Ihr krauses, rotes Haar fiel ihr ins Gesicht und umrahmte die dunklen erschrockenen Augen. »Du musst mir helfen. Du bist die Einzige, die das kann.«

»Ist schon gut, ich helf dir ja, Ari, keine Sorge. Ich helfe dir.«

Aber ich hatte nicht die leiseste Ahnung, wie ich das Chaos sortieren sollte, das sie angerichtet hatte. Ich schlug ihr vor ins Krankenhaus zu gehen, aber sie weigerte sich. Ins Krankenhaus wollte sie keinen Fuß setzen.

»Die bringen dich um«, sagte sie. »Die denken schlecht von

dir, wenn du abtreiben willst. Die denken, du bist ein schlechter Mensch.«

»Niemand denkt, dass du ein schlechter Mensch bist, Ari, du musst nur deinen Mut zusammennehmen.«

»Die machen das sowieso nicht, weil ich minderjährig bin. Minderjährige brauchen die Erlaubnis der Eltern. Und außerdem würden sie mich tagelang dabehalten, was soll ich dann meiner Oma erzählen?«

»Sag ihr, dass du bei mir bist, und ich sag meiner Mutter, dass ich bei dir übernachte. Dann komm ich mit dir ins Krankenhaus.«

»Nein, Bea, so geht das nicht. Ich hab eine andere Idee.«

Ariannas Plan war, zur Engelmacherin zu gehen.

Das war eine alte sizilianische Hexe, die knapp außerhalb von La Fortezza wohnte. Man erzählte sich, dass sie seit Jahren dort war, lange bevor wir die Häuser besetzten, schon bevor die weißen Häuser von Colle dei Salici gebaut worden waren. Sie lebte in einer verfallenen Hütte mit roten Dachziegeln und einem verdorrten Garten, der von einem Blechzaun umgeben war. Manche erzählten sogar, dass sie immer schon da gelebt hätte.

Wir gingen früh an einem Morgen hin. Ich sagte meiner Mutter, dass ich mit Arianna auf den Markt gehen würde. Sie sagte ihrer Oma dasselbe.

Wir verließen La Fortezza, und statt in Richtung Stadt zu gehen, bogen wir nach links ab, dort, wo die Felder lagen.

Das Haus der Engelmacherin stand auf einem Platz aus festgetretener Erde, mitten in einem Feld, das wie eine Müllkippe aussah. Zwischen Unkraut lagen Reste von alten Haushaltsgeräten, ausgehöhlte Matratzen und ausgeweidete Mofas.

Wir kletterten darüber hinweg, und je näher wir kamen, umso mehr spürte ich, wie Ariannas Entschlossenheit schwand.

»Du musst das nicht machen, wenn du nicht willst. Wir können auch noch ein paar Tage warten.«

»Nein, Bea, ich will aber. Ich habe nur ein bisschen Angst, das ist alles. Aber ich will es, ich kann es kaum erwarten, dass alles wieder so ist wie vorher.«

Wir waren vor dem Haus angekommen: eine Veranda aus vergammeltem Holz und ein Vorhang aus Perlenschnüren vor dem Eingang. Die Tür stand offen, aber drinnen war keiner zu sehen.

»Ist da jemand?«

Von hinten, dort, wo der Garten vom Blech geschützt war, kamen Geräusche. Ich nahm Arianna an der Hand und zog sie um die Hütte herum.

Die Engelmacherin stand in ihrem Garten, gebückt, die Beine weit auseinander, eine Hand auf die Hüfte gestützt, während sie mit der anderen eine frische grüne Pflanze untersuchte.

Sie hatte schlohweißes Haar und ein geblümtes Kleid, das mit Erde verdreckt war. Man kam um vor Hitze, aber sie trug dicke Socken und darunter weiße Kniestrümpfe, die bis zu den Waden runtergerollt waren. Ihre Füße steckten in einem Paar Pantoffeln, das bessere Zeiten gesehen hatte. Sie sah aus wie eine Pennerin.

Als sie den Kopf hob, sah sie uns ein paar Meter weiter stehen. Sie schaute uns nacheinander an. Ihr Gesichtsausdruck blieb unverändert.

»Was wollt ihr?«

»Wir kommen aus La Fortezza«, sagte ich. »Du musst uns helfen.«

»Geht vorne herum, dann sprechen wir darüber.«

Wir gingen wieder Richtung Eingang, vor die Veranda und den Vorhang aus Perlenschnüren. Die Alte kam heraus, die Hände in die Hüften gestemmt. Sie schaute uns schweigend an.

»Wir müssen eine Sorge loswerden«, sagte ich. Neben mir unterdrückte Arianna einen Seufzer.

»Alle beide?« Die Engelmacherin hatte verstanden.

»Nein, nur sie.«

Ihre Aufmerksamkeit wanderte zu Arianna, die mit den Händen hinter dem Rücken und den eng beieinander stehenden Füßen aussah wie ein ängstliches Schulmädchen.

»Wie alt bist du?«, fragte die Engelmacherin.

»Sechzehn.«

»In welchem Monat?«

»Weiß nicht. Ein Monat, anderthalb Monate.«

»Bist du sicher? Weniger als drei Monate?«

»Ja, da bin ich sicher.«

»Hast du Geld dabei?«

Arianna steckte die Hand in eine Tasche ihrer Jeans und holte zerknüllte Geldscheine heraus. Sie hielt sie ihr hin, aber die Alte nahm sie nicht.

»Komm rein, ich schaue nach«, sagte sie. Dann sagte sie zu mir gewandt: »Du bleibst hier.« Ich zuckte die Schultern. Ich hatte gar nichts dagegen, draußen zu bleiben, im Gegenteil, ich setzte mich auf die unterste Stufe der Veranda und passte auf, mir die Hose nicht schmutzig zu machen. Dann zündete ich mir eine Zigarette an und schaute verwundert den Krähen zu, die auf der Suche nach etwas Essbarem zwischen dem Abfall herumliefen.

Im Haus blieb alles still.

Wenig später, viel früher als ich erwartet hätte, hörte ich den Perlenvorhang rauschen, und Arianna tauchte neben mir auf. Sie machte einen ganz normalen Eindruck, es ging ihr gut. In der Hand hielt sie eine Colaflasche, die randvoll mit einer merkwürdigen Flüssigkeit gefüllt war.

»Schon fertig?«

»Von wegen.« Sie hob den Arm und zeigte auf die Flasche. »Ich muss es zu Hause machen.«

»Was ist das für ein Zeug?«

Arianna antwortete mit einer Geste. Gemeinsam gingen wir von der Veranda weg. Sie wollte nicht, dass die Alte unser Gespräch mithörte.

»Irgendein Gebräu«, sagte sie dann. »Das hat sie zusammengemischt, mit ihren Kräutern. Alles pflanzlich, hat sie gesagt, und dass es mir erst mal schlecht geht, aber dass es funktioniert. Sie hat mich untersucht, als wäre sie Ärztin, Bea.«

»Was hat sie mit dir gemacht?«

»Ich musste mir die Unterhose ausziehen. Und dann hat sie mir erst die Finger reingesteckt und anschließend so ein Dings, das aussah wie ein Löffel … damit hat sie mir wehgetan. Ich hab keine Ahnung, was sie damit gemacht hat, ich hab gespürt, wie sie zieht und herumstochert … ganz komisch. Sie müsste es nicht mit dem Messer rausholen, es wäre klein, hat sie gesagt. Wenn ich das Zeug heute Abend trinke, würde es von allein weggehen.«

»Und das glaubst du?« Ich schauderte, wenn ich an die Alte dachte, die mich an eine Hexe erinnerte. Arianna zuckte die Schultern.

»Ich hab keine andere Wahl. Außerdem macht sie das schon seit Jahren. Seit Ewigkeiten, hat sie gesagt. Ihre Mutter hätte ihr das beigebracht, und dass sie nicht mal so alt war wie wir, als sie ihre erste Abtreibung gemacht hat. Ich traue ihr, Bea. Schon, weil ich der dummen Kuh 25 000 Lire gegeben habe.«

25 000 Lire waren unvorstellbar viel Geld. Ich fragte mich, wie Arianna es geschafft hatte, das Geld in so kurzer Zeit zusammenzubekommen. Vielleicht hatte sie es ihrer Großmutter geklaut oder sie hatte etwas Schlimmeres gemacht, vielleicht war sie auf den Strich gegangen. Ich wusste nicht warum, aber ich traute Arianna das zu. Hätte ich sie gefragt, hätte sie mir die Wahrheit gesagt, das wusste ich, deshalb entschied ich mich dagegen. Ich legte ihr einen Arm um die Schultern, und gemeinsam gingen wir weg, nach Hause.

Bevor wir nach La Fortezza hineingingen, kippte Arianna den gesamten Inhalt der Flasche runter, wie die Engelmacherin es ihr gesagt hatte. Mit jedem Schluck verdüsterte sich ihre Miene.

»Mein Gott, ist das ekelhaft«, sagte sie jedes Mal, wenn sie Luft holen musste, »das schmeckt unglaublich scheiße.«

»Was hast du erwartet, Prinzessin?«, fragte ich. »Dass es nach Limo schmeckt?«

»Verdammte Scheiße«, brach es aus ihr heraus, während es sie vor Ekel schüttelte.

Nachdem sie die Flasche geleert hatte, setzten wir uns eine Weile auf eine Bank und warteten. Keiner kam vorbei. Zum Glück. Arianna war leichenblass, aber es schien ihr besser zu gehen.

Ich brachte sie zurück nach Hause. Sie zog sich aus und legte sich ins Bett.

Eine Stunde später begannen die Wehen.

Die Engelmacherin hatte gesagt, das wäre normal. Dass du dich einen Tag lang wie besessen winden würdest und dann abends alles mit dem Blut rauskam.

Und man sah, dass Arianna litt, aber sie klagte nicht. Sie hatte Krämpfe, sie krümmte sich und hielt sich mit den Händen den Bauch. Wenn ein Krampf kam, hielt sie die Luft an und biss sich auf die Unterlippe. Dann ging der Schmerz für ein paar Minuten weg und ließ sie wieder atmen.

Ich wartete mit ihr, ich wusste nicht, was ich tun sollte. Ich hoffte nur, dass ihre Großmutter nicht nach Hause kam. Sie war zur Arbeit in die Stadt gegangen und wollte dann ihre Schwester besuchen, deshalb wussten wir, dass sie spät zurückkommen würde.

Falls sie doch früher kam, sollte ich sagen, dass Arianna auf dem Markt etwas Verdorbenes gegessen und deshalb Bauchweh hatte. Ich musste auf jeden Fall verhindern, dass man sie ins Krankenhaus brachte. Doch wenn ich Arianna ansah, wie sie sich mit schweißüberströmter Stirn und Schaum vor dem Mund im Bett wand, hätte ich sie am liebsten ins Krankenhaus gebracht.

Mit den Stunden wurden die Wehen stärker, kamen in immer kürzeren Abständen. Sie rollte sich auf dem Bett zusammen und vergrub das Gesicht im Kissen, um die Schreie zu unterdrücken. Ich hatte Angst, dass sie es nicht schaffte, ich hatte Angst, dass sie zusammen mit diesem Ding, das sie im Bauch hatte, sterben würde.

Aber sie starb nicht.

Gegen sieben Uhr abends, nachdem ich ihr Gesicht und Mund mit einem Handtuch befeuchtet hatte, sagte sie, sie müsse mal.

Die ganze Zeit über war sie nicht aus dem Bett aufgestanden, und ich hatte mich nicht von dem Stuhl wegbewegt, auf dem ich saß. Sie stützte sich auf mich, um aufzustehen, dann machte sie ein paar unsichere Schritte.

»Komm her«, befahl sie, »du musst mich tragen, ich spüre meine Beine nicht.«

Ich schaute ihre weißen Knie an, die mit Sommersprossen übersät waren und unter dem Nachthemd vorschauten, die dünnen Beine mit den gut sichtbaren Venen. Ein Blutrinnsal lief ihr auf der Innenseite der Schenkel entlang, dann auf die Ferse und schließlich auf den Boden. Ich sagte nichts.

Ich brachte sie ins Bad und zog ihr die Unterhosen runter. Sie ließ sich aufs Klo fallen.

»Ich schaff es nicht«, murmelte sie. Das Blut fing jetzt richtig an zu laufen. Sie senkte den Kopf, um sich zwischen die Beine zu schauen. Ihr Gesicht sah grünlich aus.

»Bea ... was zum Teufel ist los?«

»Das Blut, Ari, das hat dir die Alte doch gesagt. Das kommt jetzt raus.«

Sie umarmte ihre Knie, und ich hörte sie mit vergrabenem Gesicht stark atmen. Vielleicht weinte sie. Ich nahm einen Lappen, ging zurück ins Zimmer und wischte die Blutspur auf, die sie hinterlassen hatte.

Eine Stunde später fand sie die Kraft, vom Klo aufzustehen. Der Blutfluss an ihren Beinen hatte sich beruhigt, jetzt war es eine normale Blutung geworden.

Bevor sie abzog, beugte sich Arianna über das Klo, um den Inhalt anzuschauen. Ich blieb an der Tür stehen, ich wollte das Zeug nicht sehen.

»Wie geht's?«, fragte ich.

Sie schüttelte den Kopf und hielt den Atem an. Sie berührte ihren Bauch, den Bauch, der jetzt leer war.

»Ich habe abgetrieben«, sagte sie. »Es ist weg.«

Die versteinerte Miene, mit der sie sich umdrehte und mich anschaute, sollte ich nie mehr vergessen.

13

Genau einen Monat nach diesem Tag mit Arianna wurde Italien Weltmeister.

Wir waren glücklich, uns interessierte nichts anderes. Wir wussten nicht mal, wer gerade an der Regierung war. Keine Ahnung von nichts. Wir kannten nur Paolo Rossi.

Arianna ging es etwas besser. Zwei Tage lang konnte sie nicht aus der Wohnung, aber danach war sie wieder unterwegs, auch wenn sie noch schnell müde wurde und nach fünf Minuten zu Fuß total erschöpft war. Sie aß kaum was, hatte keinen Hunger und nahm ab. Die Folgen des Gifts, mit dem sie abgetrieben hatte, sah man ihr immer noch an.

Alle unsere Freunde wussten Bescheid, taten aber so, als wäre nichts, und ihr war es recht so.

Manchmal, wenn ich sie ansah, dachte ich an den Abend bei ihr zu Hause, an ihren Blick zum Schluss im Bad. Wenn ich an all das unterdrückte Leid in ihrem Blick dachte, fühlte ich mich schlecht und schwor mir, dass mir das nicht passieren würde. Ich würde nicht so bescheuert sein und zulassen, dass einer sein Ding so lange in mir stecken ließ, bis ich geliefert wäre.

An jenem Abend gingen wir alle in die einzige Bar von La Fortezza. Es war Sommer, in dem rappelvollen Lokal wirbelte ein müder Ventilator ein bisschen Luft auf. Die Hitze draußen war schwül und klebte auf der Haut. Drinnen stank es nach Schweiß, dazu der übliche Feiertagslärm. WM-Endspiel in Spanien, 1982, Italien gegen die BRD.

Ich ging mit Arianna in die Bar, besorgte ihr einen Stuhl und half ihr, sich etwas abseits vom Gedränge neben die schäbige Theke zu setzen. Das klappte nicht immer, manchmal gaben ihre Beine nach.

»Bea, bleibst du hier? Ich will nich' alleine rumsitzen, sieht komisch aus.« Während sie das sagte, schaute sie die anderen aus unserer Clique an. Die drängelten sich alle unter dem Fernseher, der zwischen einer Konsole und der fleckigen Decke eingezwängt war. Mittendrin auch Alfredo.

Die anderen hatten uns von weitem gegrüßt, aber keiner war zu uns gekommen. Alle hatten Panik, ihren Platz in der Menge zu verlieren, den sie durch Warten ergattert hatten.

Irgendwie taten sie mir leid: Seit Stunden lungerten sie da rum wegen so einem dummen Spiel. Ein paar waren schon total besoffen. Es gab keine Stühle mehr, deshalb hockte ich mich zu Ariannas Füßen, die mit den Händen im Schoß und ihrem traurigen Lächeln wie eine junge Madonna aussah.

»Na gut, hoffentlich gewinnen wir«, sagte ich, nur um irgendwas zu sagen.

»Willst du'n Eis?«, schlug ich dann vor. Das war das Einzige, was sie gern aß.

»Am Stiel. Zitrone.«

Ich stand auf, um es ihr zu holen. Um zur Gefriertruhe zu kommen, die schief und traurig in der Ecke stand, musste ich ein paar Gäste zur Seite schubsen.

Eis am Stil für sie und Bier für mich, der das Spiel egal war. Ich war nur wegen Arianna da.

Alfredo lächelte mir von weitem zu. Er hatte ein grün-weiß-rotes T-Shirt an, das gut aussah. Ich konnte mich nicht daran erinnern, ihn schon mal damit gesehen zu haben.

Als ich zurückkam, merkte ich, dass Arianna nicht auf den Fernseher schaute. Ihr Blick war auf die Menge gerichtet, auf unsere Freunde – ein komischer Blick, irgendwie abwesend.

»Alles okay?«, fragte ich sie.

»Ja, alles okay. Die erste Halbzeit ist fast rum, und auf dem Rasen ist es ruhig.«

»Was findest du daran?«

»Woran denn, Bea?«

»Fußball, wieso magst du Fußball? Ich find's total bekloppt.«

»Ist 'n Sport wie jeder andere. Schau ich nur, um nicht blöd zu Hause zu sitzen.«

Sie zuckte die Schultern, und ich beobachtete sie noch eine Weile heimlich. Ihre Augen waren auf das Spiel gerichtet, nicht mehr auf unsere Clique. Vielleicht hatte sie mitgekriegt, dass ich was gemerkt hatte.

»Ich weiß, von wem's war.«

Ich hatte gerade einen Schluck genommen, als sie das murmelte. Vor Überraschung spuckte ich mir das Bier auf die Beine.

Um uns herum starrten alle auf das Spiel. Sie auch.

»Hab ich richtig gehört?«, fragte ich.

»Hast du. Ich weiß, wer's war.«

»Warum hast du nix gesagt?«

»Ich wollte es doch eh nich'.«

»Komm, wir gehen.«

Wir gingen raus, auf der Straße war kein Mensch. Aus den

Häusern drang laut und deutlich die Stimme des Kommentators.

Wir setzten uns auf den Bürgersteig gegenüber der Bar. Von dort aus konnten wir das Gedrängel drinnen sehen, unter einer Rauchglocke, die zum Schneiden dick war.

Alfredo war der Größte von allen und der Aufgeregteste. Er sprang rum, grölte und umarmte alle.

Ariannas Blick klebte an unseren Freunden, die vor lauter Ablenkung nicht mal gemerkt hatten, dass wir rausgegangen waren.

Ich schwieg und versuchte zu erraten, wen sie anschaute. Das war schwierig, weil alle so nah beieinander standen. Mir war klar, dass ich wusste, wer der Vater war, dessen Kind sie weggemacht hatte, wenn ich rausfand, wen sie anschaute. Trotzdem wollte ich, dass sie es mir sagte.

»Einer von hier?«

»Ja.«

»Sicher? Vielleicht war's Marcello, der aus dem Casino. Vielleicht war's seins.«

»Nee, bei dem hab ich mitgezählt und sofort danach meine Tage bekommen. Nee, Marcello nich'.«

»Dann Enrico. Der muss es gewesen sein.«

Enrico gehörte zu unserer Clique. Er hatte den Ruf, gut im Bett zu sein, zu wissen, wie man mit Mädchen umging. Arianna hatte mit ihm geschlafen.

Sie machte den Mund auf, um was zu sagen, machte ihn aber gleich wieder zu. Dann schaute sie mich an und rümpfte die Nase.

»Arianna, ist da was, was ich nicht weiß?«

Ich sah, wie sie sich wand.

Was verbirgst du vor mir, Arianna? Wer war der Idiot, der

nicht rechtzeitig rausgezogen hat? Bist du sicher, dass es nicht Enrico war? Mit wem hast du geschlafen, warum sagst du mir das nicht?

Sie drehte sich um und schaute auf die andere Straßenseite, auf das beschlagene Fenster der Bar.

Ich sah unsere Freunde, die das Spiel anschauten.

Ich sah den, der mehr rumtobte als alle anderen.

Und fühlte, wie meine Eingeweide zu heißer Brühe wurden.

Sag nicht, dass er's war. *Sag nicht, dass du dich von Alfredo hast ficken lassen und mir nix gesagt hast. Dass der zu mir ins Bett gestiegen ist, mich umarmt hat und noch die Finger feucht hatte von dir. Sag mir, dass ihr es nicht getrieben habt, und wenn ihr es wirklich getrieben habt, dann sag mir wenigstens, dass es nicht gut war. Dass es eklig war, dass er sofort gekommen ist. Dass er so miserabel war, dass er nicht mal rechtzeitig rausgezogen hat.*

»Schau nur, wie sich Alfredo, dieser Affe, aufführt – wie ein Bekloppter«, sagte sie abwesend.

»War er das? Los, sag die Wahrheit, hat er dich geschwängert?« Die heiße Suppe in meinem Bauch wollte nicht mehr weggehen.

War da Panik in meiner Stimme? Ich glaubte nicht, aber Arianna schaute mich an, als wäre ich verrückt geworden.

»Alfredo? Hast du sie noch alle?«

»Hast du dich von dem ficken lassen?«

»Nee, wie kommst du darauf?«

»Keine Ahnung, man kann doch mal fragen.«

Meine Eingeweide wurden wieder fest. Ich atmete tief durch und wusste nicht mal, weshalb mich die Vorstellung so nervte, Arianna hätte mit Alfredo geschlafen.

Ich lächelte.

»Jetzt hab ich echt kurz gedacht, dass er das war.«

»Unmöglich.«

»Warum?«

»Alfredo vögelt nicht. Der will dich.«

»Wie kommst du darauf?«

»Mach mal die Augen auf, dann merkst du's vielleicht.«

»Okay, so kommen wir nich' weiter. Los, wer war's, spuck's aus?«

Sie neigte den Kopf zur Seite und umarmte ihre Knie.

»Dein Bruder.«

Laute Jubelschreie explodierten in der Bar. Paolo Rossi hatte ein Tor geschossen.

14

Bis zum Ende des Spiels hielt ich aus und wartete, bis die Leute aus der Bar kamen und den Sieg feierten.

Dann rannte ich weg, und nachdem ich mich umgeschaut hatte, dass mich keiner sah, beugte ich mich vornüber und kotzte in eine Ecke.

Keine Ahnung, warum Ariannas Geheimnis so eine Wirkung hatte. Vielleicht, weil sie ausgerechnet mich gebeten hatte, ihr zu helfen, und ich das irgendwie pervers fand. Oder vielleicht einfach nur, weil Francesco mein Bruder und letzte Woche vierzehn geworden war. Unvorstellbar, dass er ein Mädchen schwängern könnte.

Ich bat Alfredo, mich nach Hause zu bringen, weil es mir nicht gut ging. Ich drängelte so lange, bis er entnervt nachgab.

Ich wollte nicht allein mit meinem Bruder in einem Bett schlafen. Das war mir unheimlich.

»Bleibst du hier heute Nacht?«

Er wollte schon Nein sagen, als er an meinem Gesichtsausdruck sah, dass was nicht stimmte.

»Zu viel gesoffen, was, Bea?«

»Nee, Unsinn. Es ist ... keine Ahnung, ob ich's schaffe, dir das zu sagen. Bitte bleib hier.«

Er wurde ernst. Wir gingen schweigend und auf Zehenspitzen in die Wohnung, um meine Eltern nicht zu stören. Dann waren wir endlich in meinem Zimmer.

Francesco war draußen geblieben, um mit den anderen zu feiern. Arianna war auch dabei.

Ich hatte gesehen, dass sie sich nur mit Mühe auf den Beinen hielt und mein Bruder sie stützte. Ihre Blicke hatten sich getroffen. Francesco hatte gelächelt, und ich hatte ihn gehasst. Er war ein Kind, sie hatte das ausgenutzt. Ein Volltrottel, der meine Freundin geschwängert hatte und sich nicht mal Gedanken drüber gemacht hatte.

Oder vielleicht doch.

Vielleicht wusste er es und tat so, als wär nix. Oder Arianna hatte sich getäuscht. Falsch gerechnet. Vielleicht hatte sie es nur gesagt, um mich zu ärgern. Aber warum? Arianna hatte keinen Grund, mich anzulügen.

Ich zermarterte mir das Hirn und wälzte mich in dem viel zu großen Bett rum. Alfredo lag mucksmäuschenstill neben mir, wartete gelangweilt und schnaufte ab und zu.

»Hör mal …«

»Willst du's endlich sagen?«

»Du kannst dir nicht vorstellen, wie schwer das ist.«

Sein Schweigen nervte mich. Ich musste es jemandem sagen.

»Arianna hat abgetrieben.«

»Ach nee, is' ja ganz was Neues. Das wissen alle, Bea.«

»Darum geht's nich', du Idiot.«

»Ach so? Worum dann?«

»Wer sie geschwängert hat.«

»Das weiß die doch selber nicht. Außerdem hat sie's weggemacht. Scheißegal, wer's war.«

»Sie weiß es aber.«

In dem schummrigen Licht, das durch das geöffnete Fenster in den Raum fiel, sahen seine Augen schwarz aus.

»Wer?«

»Francesco.«

So dahingesagt, war es gar nicht so schlimm. Alfredo seufzte. Er war nicht beeindruckt.

»Weiß er's?«

»Ich glaub' nich'.«

»Sagst du's ihm?«

»Soll ich? Wenn ich's ihm sage, bring' ich ihn um. Wenn ich's Papa petze, bringt der ihn um. Der bringt ihn wirklich um. Einen toten Bruder will ich nich' auf dem Gewissen haben. Auch wenn er mir auf die Nerven geht, und wie.«

»Dann sag nix. Keinem. Vergiss es einfach.«

»Warum hast du kein Problem damit? Mir geht's beschissen«, schimpfte ich. Ich hasste seine Ruhe, seine Gleichgültigkeit.

»Ist gegessen. Und dann hat's nix mit dir zu tun, ich kapier nicht, warum du dich schlecht fühlst. Ganz ehrlich und in aller Freundlichkeit, Bea: Interessiert mich 'nen Scheiß, von wem sich Arianna ficken lässt. Interessiert mich sogar 'nen Scheiß, dass sie's mit Francesco getrieben hat. Immer steckst du deine Nase überall rein, wann raffst du endlich, dass dich das 'nen Dreck angeht.«

»Blödmann.«

»Genau, und du hör auf, mich mit diesem Weiberkram zu nerven.«

Ich stützte mich auf die Ellenbogen und streckte mich über ihn hinweg, um die kleine Lampe auf dem Nachttisch anzuknipsen. Genervt machte er die Augen zu.

»Hast du mit ihr gepennt?«

Ich wusste, dass Arianna das abgestritten hatte. Ich wusste auch, dass sie mir die Wahrheit gesagt hatte. Warum ich es von ihm hören wollte, wusste ich nicht.

Er starrte mich mit offenem Mund an und hatte den gleichen Blick wie meine Freundin, als ich ihr vor ein paar Stunden die gleiche Frage gestellt hatte. Ich musste lachen.

»Nee, natürlich nich'. Was für 'ne beschissene Frage.«

»Schwör mir, dass ihr nie zusammen wart.«

»Bea, was is' los?«

Nervös machte ich das Licht aus. Instinktiv wollte ich mich von ihm wegdrehen, tat es aber nicht. In der Dunkelheit starrte ich ihn an.

»Gut, ich schwör's. Ich war nicht bei ihr. Geht's dir jetzt besser?«

»Findest du Arianna geil?«

»Eifersüchtig?«

»Nee. Findest du sie geil?«

»Nee, tu ich nich'. Keinen Bock, dort rumzustochern, wo vor mir schon andere waren.«

»Du bist echt gemein, Alfredo.«

»Du fragst den letzten Scheiß. Jetzt gib endlich Ruhe und schlaf, is' ja nich' zum Aushalten.«

»Und was mach ich mit Francesco?«

»Mach, was du willst, verdammt noch mal, weißt doch eh alles besser.«

»Ja, aber was würdest du machen?«

Im Halbdunkel sah ich, wie er sich mit der Hand durch die Haare fuhr und genervt unter der Decke strampelte. Ich musste lachen. Es machte Spaß, ihn zur Weißglut zu bringen.

»Hör zu, mir wär's egal, ich würde schlafen und die armen Schweine in Ruhe lassen, die mich aushalten müssen.«

Ich drehte mich zum leeren Teil des Bettes um und schloss die Augen. Ein paar Minuten später küsste er meine Haare und sagte Gute Nacht.

»Alfredo«, brach es aus mir heraus.

»Warum musst du mir so auf 'n Sack gehen, ausgerechnet heute Abend, Bea?«

»Lass mich in Frieden. Ich wollte bloß sagen, dass ich heilfroh bin.«

»Worüber?«

»Dass du nich' mit Arianna gepennt hast.«

Als ich mir seinen erstaunten Gesichtsausdruck in meinem Rücken vorstellte, musste ich lächeln. Dann schlief ich endlich ein.

15

Der Winter in La Fortezza war unerträglich. Schon im Oktober fingen wir an uns Sorgen zu machen, wie wir die langweiligen Wintermonate rumbringen sollten. Ab Anfang November legte sich Frost auf unsere Hügel. Der Matsch auf den Plätzen gefror und wurde glatt, das Gras wurde grau, und man konnte nicht mehr raus. Ein schneidender Wind blies und biss uns in die Ohren.

Wir verbrachten die Tage vor dem Fernseher oder vergruben uns in der einzigen Bar des Viertels, die bei Kälte immer so voll war, dass man kaum einen Platz bekam.

Es regnete oft, es war ein prasselnder Regen, und die Nässe ging einem in die Knochen.

So einen Regen gab es im Winter 1982 oft.

Weil das Wetter schlecht war, langweilten wir uns noch mehr als sonst. Wir konnten tagsüber die meiste Zeit nicht raus, und so stritten wir, Alfredo, Francesco und ich, in einer Tour. Manchmal kamen auch Massimiliano und Andrea von oben runter und stritten mit.

Und wenn Arianna kam, war es noch besser, denn mit einem Mädchen zu streiten war spannender.

Es war unerträglich, jede Ausrede war willkommen, um aufeinander loszugehen.

Nicht mal meine Mutter ertrug uns, sie schrie uns an, ihr

nicht zwischen den Beinen rumzulungern. Wenn wir uns dann draußen auf die Treppe setzten, kam immer jemand und motzte rum, wir sollten endlich Ruhe geben.

Deshalb hatte Mama irgendwann eine Idee.

Eines Sonntags hatte Don Antonio während der Messe ein Flugblatt verteilt. Mama brachte es mit nach Hause und sagte, wir sollten es lesen. Es war das komplette Programm der weihnachtlichen Aktivitäten in der Jugendarbeit, mit verschiedenen Veranstaltungen, die alle an Nachmittagen stattfanden. Total bescheuerte Sachen, Christbaumschmuck oder Krippenfiguren basteln.

Francesco sagte, er würde lieber vom Balkon springen als dorthin zu gehen.

Alfredo fand das auch, ich auch. Seit der Schule fand ich Basteln zu Weihnachten total bekloppt.

Mama sah das anders. Am letzten Freitag im November schickte sie uns ins Gemeindezentrum der Pagode, da konnten wir noch so protestieren. Sie war nicht davon abzubringen.

Letztlich waren ein paar Stunden im Gemeindezentrum besser, als sich auf der Straße totzufrieren. Außerdem konnte uns keiner zwingen, diesen Schwachsinn mitzumachen, wir konnten einfach zuschauen oder unseren eigenen Kram machen.

Also gingen wir hin.

Ich erwartete die normale Kirchenatmosphäre, wie ich sie bei den paar Gemeindetreffen erlebt hatte, bei denen ich gewesen war: Don Antonio mit seiner schwarzen Kutte und den ewig nach hinten gekämmten Haaren, die Alten aus dem Viertel und bastelnde Kinder. Dazu noch ein paar arme Schweine wie wir, mit denen wir quatschen und rumjammern konnten.

Ich lag völlig falsch.

Der Hauptsaal des Gemeindezentrums, der die meiste Zeit

des Jahres als Lagerhalle diente, war geputzt und weihnachtlich geschmückt. In einer Ecke war ein ungeschmückter Baum, einer von denen aus Plastik mit Ästen, die man zusammenklappen konnte. An der Decke hingen bunte Lichter. Jedes vierte funktionierte.

Don Antonio trug kein Messgewand, sondern Jeans und Pullover. Er sah gar nicht aus wie ein Priester.

Und es waren ganz schön viele Leute da. So viele hatte ich noch nie hier gesehen. Einige erkannte ich, sie waren aus La Fortezza.

Andere – und das war neu – hatte ich noch nie gesehen.

Wir blieben wie angewurzelt an der Tür stehen und starrten den Haufen unbekannter Leute an. Viele von ihnen waren kaum älter als wir.

Das Komische war, dass sie keine Angst hatten, hier in La Fortezza zu sein. Sie bewegten sich ganz natürlich, sie schienen entspannt, sie lächelten.

»Ich hau ab«, sagte Alfredo.

»Wohin denn?«

»Nach Hause. Das hier kannst du vergessen. Bis später, ja?«

Wir schauten ihm nach, wie er im Regen wegging, die Hände in der Tasche.

Als er verschwunden war, warf Francesco mir einen hoffnungsvollen Blick zu.

»Vergiss es«, sagte ich, »hast du 'ne Ahnung, wie Mama sich aufregt, wenn wir jetzt abhauen?«

Wir standen an der Tür und schauten uns verzweifelt an, als Don Antonio mit einem breiten Lächeln auf uns zusteuerte.

»Beatrice, Francesco, wie schön, euch zu sehen«, sagte er. Es war kein Witz, er freute sich wirklich. Er stellte sich zwischen uns und legte uns wie Freunden die Arme um die Schultern.

Dann führte er uns zu einem Tisch, wo ein paar Leute Christbaumkugeln anmalten, und erklärte uns, was wir machen sollten. Ich erkannte zwei Frauen, die im Haus gegenüber von uns wohnten, und die ältere Schwester meiner Freundin Cristina. Ich grüßte knapp und setzte mich zwischen meinen Bruder und einen Jungen, den ich nicht kannte.

Eine Zeit lang beobachtete ich den unbekannten Jungen rechts von mir.

Er war vielleicht so alt wie ich oder ein paar Jahre älter. Mager und mit Brille. Er schien sich darüber zu freuen, hier zu sein und Weihnachtsschmuck zu basteln, aber wie ein Trottel sah er nicht aus. Ich fragte mich, was er an diesem Tisch bei all den Tussis wollte.

Ich hatte den Gedanken noch nicht zu Ende gedacht, da hob er den Kopf und lächelte mich an.

»Ciao, ich heiße Giulio.«

»Beatrice, und das da ist Francesco, mein Bruder.«

Als Antwort grummelte Francesco: »Du bist nicht von hier, was willst du?«

Ich hätte ihm am liebsten gesagt, halt's Maul und reiß dich zusammen, aber er hätte mich sowieso nicht beachtet. Francesco machte immer, was er wollte. Im Unterschied zu Alfredo, der sich manchmal überreden ließ, war Francesco nicht zu lenken.

Ich senkte den Kopf und tat so, als hätte ich nichts gehört, obwohl ich daneben saß.

»Ich bin aus der Gemeinde San Damiano«, sagte Giulio betont freundlich. »Don Antonio hat mich gefragt, ob ich kommen will und hier bei den Weihnachtsvorbereitungen helfen.«

»Also bist du Priester.«

»Nein. Ich bin Ehrenamtlicher in der Gemeinde. Alle, die du hier siehst und nicht kennst, sind Ehrenamtliche.«

Wir schauten uns schnell um. Es waren mindestens zehn Ehrenamtliche da, alle ganz jung.

»Aber macht ihr diesen Scheiß wirklich gern?« Francesco ließ nicht locker. Ich hätte ihn am liebsten erwürgt, ich schämte mich für ihn. Auch den anderen an unserem Tisch schien es peinlich zu sein, sie schauten überall hin, nur nicht in unsere Richtung.

»Das ist doch gar nicht so wichtig, es ist bloß ein Anlass, Zeit miteinander zu verbringen.«

»Ach du Scheiße, du quatschst genauso blöd wie ein Priester, denk doch mal drüber nach …«

»Francesco, Schnauze!«, brüllte ich.

Es funktionierte. Er hielt augenblicklich den Mund. Ich nutzte die Gelegenheit, um ihm zu drohen: »Wenn du nicht sofort aufhörst, sag ich's Papa.«

Die Drohung, alles zu Hause zu erzählen, wirkte bei meinem Bruder immer Wunder. Ein Blick meines Vaters reichte, um ihm Angst einzujagen.

Er gab nach, nahm eine Kugel und fing widerwillig an, sie zu bemalen.

»Strafarbeit«, hörte ich ihn murmeln.

Ich drehte mich wieder zu dem Jungen um und entschuldigte mich für meinen Bruder, damit er nicht dachte, dass ich auch so ein Monster wäre, obwohl ich ehrlich gesagt derselben Meinung war wie Francesco.

Diese Bastelei war ein riesiger Scheiß.

Als wir aus dem Gemeindezentrum kamen, war es Zeit zum Abendessen. Francesco hatte die ganze Zeit finster dreingeschaut, ich hatte mich irgendwann in mein Schicksal ergeben und das Ganze gar nicht so doof gefunden.

Ich fand, dass ich es mir wenigstens nett machen konnte, wenn ich schon da bleiben musste. Und dieser Ehrenamtliche war eigentlich ganz freundlich.

»Dieser Giulio ist ganz nett, oder?«

»Wer, der Möchtegern-Priester? Verteidigst du diesen Volltrottel etwa noch?«

»Nur, weil du dich nicht benehmen kannst. Er war freundlich und du ein Riesenarschloch.«

In La Fortezza war es an diesem Abend stockfinster, und es fing schon wieder an zu regnen, aber Francesco blieb mitten auf der Straße stehen und packte mich am Arm.

»Ich fass es nich'«, sagte er, während sich ein dämliches Grinsen auf seinem Gesicht ausbreitete. »Du stehst auf diesen albernen Priester!«

»Stimmt nich', wann hab ich das gesagt?«

»Hast doch gesagt, der is' nett! Dir gefällt dieser Trottel!«

»Du spinnst total! Ich meine, der ist als Person nett, du nervst echt!«

Aber mein Bruder hörte nicht mehr zu. Er rannte die Straße entlang und posaunte laut hinaus, dass ich in einen Priester verknallt wäre.

Ich zuckte die Schultern und entschied, ihn reden zu lassen, ich wusste ja, dass Francesco ein unverbesserlicher Idiot war.

16

Eigentlich fand ich es gar nicht schlecht, ins Gemeindezentrum zu gehen. Alfredo weigerte sich, einen Fuß dort reinzusetzen, und mein Bruder weigerte sich nach dem ersten Nachmittag, noch mal mitzukommen.

Dafür ging ich jeden Tag hin.

Ich fand es immer noch dämlich und sterbenslangweilig, Baumkugeln zu bemalen oder Krippen zu basteln, aber das war nicht der Grund, weshalb ich in die Pagode ging.

Ich fand es toll, neue Leute kennenzulernen, Leute, die anders waren als die, die ich seit meiner Geburt jeden Tag sah.

Außerdem war mir Giulio trotz der blöden Quatscherei von Francesco sympathisch, und ich versuchte immer, mich neben ihn zu setzen.

Nach ein paar Tagen fing er an, mir einen Platz freizuhalten.

Vielleicht hatte Francesco sogar recht, vielleicht war mir der Junge nicht egal. Wenn ich daran dachte, dass in ein paar Wochen alles vorbei war, war ich nicht erleichtert, sondern traurig.

Aber nicht nur das. Wenn ich mit ihm zusammen war, benahm ich mich merkwürdig, das merkte ich selbst.

Das war mir noch bei keinem passiert. Mit ihm gab ich mir Mühe, anständiges Italienisch zu reden, ohne Wörter oder Silben zu verschlucken wie bei meinen Freunden. Ich gab mir

Mühe, nicht zu viele Schimpfwörter zu benutzen und weniger vulgäre Flüche, ich hielt meine Beine geschlossen und lümmelte nicht rum. Ein paar Mal klaute ich sogar Lippenstift aus Mamas Handtasche.

Wenn ich mit ihm allein war, wurde ich so nervös, dass ich nur noch kicherte.

Don Antonio wollte nicht, dass wir drinnen rauchten, deshalb musste ich jedes Mal, wenn ich eine Zigarette wollte, raus. Es war kalt, und wegen der kaputten Lampen war es dunkel im Hof, aber wenigstens regnete es mir nicht auf den Kopf.

Manchmal, wenn es nicht zu viel zu tun gab, kam Giulio mit raus, obwohl er nicht rauchte.

Wir standen nebeneinander in der Dunkelheit, die nur von meiner Kippe erleuchtet wurde, und hörten dem Regen zu, der irgendwo vom Vordach herunterrauschte.

Wir redeten kaum.

Ich hatte keine Ahnung, was ich sagen sollte, zwang mich aber, irgendein Thema zu finden. Aber immer wenn ich wie durch ein Wunder eins fand, starb die Unterhaltung nach kurzem Hin und Her.

Als ob uns die Stille unter dem Vordach irgendwie den Mund verschließen würde. Im Gemeindesaal waren wir immer lustig und quatschten über alles Mögliche. Aber draußen stockte das Gespräch, und ich fühlte mich unwohl. Ich dachte, dass er sich allein mit mir langweilte, deshalb rauchte ich hastig, um so schnell wie möglich wieder reinzugehen.

Ich mochte es gar nicht, wie ich mich da draußen fühlte, und zum Schluss ging ich gar nicht mehr rauchen.

Ich rauchte, bevor ich ins Oratorium ging und danach auf dem Heimweg.

Die restliche Zeit riss ich mich zusammen.

An irgendeinem Abend fragte er mich dann, ob ich mit rauskam.

Das war am letzten Nachmittag. Danach würde Don Antonio in der Pagode die Messe lesen, und dann gingen alle nach Hause. Ich wollte vorher gehen, die Messe interessierte mich nicht.

Ich war gerade auf eine Leiter geklettert, wie sie Maurer benutzen, und war mit der Christbaumspitze beschäftigt, als Giulio zu mir kam.

»Bea, kommst du bitte mal runter?«

»Was brauchst du?«

»Nichts, es ist nur … komm runter, dann sag ich es dir.«

Ich war noch nicht richtig von der wackligen Leiter runter, da packte er mich an der Schulter und führte mich vom Baum weg. Er wirkte nervös.

»Gehen wir eine rauchen?«, fragte er.

»Du rauchst doch gar nicht.«

»Egal, ich komme mit, während du eine rauchst.«

Ich konnte gerade noch meine Jacke und die Zigaretten nehmen, da zog er mich schon raus ins Dunkel des Vordachs.

Wir waren allein. Alle anderen waren mit den letzten Handgriffen am Baum und an der Krippe beschäftigt, und keiner hatte unser Verschwinden bemerkt.

Im Hof unter dem Vordach war niemand, aber aus dem Gemeindesaal drangen deutlich Stimmen und Gelächter.

Ich lehnte an der Mauer und betrachtete die Häuser von La Fortezza. An einigen Balkonen leuchteten bunte Lichter, es sah beinahe fröhlich aus.

»Bea, hör mal … kommst du mal zu mir?«, fragte er plötzlich. Ich verstand nicht gleich.

»Was?«

»Ich hab gefragt, ob du mich bald mal zu Hause besuchen kommst.«

»Was soll ich da?«

»Nur so, uns sehen, wir mögen uns doch, oder?«

Natürlich mochten wir uns. Giulio gefiel mir. Nicht wie meine Freunde, ich fand es gut, dass er anders war. Bei diesem Jungen wollte ich besser sein.

Aber er war nicht Teil meiner Welt. Er war anders. Und dieses Andere war in ein paar Stunden vorbei, das wusste ich.

Es tat mir leid, aber ich konnte nichts daran ändern.

»Wohnst du allein?«

»Nein, bei meinen Eltern. Ich habe auch einen Hund, der heißt Zeno. Er ist groß, aber lieb, er tut nichts.«

»Ich kann nicht zu dir kommen.«

»Warum nicht?«

Die Antwort war offensichtlich, sie war überall um uns herum. Es lag an diesem Ort, an den kaputten Türen und dem gefrorenen Boden in den Höfen, ein Ort aus billigen Lichtern, die an rostzerfressenen Balkonen hingen. Ich konnte hier nicht weg. Es war eine Art Gefängnis.

»Weil ich hier lebe, weil ich eine aus La Fortezza bin. Die Leute draußen mögen uns nicht, Giulio. Sie schauen uns schief an, sie verjagen uns. Ich kann nicht zu dir kommen.«

»Mein Vater und meine Mutter sind aber nicht so bescheuert. Das hier ist nur ein Ort, Bea. Du musst nicht so sein wie deine Umgebung.«

»Ich bin aber so. Ich bin wie dieser Ort. Daran kann ich nichts ändern.«

»Dann sehen wir uns also nicht mehr?«

»Nächstes Jahr, wenn du wieder herkommst.«

Ich versuchte zu lächeln, und plötzlich, ohne dass ich auch nur ansatzweise damit gerechnet hätte, küsste mich Giulio.

Ich kapierte nicht gleich, wie mir geschah. Gerade noch hatten wir uns gegenübergestanden und darüber gesprochen, wann wir uns wiedersahen.

Einen Augenblick später hatte ich seine Zunge im Mund.

Es war ein komisches Gefühl, aber ich wich nicht aus. Ich legte ihm die Arme um den Hals und ließ mich von ihm umarmen, das hier war mein erster Kuss, den wollte ich auf keinen Fall verpassen, auch wenn er nicht so war, wie ich ihn mir vorgestellt hatte, auch wenn meine Haare in unseren Mündern landeten und seine Brille zwischen unseren Nasen klemmte, trotzdem war es eine neue, überraschende Erfahrung. Und als ich mich daran gewöhnt hatte, gar nicht mal so schlecht.

Während wir uns küssten, brach jemand drinnen in lautes Gelächter aus. Es war ein fröhliches Lachen, laut, eins dieser ansteckenden Gelächter.

Es klang nach Alfredo.

Alfredo. Plötzlich fiel mir ein, dass ich mich mit ihm hier verabredet hatte, wenn der Nachmittag vorbei war. Ich wollte ihm die Krippe und den Weihnachtsbaum zeigen, den wir geschmückt hatten.

Alfredo musste gleich kommen.

Alfredo durfte nicht sehen, wie ich einen Fremden küsste.

Alfredo würde es meinem Bruder erzählen, der es meinem Vater erzählen würde.

Und wenn mein Vater davon Wind bekäme, würde ich bis Ostern nicht mehr rausdürfen.

Ich schubste Giulio weg, zog meine Jacke zurecht und rannte über die Straße weg.

»Bea, wo willst du hin?«

»Ich muss weg, es ist wichtig!«

»Wann sehen wir uns wieder?«

Ich blieb stehen und drehte mich nach ihm um. Sein dunkler Umriss im Schatten des Vordachs. Seine Brille, die ihm immer noch schief auf der Nase saß, blitzte. Ich fand, dass er auch so richtig nett aussah.

Ich lächelte.

»Nächstes Jahr! Wir sehen uns nächstes Jahr zu Weihnachten!«

Dann rannte ich weiter und schaute mich nicht noch mal um.

Auf dem Rückweg traf ich Alfredo. Er ging in Richtung Pagode, die Hände in den Taschen seines Anoraks vergraben. Er trug Jeans, die am Knöchel ein wenig zu kurz waren.

»Was machst 'n du hier? Biste nich' im Gemeindezentrum bei diesem Weihnachtsscheiß?«

»Bin früher gegangen, es war langweilig.«

»Okay, wir schauen uns die Krippe an. Das war dir doch wichtig.«

Ich packte ihn am Arm und zog ihn von der Pagode weg. Ich wollte nicht, dass er in den Saal ging, ich wollte nicht, dass er Giulio traf.

»Wen interessiert die blöde Krippe, Alfredo. Komm, wir geh'n in die Bar, ich brauch Kippen.«

»Was is' denn mit dir los? Du bist vielleicht komisch, total schräg drauf.«

»Ich? Stimmt nicht, mir ist nur 'n bisschen komisch, ich hab 'nen Joint geraucht und bin fertig. Komm, gehen wir, komm schon.«

Endlich hatte ich ihn rumgekriegt. Ich hing an seinem Arm

auf der Straße, die von der Pagode zur Piazza und von da zur Bar führte.

Alfredo hatte die Ausrede mit dem Joint geschluckt und war offensichtlich nicht misstrauisch geworden.

Den wahren Grund für die Szene würde ich ihm nie sagen, das würde ich für mich behalten.

Aber ich schmeckte Giulio noch auf den Lippen, das gefiel mir und machte mich glücklich.

Und ich konnte es kaum erwarten, Arianna davon zu erzählen.

17

Im Sommer darauf, dem Sommer nach der Weltmeisterschaft, fuhr ich zum ersten Mal im Urlaub ans Meer.

Ich war noch nie irgendwo gewesen, das Meer hatte ich noch nie gesehen. Manchmal war ich mit meiner Familie im Frühling an einem künstlichen See gewesen, den sie in einem Park draußen vor der Stadt gegraben hatten, aber das war was anderes. Angeln konnte man in dem See, aber Baden war verboten. Und das Wasser war so dunkelgrün, dass man eh keine Lust hatte reinzuspringen.

Mitte Juli tauchte am Tor der Kirche ein Schild auf: Die Gemeinde hatte eine einwöchige Reise irgendwohin an die Adria organisiert, und Jugendliche zwischen 12 und 18 Jahren konnten sich anmelden. An einem Samstag ging es los, mit dem Bus, untergebracht war man in einem Kloster in der Nähe vom Strand. Ich blieb stehen und las das Programm: für meinen Geschmack ein paar Freizeitaktivitäten und Gebete zu viel, aber um endlich das Meer zu sehen, lohnte es sich.

Ich erzählte meinen Eltern von der Reise. Sie sagten, dass sie mich mitfahren ließen und dass bei dem niedrigen Preis Francesco und ich beide fahren konnten.

Ich war noch nie aus der Stadt gekommen, ich fand die Vorstellung aufregend.

Am nächsten Vormittag ging ich mit dem Geld und einer

schriftlichen Erlaubnis von meinem Vater zur Pagode, um die Anmeldegebühr zu bezahlen. Don Antonio empfing mich mit einem Lächeln.

»Glück gehabt, Beatrice«, sagte er, »es ist nur noch ein Platz frei.«

Auf dem Heimweg hüpfte ich vor Glück. Ich hatte keine Ahnung, wer sonst noch mitfuhr, aber ich war dabei, ich würde das Meer sehen. Es war mir egal, dass Francesco sich nicht früh genug angemeldet hatte. Selber schuld, er war im Bett geblieben und hatte gesagt, er würde am Nachmittag hingehen.

Drei Tage lief ich mit einem Lächeln rum, das mir ins Gesicht tätowiert war. Francesco und Alfredo schauten neidisch zu, wie ich Koffer packte, und antworteten auf mein Geplapper mit beleidigtem Grunzen.

Ich fuhr weg. Eine Woche lang – irgendwohin, wo mich keiner kannte, mich keiner zur Kriminellen abstempelte, von der man sich fernhalten musste, nur weil ich am falschen Ort wohnte.

Eine Woche als ganz normaler Mensch.

Am Tag vor der Abfahrt ging ich mit meiner Mutter auf den Markt und kaufte einen hellblauen Bikini. Das Ding stand mir, ich sah hübsch darin aus und fühlte mich so, als wäre ich schon braun. Ich behielt den Bikini an, versteckt unter den Klamotten, die ich jeden Tag anhatte. Das gab mir ein gutes Gefühl, ich stellte mir vor, wie ich am Tag danach am Strand ankommen würde, und lächelte ein wenig dümmlich vor mich hin.

Alfredo saß auf dem Balkon, rauchte eine Zigarette nach der andern und drehte mir den Rücken zu. Seit Tagen schon war er einsilbig oder brummte nur kurz, wenn ich mit ihm redete.

»Stell dir vor, morgen schwimm ich schon im Meer!«

»Geht mir am Arsch vorbei.«

»Wieso kannste dich nie freuen, wenn ich was ohne dich mach?«

»Was denn? Ich hab nix gesagt, mir geht das Meer am Arsch vorbei, mir gefällt's nicht.«

»Du hast es doch noch nie gesehen.«

»Genau, sehr gut, und wenn du zurück bist, will ich nix davon hören.«

»Du bist doch bloß neidisch.«

»Der Bikini sieht total doof aus, Bea.«

Auf dem Bett lag eine Kassette. Ich nahm sie, warf damit nach ihm und traf ihn im Nacken.

»Au! Spinnst du?«

»Woher weißte, dass ich 'n Bikini anhabe? Spionierst wohl rum?«

»Sieht doch jeder zehn Meter gegen 'n Wind, dass du keine normale Unterhose anhast. Du läufst rum wie mit Hämorrhoiden.«

»Hör zu, ich hab nix mehr, was ich nach dir werfen kann, und ich hab zu viel mit dem Koffer zu tun, um dich fertigzumachen.«

»Pass bloß auf. Ich verschwinde besser, sonst mach ich dich fertig. Du bist nicht zum Aushalten heute.«

Er stand auf, stieß mich im Vorbeigehen mit der Schulter an und schlurfte den Flur entlang.

»Ich fahr' ans Meer, wie schön, ich fahr' ans Meer mit 'nem Bikini, mit dem ich ausseh' wie 'ne fette Sau!« Seine hohe Fistelstimme, eine nervende Imitation meiner Stimme, hallte von den Wänden wider.

Ich unterdrückte den Impuls, ihm nachzulaufen und ihn zu schlagen, und warf die letzten Klamotten in den Koffer. Meine gute Laune war verflogen. Mama schaute zur Tür rein.

»Was ist los? Ich hab gesehen, dass Alfredo wütend weg ist.«

»Mama, den kannste vergessen.«

»Ihr streitet euch nur.«

»Er macht mich verrückt. Ich würde ihn am liebsten umbringen. Der ist total neidisch und will mir den Urlaub verderben.«

»Du bist auch ein bisschen selber schuld, Bea. Immer ärgerst du ihn … mit dir braucht man echt Geduld …«

»Fängst du auch noch an? Immer hältst du zu ihm!«

»Ich halt nich' zu ihm, ich sag dir nur, wie's is'.«

Ich drehte mich zu ihr um, sie lächelte ein wenig.

»Is' was, Mama?«

»Wenn du den Koffer gepackt hast, kannst du mir 'nen Liter Milch holen?«

»Kannst du nicht Francesco schicken?«

»Der hilft Papa mit dem Durchlauferhitzer.«

»Dann ruf Alfredo und schick ihn.«

»Okay, verstanden, ich geh selbst.«

»Gib schon her.«

Ich riss ihr das Geld aus der Hand und ging ohne Schuhe runter. Bei der Hitze würde das eh niemand merken.

Vor der Bar saß Alfredo an einem schiefen, zersplitterten Tisch. Er unterhielt sich mit einem Alten im Unterhemd. Ihre Stimmen schallten über die ganze Straße, sodass es jeder hörte, auch wenn keiner sich für die x-te Diskussion über Fußball interessierte.

Der Asphalt brannte unter meinen Füßen. Die letzten Meter rannte ich, bis ich einen Fleck im Schatten gefunden hatte, wo ich meine Füße hinsetzen konnte, genau neben Alfredos Stuhl, der mich keines Blickes würdigte.

Ich ging grinsend in die Bar, und als ich ein paar Minuten später wieder rauskam, war er verschwunden.

»Wo is' er hin?«

Die Haut des Alten war von der Sonne und jeder Menge Tattoos verbrannt, seine Stimme rau von zu vielen Zigaretten.

»Wer denn?«

»Der blonde Junge. Der bis eben hier war.«

Sein Lächeln war zahnlos. »Hab niemanden gesehen.«

»Leck mich.« Wütend stürmte ich davon. Wie immer waren alle auf seiner Seite.

Alfredo war unfassbar empfindlich. Wegen jedem Scheiß flippte er aus, aber sein Gedächtnis war kurz, das meiste vergaß er über Nacht. Nur diesmal nicht. Diesmal war er stinksauer.

Am nächsten Morgen schlurfte er auf seinen Holzpantinen mit finsterer Miene bei uns rein und schaute zu, wie ich mich von meiner Familie verabschiedete. Wortlos schnappte er sich meinen Koffer.

Er brachte mich nicht zum Bus, um mir einen Gefallen zu tun oder weil er gern mit mir zusammen war. Er trug mir den Koffer nur, um mir das später aufs Brot zu schmieren und mich mit seinem Schweigen zu ärgern.

Abreise war um neun Uhr vor der Kirche. Bis dahin war ich mit ihm allein. Zehn Minuten Weg, auf dem ich von ihm nur ab und zu ein Grunzen hören würde.

Keine schöne Vorstellung, deshalb wollte ich ihn aus der Reserve locken.

Zum Beispiel durch Streit. Das war ein richtig schöner Kompromiss.

»Hast du's nicht langsam satt, den Idioten zu spielen?«

Alfredo schwieg, starrte auf den Boden, spielte mit einem gelben Feuerzeug rum und tat so, als hörte er mich nicht.

»Bitte, Alfredo, schaffst du's echt nicht, dich für mich zu freuen?«, brach es aus mir raus.

»Warum denn, hättest du dich für mich gefreut?«

Ich schnaufte.

Wenn ich an seiner Stelle gewesen wäre, das wusste ich, hätte ich ein Riesentheater gemacht. Ich versuchte mir einzureden, dass das was anderes war. Ich war nicht nett zu ihm und hatte Angst, er könnte mich ersetzen, er könnte eine kennenlernen, die netter war als ich, eine, die ihn mir wegschnappte. Ich hasste die Vorstellung, ihn teilen zu müssen. Aber das konnte ich ihm nicht sagen.

Ich konnte nur lügen.

»Klar hätt ich mich für dich gefreut!«

»Hätte ich dir nicht gefehlt?«

»Ich ruf jeden Tag an, versprochen.«

»Bea, ich hab nich' gesagt, dass du mir fehlst. Hab bloß gefragt, ob ich dir fehlen würde.«

Ich senkte den Kopf und biss mir auf die Lippe.

»Verstanden, du bist nich' so dumm, wie ich dachte.«

»Hör zu, ich …«

»Jetzt halt die Klappe, du nervst echt. Guck mal, da sind schon welche.«

Er wies auf eine versprengte Gruppe von Leuten unter dem Vordach der Pagode, blieb stehen und gab mir den Koffer.

»Ciao, Bea.«

»Umarmst du mich wenigstens?«

»Hast du nich' verdient.«

Er konnte giftig sein. Ich ließ den Koffer fallen, der mit einem dumpfen Schlag auf den Schotter fiel.

Ich warf mich ihm um den Hals, auch wenn ich mich dazu auf die Zehenspitzen stellen musste. Er umarmte mich nicht, aber das war mir egal.

»Ich weiß, dass dir das egal ist«, flüsterte ich ihm ins Ohr, »aber du wirst mir wirklich fehlen.«

Plötzlich durchzuckte mich ein Höllenschmerz, und ich sprang zurück, als wäre ich gebissen worden.

Mein linker Arm brannte. Auf der Höhe der Schulter war eine rote Wunde, eine kleine Verbrennung, die irre wehtat und brutzelte.

Alfredo hielt das gelbe Feuerzeug in der Hand, auf das er ein Stück Eisen gedrückt hatte, das über der Flamme glühte. Er versuchte nicht mal, es zu verstecken, er schaute es gleichgültig an, als sähe er es auch zum ersten Mal.

Als es kalt war, steckte er es in die Tasche.

»Du hast sie nich' mehr alle! Lass dich behandeln!«, schrie ich.

Dieses ruhige Gesicht. Die grünen, halbgeschlossenen Augen. Die blonden Haare, die ich ihm am liebsten büschelweise ausgerissen hätte. Der schmale Mund, der nicht lächelte.

»Beatrice, wer dich lieb hat, bringt dich zum Weinen.«

Ich schlug ihm mit der Faust so fest auf die Lippe, dass sie aufplatzte.

Er zuckte nicht mal zusammen, leckte sich das Blut ab und schüttelte den Kopf. »Wir sehen uns, wenn du wiederkommst.«

Ich sah ihm nach, wie er über den weißen Kies wegging.

»Ich hasse dich, Alfredo!«, schrie ich ihm nach. Er drehte sich nicht mal um.

Durch die Tränen sah ich mir die Verbrennung an. Die Form war klar zu erkennen: ein verdammt gut zu lesendes A.

18

Meine Wut auf Alfredo verflog innerhalb der vier Stunden dauernden Busfahrt. Ich hatte mich ans Fenster gesetzt und schaute mir dieses Land an, das ich noch nie gesehen hatte. Es war gar nicht so anders als mein Zuhause. Ich unterhielt mich mit den anderen, es ging mir gut. Auch wenn sie nicht zu meiner Clique gehörten, kannten wir uns zumindest vom Sehen alle. Ab und zu schaute ich mir die Verbrennung an, die geschwollen war und sich dunkel verfärbte, und zuckte die Schultern – war ja eigentlich nicht so schlimm. Wir hatten uns schon Schlimmeres angetan – gekratzt, geschlagen und gebissen, dagegen war diese Brandwunde ein Witz. Das redete ich mir wenigstens ein, aber irgendwas stimmte nicht. Die Prügeleien als Kinder waren Streiche gewesen, kleine Rachen, Spiele, die böse ausgegangen waren. Das hier war was anderes. Alfredo hatte eine Grenze gezogen, vielleicht ohne es zu merken, und diese Grenze war der erste Buchstabe des Alphabets. Der erste Buchstabe seines Namens. Eine Grenze, die nicht für ihn galt, aber für mich.

Ich versuchte, mir das schönzureden, aber eigentlich wusste ich genau, um was es hier ging: Er hatte das nicht getan, um mir eins auszuwischen, sondern um mir die Grenze auf die Haut zu brennen, die uns vom Rest der Welt trennte. Ein Wiedererkennungszeichen, eine Erinnerung.

Alfredo hatte mich gebrandmarkt wie ein Stück Vieh.

Aber auf einmal vergaß ich das alles – als ich aus dem Fenster sah und neben der Autobahn, den Feldern, den Häusern im Staub und den Bäumen in der Ferne ganz schwach einen blauen Streifen entdeckte, der nicht der Himmel war, sondern das Meer. Seit Jahren wollte ich es sehen, wollte mir die Füße nass machen, es riechen und schmecken.

Die nächste Stunde hüpfte ich auf meinem Sitz hin und her, bis der Bus endlich da war.

Wir standen vor dem Kloster, in dem wir untergebracht waren. Ein Gebäude mit niedrigem Dach und schmalen Fenstern, ein Garten mit gepflegtem Rasen, Palmen und Pinien. Einige Nonnen erwarteten uns in einer Reihe vor der Tür, sie lächelten und begrüßten uns, aber sie waren mir egal. Hinter dem Tor waren die Straße und dahinter der Strand. Ich wollte endlich raus.

Der Fahrer öffnete die Tür, und Don Antonio stellte sich vor uns, damit wir nicht drängelten. Er ließ uns paarweise aussteigen, dann nahm jeder seinen Koffer aus dem Gepäckraum und wartete an der Seite darauf, ins Kloster gehen zu können. Ich nutzte das Durcheinander, das sich zwangsläufig ergab, und haute ab.

Den Koffer ließ ich in einer Ecke stehen und rannte unbemerkt durchs Tor über die Straße. Dann warf ich mich in den Sand.

Es war ein windiger Tag, tief hängende Wolken zogen über den Himmel, am Strand war keiner. Aus der Nähe hatte das Meer die gleiche Farbe wie Eisen.

Ich zog Schuhe und Strümpfe aus und rannte lachend über den kalten Sand.

Am Wasser angekommen, rannte ich weiter, mir war egal, dass meine Jeans nass und schwer wurden und ich kaum noch rennen konnte, weil das Wasser bis zu den Knien jede Bewegung verlangsamte.

Das war also das Meer. Es war viel kälter, als ich gedacht hatte, und hatte einen seltsamen Geruch, einen ganz besonderen, der einem in die Nase stieg.

Plötzlich sah ich, wie über die Straße jemand auf mich zugerannt kam. Ich konnte ihn nicht erkennen, er war zu weit weg, aber der schwarzen Kutte nach zu urteilen konnte es nur Don Antonio sein. Er hatte gemerkt, dass ich abgehauen war, stolperte jetzt über den Sand, fuchtelte wild mit den Armen rum und schrie meinen Namen.

Ich ließ mich fallen, das kalte Wasser schlug über mir zusammen, dann öffnete es sich, und ich konnte wieder atmen. Nach Luft schnappend, kniff ich die Augen zusammen, die plötzlich brannten. Ich schaute Don Antonio an, der am Wasser stand und wütend rumschrie. Er wollte sich die Kleider nicht nass machen, brüllte er, sonst würde er mich an den Ohren rausziehen.

Ich stand lachend auf und spritzte ihn mit dem Fuß voll. Vor den Strafen, die er mir androhte, hatte ich keine Angst.

Ich war glücklich, hier zu sein, auch wenn das Wetter beschissen und der Himmel grau war und nach Regen aussah, ich war glücklich, zum ersten Mal im Meer gewesen zu sein. Auch wenn ich 17 Jahre lang darauf hatte warten müssen, auch wenn ich in Klamotten reingesprungen war, war es genau so, wie ich es mir vorgestellt hatte.

Wenn es nach mir gegangen wäre, wäre ich für immer hier geblieben.

19

Ich hätte nur eine Woche bleiben sollen, aber dann verlängerten sich meine Ferien.

Obwohl die Nonnen nervten und uns um zehn ins Bett schickten, hatten wir trotzdem unseren Spaß.

Wir schliefen in zwei großen Zimmern mit Doppelstockbetten: eins für die Jungen und eins für die Mädchen. Klos und Duschen waren getrennt. Morgens gingen wir zur Messe, dann frühstückten wir, und hinterher durften wir ans Meer. Die Gemeinde hatte dem Kloster einen kleinen Strandabschnitt zur Verfügung gestellt, den die Schwestern für die Kinder und Jugendlichen nutzten, die bei ihnen waren. So hatten wir unseren eigenen Strand, und sie konnten besser auf uns aufpassen. Am frühen Nachmittag ging es zurück ins Kloster, und während die Jüngeren bei den Schwestern bleiben mussten, um irgendwelche dämlichen Spiele zu machen, durften wir Großen allein raus, unter der Bedingung, dass wir um sieben zur Abendmesse zurück waren.

Die Messe war mir scheißegal, aber nachdem ich am ersten Tag abgehauen war, ließ mich Don Antonio keine Minute aus den Augen, er kontrollierte immer, wo ich war. Damit er nicht sauer wurde, versuchte ich immer da zu sein.

Am Tag nach meiner Ankunft lernte ich Marta kennen.

Sie war achtzehn und mit ihren Eltern hier. Sie hatten eine

Ferienwohnung an der Strandpromenade gemietet, der Vater war Pharmavertreter, die Mutter Grundschullehrerin. Im Vergleich zu den Leuten, mit denen ich zu tun hatte, kamen sie mir vor wie von einem anderen Stern. Marta hatte nach den Ferien das letzte Schuljahr vor sich und konnte es kaum erwarten, zur Uni zu gehen, sie las einen Haufen Bücher und kannte überhaupt niemanden, der mal im Knast gewesen war – das fand ich verrückt.

Obwohl sie total anders war als ich, mochte ich sie sehr.

Ich hatte sie zufällig kennengelernt, in der Schlange vor dem Kiosk am Strand. Eine der Nonnen hatte mich losgeschickt, Eis für die Jüngeren zu kaufen. Die Schlange war sehr lang und Marta genau vor mir. Sie hatte sich ein paar Mal umgedreht und dann gelächelt. Ihr sommersprossiges Lächeln war hübsch.

»Ist das ein Tattoo? Tut das weh, wenn sie dir das stechen?«, fragte sie und zeigte auf meine Schulter.

»Ist kein Tattoo, sondern 'ne Verbrennung.« Ich grinste. »Egal – ja, tut weh.«

»Ach so. Von weitem sieht es aus wie ein Tattoo. Wie ein A.«

»So 'n bekloppter Freund von mir hat mich aus Versehen verbrannt, vergiss es«, erklärte ich schnell.

Die Wunde, die Alfredo mir eingebrannt hatte, wurde langsam dunkler, und meine Wut auf ihn war verflogen. Ich war beinahe so weit, ihm zu verzeihen, außerdem hatten wir uns seit dem Abreisetag nicht mehr gehört. Bei einem Telefongespräch hätte ich wahrscheinlich nur rumgeschrien, deshalb war es besser so.

Eigentlich war ich nicht besonders freundlich, ich war nicht daran gewöhnt, auf Leute zuzugehen, aber das Mädchen vom Kiosk war mir sofort sympathisch. Ihr war egal, wo ich herkam und wer ich war. Von La Fortezza hatte sie noch nie was gehört. Sie schaute nicht auf mich runter, war nicht mal misstrauisch, hatte keine Angst, dass ich ihr die Tasche oder Kohle klaute, sie behandelte mich ganz normal. Das fand ich toll.

Nach dem Mittagessen, wenn wir vom Strand weggingen, kam Marta und wartete vor dem Kloster auf mich. Gemeinsam gingen wir zurück ans Meer, zu dem Lido, wo ihre Eltern Sonnenschirme und eine Strandkabine gemietet hatten. Sie waren freundlich, wir konnten tun und lassen, was wir wollten, nicht wie bei den Nonnen, die uns zwangen, zu essen und zu schwimmen, wann es ihnen passte.

Der Teil der Ferien mit Marta war viel besser als der im Kloster.

Am Ende der Woche luden mich die Eltern meiner neuen Freundin ein, noch ein paar Tage zu verlängern. In ihrer Ferienwohnung wäre noch Platz, ich könnte bleiben, solange ich wollte.

Ich wollte eigentlich nicht, aber Marta bettelte herum, bis es peinlich wurde und ich nachgab. Deshalb wechselte ich am Freitag vor der Rückreise Münzen in Gettoni und ging in eine Telefonkabine, um meine Mutter anzurufen und ihr von Marta zu erzählen. Ich erklärte ihr, dass ich nicht zurückkommen würde, dass ich bei ihnen bleiben durfte. Mama machte kein Theater, sie sagte nur, ich sollte aufpassen, mich gut benehmen und mich für die Gastfreundschaft bedanken.

Weil ich noch ein paar Gettoni übrig hatte, rief ich noch jemanden an – Arianna.

In der glühend heißen Telefonkabine wählte ich die Nummer, die ich auswendig kannte.

Eigentlich wollte ich mit jemand anderem reden, aber Arianna musste reichen. Er hatte kein Telefon.

»Pronto?«

»Ari, ich bin's.«

»Bea! Wie geht's dir? Wie ist das Meer?«

Sie kicherte und freute sich, meine Stimme zu hören.

»Es ist total schön hier, Ari. Ich bin irre braun, hab eine Million Sommersprossen, so wie du!«

»Sehen wir uns morgen? Komm zu mir, wenn du zurück bist, ich will alles wissen.«

»Ähm … nee. Ich komm morgen nich' zurück, ich hab hier ein Mädchen kennengelernt und kann noch 'n paar Tage bleiben.«

»Mann, hast du ein Glück! Lernst Leute kennen und kannst auch noch bei denen wohnen. Sag mal, haben die 'ne Ahnung, wo du herkommst?«

»Klar, interessiert die aber nich. Irre, was?«

»Blöde Kuh, du kannst dir nich' vorstellen, wie neidisch ich bin. Nächstes Jahr komm ich mit!«

»Ja, nächstes Jahr fahren wir gemeinsam … Sag mal, wie is' die Lage bei dir?«

»Hm, alles wie immer. Affenhitze, nervt alles total. Weiß der Zwilling, dass du nich' zurückkommst?«

Als Alfredos Name fiel, krampfte sich mein Magen zusammen.

»Nee, noch nich'. Mama wird's ihm sagen.«

»Mann, der flippt voll aus.«

»Ach komm, das geht dem doch am Arsch vorbei. Das merkt der doch nicht mal.«

»Hast du sie noch alle, Bea? Der ist nicht zum Aushalten, wie so 'n Tier im Käfig. Unerträglich.«

»Was macht er denn?«

»Mit dem kannste nicht mehr reden, der tickt sofort aus,

brüllt rum. Legt sich mit jedem an, macht überall Ärger. Vorgestern ist er …«

Der metallische Klang der letzten Gettoni, die durchfielen, unterbrach das Gespräch. Mein Geld war alle.

Seufzend wischte ich mir den Schweiß von der Stirn. Ich würde nicht mehr rausfinden, was Alfredo angestellt hatte.

Ich beschloss, dass es mir egal war.

Vor der Kabine saß Marta auf dem Fußweg im Schatten eines Baumes und wartete, bis ich mit dem Telefonieren fertig war. Ich sollte mich beeilen, rief sie.

Alfredo würde sich nie anständig benehmen. Er würde immer ein Tier bleiben und hatte auch nichts Besseres verdient. Ich nicht. Ich hatte die Wahl, ich konnte auch nett sein. Anders als er zu sein fand ich ziemlich toll.

Ich hätte eigentlich nur noch eine Woche bleiben sollen, aber dann wurden aus einer zwei und schließlich drei Wochen. Martas Familie liebte mich, am liebsten hätten sie mich nicht mehr weggelassen.

Ich rief meine Mutter jeden zweiten Tag an, immer aus derselben Kabine.

Sie erzählte, dass Alfredo manchmal zu uns kam, um die Zeit totzuschlagen, sich aber ansonsten nicht blicken ließ.

Ich bat sie, ihn zu grüßen.

Sie versprach es, aber ihre Stimme klang komisch. Ich grübelte nicht rum, mir ging es zu gut, als dass ich einen Gedanken an ihn verschwendet hätte.

Ich dachte an Marta, von der ich nicht mehr wegwollte. Es machte Spaß, jemand anders zu sein, und ich glaubte, dass ich eines Tages wirklich wie sie sein könnte – mit all diesen Träumen, den schwierigen Büchern, die sie las, und den Dingen, die sie wusste und mir zum Spaß erzählte. Ganz anderes Zeug als das, worüber Arianna und ich quatschten. Marta redete von Orten, die weit weit weg waren, von Leuten aus Büchern und von Sachen, die sie im Gymnasium gelernt hatte und die gar nicht mal so ätzend waren, wie ich immer gedacht hatte, sondern mich faszinierten. Es war so, als ob sie von ihren Freunden redete, wenn sie Geschichten erzählte, die vor Hunderten von Jahren passiert waren. Ich erzählte ihr von La Fortezza, von Arianna und Alfredo. Ich war schnell fertig, ich hatte nicht so viele Themen wie sie. Aber das war ihr egal. Sie war wie verzaubert von meinem Viertel, wollte die besetzten Häuser aus der Nähe sehen, die Leute kennenlernen, die dort wohnten. Ich fand nichts poetisch an dem Verfall, in dem ich wohnte, aber das sagte ich ihr nicht. Ich war glücklich, dass Marta etwas bewunderte, das mir gehörte, ich fühlte mich dadurch wichtig.

Ich dachte wirklich, ich könnte eine andere werden, aber ab und zu fiel mein Blick auf die Wunde an meiner Schulter, und wenn ich mich daran erinnerte, bekam ich einen Kloß im Hals. Ich war nicht wie Marta, würde nie so sein wie sie, nicht mal in aller Ewigkeit. Alfredo hatte einen sauberen Job gemacht: So konnte ich nicht vergessen, dass ich, genau wie er, bestimmte Instinkte im Blut hatte.

Jeden Abend setzten Marta und ich uns vor dem Essen raus auf den Balkon. Wir rauchten und planten den Tag, an dem wir uns wiedersehen würden.

»Warum ziehst du nicht nach Bologna? Ich stell dich all meinen Freundinnen vor. Und meinen Freunden.«

»Was soll ich denn in Bologna?«

»Keine Ahnung. Bologna ist nicht schlecht. Du kannst zur Uni gehen.«

»Klar, Uni. Glaubst du, die lassen mich mit ’nem Realschulabschluss auf die Uni?«

»Na schön, die Uni ist auch egal. Wir finden schon was. Du gehst mit deinem Freund weg aus La Fortezza, mit dem, der dir das Tattoo gebrannt hat … wie heißt der?«

»Alfredo.«

»Genau, du kommst zusammen mit Alfredo.«

»Um Himmels willen, den kannst du nirgends mitnehmen, das ist ein Wilder.«

»Gefällt mir.«

»Aber du hast ihn doch noch nie gesehen!«

»Weiß ich, aber es fühlt sich so an, als würde ich ihn kennen. So wie du von ihm sprichst.«

Marta wandte das Gesicht zum Himmel und stieß kleine Rauchwolken aus. Unruhig wand ich mich auf dem Korbsessel, er war plötzlich unbequem geworden.

»Warum, wie rede ich denn von ihm?«

»Es klingt, als würdest du ihn hassen, aber das stimmt nicht. Du sagst immer, dass du ihn nicht aushältst, aber man merkt, dass du ihn magst. Einer, von dem du so redest, muss dir was bedeuten.«

Ich kicherte ein wenig hysterisch. »Der und mir was bedeuten? Da liegst du total daneben. Alfredo ist ein Idiot.«

Ihr Lächeln unter den braunen Haaren verriet mir, dass ich sie nicht belügen konnte.

»Ich seh das doch, Bea.«

»Was?«

»Dass du ihn liebst.«

»Quatsch.«

»Deine Augen leuchten, auch wenn du schlecht von ihm sprichst. Du müsstest mal dein Gesicht sehen – ehrlich!«

»Du erzählst einen Haufen Blödsinn, Marta.«

»Warum stellst du ihn mir nicht vor?«

»Vergiss es für dieses Leben.«

»Siehst du, dass ich recht habe? Du liebst ihn.«

Sie warf die Kippe über die Balkonbrüstung und ging summend rein. Ich blieb allein, mit hochrotem Kopf und halb aufgerauchter Zigarette.

Die Tage vergingen schnell, langsam wurde der Strand leerer. Im Handumdrehen war der August vorbei. Ich packte meine Sachen und verabschiedete mich von Marta, ihren Eltern und dem Meer, sagte ihnen, dass ich sie bald besuchen würde, und kaufte von meinem restlichen Geld eine Rückfahrkarte. Es gab Züge in meine Stadt, am Bahnhof musste ich einen Bus nehmen, und dann würde ich sicher jemanden aus La Fortezza treffen, der mich mitnahm. Anders kam man nicht auf unseren Hügel, wenn man kein Auto hatte, musste man mindestens einen Kilometer zu Fuß bis zur nächsten Bushaltestelle gehen. Ich hoffte, dass ich kein Pech hatte und jemanden traf, sonst würde ich mich irgendwie mit meinem Koffer nach La Fortezza durchschlagen müssen. Und das würde eine Viecherei werden.

Am letzten Abend kauften Marta und ich auf der Straße zwei Armbänder, diese geflochtenen, auf denen Namen stehen. Wir tauschten sie aus, ich nahm das blaue, auf dem »Marta« stand, sie ließ sich das grüne mit »Beatrice« ums Handgelenk binden. Wir versprachen uns, sie an dem Tag zu tauschen, an dem wir uns wiedersahen.

Am nächsten Nachmittag reiste ich gleich nach dem Mittagessen ab. Zurück nach La Fortezza.

20

Es war schon Abend, als ich zu Hause ankam. Am Bahnhof stieg ich in den Bus, der mich in die Nähe des Hügels brachte. Beim Anblick der weißen, schweigenden Häuser erstickte ich fast. Dann traf ich einen Typen, der bei Arianna im Haus wohnte und mich erkannte. Ich bat ihn mich mitzunehmen, und er setzte mich zu Hause ab, bevor er weiterfuhr.

Ringsum alles wie immer: dunkle, feuchte Straßen, stinkende Hauseingänge, verhärmte Gesichter, gezeichnet von einem Leben, das schwierig war, und von der Härte, die über diesem Ort lag. Es war nicht so, wie Marta es sich vorstellte. La Fortezza war scheußlich.

Am liebsten wäre ich gleich wieder weggefahren, alles kam mir noch hässlicher und trostloser vor als vorher.

Ich stieg die Treppe hoch in unsere Wohnung und umarmte meine Familie. Alfredo war nicht da, ich hatte erwartet, dass er mich zusammen mit den anderen begrüßen würde.

Ich ließ meinen Koffer im Flur stehen und wollte gleich wieder weg.

Niemals hätte ich das zugegeben, aber ich konnte es kaum erwarten, meinen besten Freund wiederzusehen. Ich war noch nie so lange von ihm getrennt gewesen.

»Wo willst 'n du hin?«, rief Francesco vom Flur.

»Hoch zu Alfredo.«

»Is' nich' da.«

»Weiß der denn nich', dass ich heute komme? Wo ist der Blödmann denn?«

Ein merkwürdiger Ausdruck huschte über Francescos Gesicht. Er zuckte die Schultern und vergrub die Hände in den Hosentaschen.

»Ich glaub', er ist beim Stadion«, murmelte er widerwillig.

»Gut, dann such' ich ihn da eben.«

»Warte, ich komm mit.«

Ich verstand nicht, warum er mitwollte, sagte aber nix.

Die Sonne war schon seit einiger Zeit weg, als wir rausgingen, und La Fortezza murmelte im Dunkeln vor sich hin. Ab und zu fuhr ein Auto vorbei, und wir atmeten Staub. Über uns legte sich erdrückend die Hitze, ich schwitzte und schnaufte. Aber ich war froh, ich dachte an Alfredos Gesicht, wenn er mich sah. Und daran, wie er mich umarmen würde.

Ein paar Minuten später waren wir beim Stadion, das so hieß, weil es rund war, aber es war kein richtiges Stadion, sondern nur ein altes Fundament von etwas, das man dann nicht gebaut hatte. Das war ewig her, damals, als die Häuser hier zum ersten Mal besetzt worden waren, und seitdem stand da ein riesiges, schiefes Skelett aus Eisen und Zement.

Eine Treppe führte nach ganz unten, auf einen graffittiverschmierten Platz.

Solange ich denken konnte, schlugen alle Jugendlichen aus La Fortezza dort die Zeit tot. Es war eine Art Treffpunkt. Ein paar dealten, man kapierte sofort, was das für welche waren, weil sie den ganzen Tag dort rumhingen, und wenn du was wolltest, reichte es, sie ein bisschen länger anzuschauen oder ihnen ein Zeichen zu geben. Mit Dealen machten sie im Stadion das große Geld. Aber nicht mit mir –

mit meinen siebzehn Jahren rauchte ich immer noch Joints wie eine Zwölfjährige.

Ich rannte die Stufen runter.

Obwohl es dunkel war, erkannte ich Arianna schon von weitem. Sie saß mitten unter unseren Freunden, ich sah, wie die Spitze ihrer Kippe aufleuchtete, wenn sie daran zog, und ihren Wuschelkopf, der wie eine lodernde Flamme aussah. Doch Alfredo konnte ich, sosehr ich mich auch anstrengte, nirgendwo entdecken. Ich hüpfte nach unten, von einer Stufe zur nächsten runter, um auf den Platz zu kommen.

»Bea, warte mal 'nen Moment.« Francesco hielt mich zurück, er war irgendwie komisch.

»Worauf soll ich warten?«

»Ach nee, nix. Geh schon mal runter, ich dreh noch 'ne Runde und schnorr mir 'ne Kippe.«

Ich hatte keine Zeit mehr, ihm zu sagen, dass er eine von mir haben konnte, da war er schon verschwunden. Auch so ein Idiot.

Als meine Freunde mich sahen, fingen sie an, meinen Namen zu brüllen, einige klatschten und fluchten zum Spaß.

Ich ging lächelnd auf sie zu, und die Erste, die mich umarmte, war Arianna. La Fortezza war scheußlich, dachte ich noch mal, aber das war nun mal meine Heimat, hier waren meine Freunde. Letztlich hätte ich das hier um nichts in der Welt eingetauscht.

»Hey, wo is 'n Alfredo?«, fragte ich.

Ich hatte alle umarmt und geküsst, hatte es sogar geschafft, an ein paar guten Joints zu ziehen, aber von ihm keine Spur.

Verschämtes Grunzen. Gelächter. Ein merkwürdig angespanntes Schweigen.

Arianna schaute genauso dämlich wie mein Bruder. Die passten gut zusammen, das perfekte Paar – sahen beide gleich bescheuert aus.

»Da hinten.« Arianna zeigte auf einen Punkt, wo es dunkler war: Dort waren Leute, deren Umrisse ich sah, konnte aber nicht erkennen, wer es war.

»Was macht er denn da, verdammt noch mal?«

»Keine Ahnung. Geh nachsehen.«

»So ein Idiot.«

Ich lief los und schrie seinen Namen. Plötzlich war ich nervös.

Ein Schatten löste sich aus der Dunkelheit und kam auf mich zu, unverwechselbar klapperten die Holzpantinen, die Alfredo von April bis Oktober trug. Das Geräusch reichte mir, um ihn wiederzuerkennen.

Ich sah seinen Gang, der genauso war wie meiner, ich hätte ihn überall wiedererkannt – als würde ich mich im Spiegel laufen sehen.

Derselbe Gang, dieselben Bewegungen, wir waren gleich, Zwillinge.

Ich rannte los, um mich auf ihn zu schmeißen, ihn zu Boden zu werfen und ihn irgendwohin zu beißen, egal wohin, wie wir es oft aus Spaß machten, blieb aber beinahe sofort stehen. Er kam langsam auf mich zu, widerwillig, jeder Schritt schien ihn Mühe zu kosten.

»Alfredo?«

»Was ist?« Seine Stimme war ungeduldig, genervt.

»Ciao. Wenn ich dich nich' gesucht hätte, Mann …«

Er blieb schweigend vor mir stehen, die Hände in den Taschen seiner Jeans vergraben. Irgendwie war er komisch, er lächelte nicht, schaute mich nicht mal an.

»Komm schon, sag bloß, du bist immer noch sauer.«

Er kratzte sich mit so was wie einer Leidensmiene am Kopf. Ich packte ihn am Arm und schüttelte ihn. Er war steif und angespannt.

»Mensch, was is' los, Alfredo, verdammt?«

Aus der Dunkelheit hinter ihm kam eine schwarze Figur auf uns zu. Sie war sehr klein und schmächtig, sah beinahe aus wie ein Kind.

Erst im Licht erkannte ich, dass es kein Kind war, sondern ein Mädchen, das ich schon mal gesehen hatte. Sie war so blond wie er, so mager wie er, halb so groß wie er. Genau das Gegenteil von mir mit meiner dunklen Haut und den schwarzen Haaren.

Sie schaute mich mit einem Lächeln an, das nur aus Zähnen bestand. Ich brauchte ein wenig, um zu kapieren.

Sie kam zu uns und nahm mit einer Selbstverständlichkeit, die ich nie gehabt hatte, seine Hand.

Mein Blick muss fürchterlich gewesen sein, denn sein dümmliches Grinsen verging ihm sofort.

Alfredo hüstelte verschämt. »Genau, wollt ich dir grade erzählen.«

Ich hatte gute Lust, ihm eine in die Fresse zu hauen, ihre Köpfe zu packen und sie gegeneinander zu donnern wie in einem Bud-Spencer-Film und mich dann umzudrehen und wegzurennen.

Stattdessen tat ich was anderes: Ich fing an zu lachen. Scherzhaft schlug ich ihm mit der Faust gegen die Brust und spielte die Komplizin, als die ich mich nicht fühlte.

Am liebsten hätte ich ihm jeden Knochen gebrochen.

Und wusste nicht mal, warum.

Alfredo entspannte sich ein wenig, er deutete ein Lächeln an.

»Na, dann hattest du ja einen guten Grund, nicht bei mir vorbeizukommen!« Meine Stimme war okay. Sie zitterte nicht vor Wut. Es war eine gute Stimme, herzlich und fröhlich. Vielleicht ein wenig schrill, auf jeden Fall aber sicher und fest. Ich schien mich für ihn zu freuen.

Sie schaute ich an und lächelte, wie der Wolf Rotkäppchen im Wald angelächelt haben muss. Sie raffte gar nicht, dass ich sie am liebsten zerfleischt hätte, und lächelte zurück.

»Ciao«, sagte sie und gab mir die Hand, die, die gerade nicht an Alfredo rumfummelte. »Ich kenn dich, ich hab dich schon gesehen. Egal, ich bin Paola.«

»Ciao, Paola. Ich bin Bea.«

»Ich weiß, alle nennen euch Zwillinge.«

Ich zwang mich zu lachen. Vielleicht dachte sie, dass sie nett zu mir war. »Ja, genau. Lustig, was?«

Ich konzentrierte mich wieder auf ihn, der mich heimlich anschaute, um eine Schwäche zu entdecken, die ich nicht zeigte.

»So, jetzt lasse ich euch aber … euren Kram machen. Wenn du Zeit hast, komm doch auf einen Kaffee vorbei, dann erzähl ich dir vom Urlaub. Wenn meine Freundin mir die Fotos schickt, zeig ich sie dir.«

»Klar, Bea. Ich komm vorbei.«

Wir starrten uns schweigend an. Das dämliche Grinsen wollte einfach nicht aus meinem Gesicht verschwinden. Ich lud Alfredo auf einen Kaffee zu mir nach Hause ein wie einen x-beliebigen Bekannten. Als ob er nicht neun Jahre bei uns ein- und ausgegangen wäre, wie es ihm passte.

Er hatte bei mir zu Hause geschlafen, gegessen, gepinkelt. Meine Mutter hatte ihn gebadet, hatte ihm die Haare geschnitten. Er hatte bei mir im Bett geschlafen, wir hatten jeden Scheiß bis hin zu den Läusen geteilt.

Jetzt waren wir plötzlich zwei Fremde. Das Gefühl des Verlusts war so stark, dass ich wankte.

Ich drehte ihm den Rücken zu, ging dahin zurück, wo ich hergekommen war, aber nach ein paar Metern konnte ich der Versuchung nicht widerstehen, mich umzudrehen. Sie standen immer noch Hand in Hand da wie angewurzelt.

Während ich wegging, hörte ich sie leise sprechen.

»Siehst du?«, flüsterte sie zufrieden. »Hab ich dir doch gesagt, dass sie nich' eifersüchtig ist.«

»Echt nicht«, antwortete Alfredo. »Ist ihr total egal.«

Ich ignorierte sie und ging zu meinen Freunden. Hier vor allen wollte ich keine Szene machen und mir die Erinnerung an die schönen Ferien verderben.

Plötzlich kapierte ich, dass es alle wussten, aber keiner den Mumm gehabt hatte, es mir zu sagen. Vor allem Arianna hielt den Kopf gesenkt und sah mir nicht in die Augen.

»Was schaut ihr so bedröppelt?«, schnauzte ich sie an und tat so, als wäre nichts.

Am liebsten hätte ich sie alle miteinander umgebracht, aber dafür war später noch Zeit.

Klar, das würde ein harter Schlag für mich sein. Eine böse Überraschung. So hatten sie gedacht.

Nach neun Jahren, die wir Tag und Nacht zusammen verbracht hatten, trennten sich die Zwillinge. Alfredo hatte als Erster das Bedürfnis gehabt, sich zu lösen, die Nabelschnur zu durchtrennen, die uns verband, und er hatte es auf die ganz miese Tour gemacht, nämlich dann, als ich nicht da war, als ich es nicht sehen konnte. Ich wusste, dass das nur natürlich war, aber ich akzeptierte es nicht. Wir waren siebzehn. Ich hatte noch nie einen Freund gehabt, und auch Alfredo war bis dahin noch nie mit einem Mädchen zusammen gewesen. Mir war es recht so gewesen, aber es war dumm sich einzubilden, dass es immer so bleiben würde.

Ich war zu stolz, um zu zeigen, wie schlecht es mir ging, ich wusste, dass ab jetzt alles anders würde.

Zum Trost versuchte ich mir einzureden, dass ich ihm nicht wichtig war, wenn er sich schon nach drei Wochen ohne mich eine andere suchte, dass er mich nie gewollt hatte, dass er ein beschissener Idiot war, wenn er eine Freundschaft wie unsere für die erstbeste dumme Kuh verriet, dass ich ihn vergessen konnte. Am liebsten wäre ich zu ihm hochgegangen und hätte ihn getreten, aber ich schaffte es nicht, ich konnte nicht zeigen, was in mir vorging. Und das machte mich so fuchsteufelswild, dass ich nicht einschlafen konnte, nicht mal ruhig daliegen. Francesco wälzte sich schlaftrunken hin und her und stieß mir den Ellenbogen in die Seite.

»Gib endlich Ruhe!«

»Tut mir leid, bin einfach nicht müde – ich bin's nicht mehr gewohnt, so früh ins Bett zu gehen.«

»Dann verpiss dich, so kann ich nich' schlafen.«

»Schon gut, ich hau mich vor die Glotze und rauch 'nen Joint ... seit wann sind die eigentlich zusammen?«

»Wer denn?«

»Alfredo und seine Schnecke.«

»Ach so, deshalb schläfst du nich'.«

»Quatsch, interessiert mich nur so.«

»Hm, vielleicht 'n paar Wochen.«

»Vögeln die?«

»Woher soll ich das denn wissen, frag ihn selbst.«

Ich hätte mir eher die Zunge abgebissen. Aber das sagte ich nicht, ich dachte es nur.

Ich schob das Laken ans Bettende und stand auf – ich brauchte einen Joint und ein Bier. Und die Glotze, um nicht drüber nachdenken zu müssen.

»Hey, Bea.«

»Was is'?«

»Bist du bestimmt okay?«

»Warum?«

»Wegen Alfredo und der Tante?«

»Klar, bin ich okay. Wieso auch nich'.«

»Keine Ahnung … ich glaub, so ganz okay bist du nicht.«

»Halt die Klappe und schlaf.«

21

Natürlich ging es mir elend, und wie.

Mir ging es richtig Scheiße.

Alfredo war nie zu Hause.

Stattdessen hörte ich, wie sein Vater Andrea anbrüllte, seinen jüngeren Bruder. Beinahe sehnte ich mich nach dem Tag vor zwei Jahren, als der Alte versucht hatte, seinen Mittleren zu erstechen.

Ich wünschte Alfredo natürlich nicht den Tod, aber irgendwie beinahe schon.

An einem Abend, an dem der Regen nur so runterprasselte, rief ich Marta an. Meine Eltern arbeiteten jetzt nachts, und Francesco war wer weiß wo. Ich war allein zu Hause, hatte allein gegessen und fand das total trostlos. Den ganzen Tag hatte ich den Wind zwischen den Regenschauern pfeifen hören und den Alten oben rumbrüllen, der seit ein paar Tagen besoffener und aggressiver war als sonst.

Ich wollte was anderes hören, irgendwas, das nichts mit La Fortezza zu tun hatte.

Deshalb rief ich in Bologna an.

Nur ihr konnte ich davon erzählen. Marta wusste immer, was zu tun war.

Ich vermisste ihren zischelnden Akzent, das weiche Z, das fast wie ein S klang.

Vor dem Telefontischchen hörte ich zu, wie sie vom Schulanfang erzählte, von dem Typen, den sie gut fand. Ich hoffte, dass mich das ablenken würde, aber meine Gedanken kreisten wie seit Tagen um eine einzige Sache, die mir den Appetit verdarb und mich nicht schlafen ließ.

»Und du? Wie geht's bei dir? Hast du Arbeit gefunden?«

»Ich? Nee, keine Arbeit. Aber mir geht's gut«, log ich.

»Und Alfredo?«, lachte sie. Sie redete gern von jemandem, den sie nicht kannte, wie von einem Freund.

»Der ist jetzt mit so einer zusammen.«

Stille am anderen Ende der Leitung. Vielleicht hatte ich das etwas zu scharf gesagt.

»Und wie geht's dir damit?«

»Hm, ist mir egal, glaub ich.«

»Komm schon, Bea, du verarschst mich.«

Es macht mich verrückt, Marta. Das ist die Wahrheit. Ich bin wütend. Wenn ich sie gemeinsam rumlaufen sehe, würde ich sie am liebsten in Stücke reißen. Ich zwinge mich, nicht hinzuschauen, denn wenn ich das tue, dreht sich mir der Magen um. Die knutschen immer rum, tuscheln miteinander. Keine Ahnung, was die sich erzählen, aber sie lachen. *Ich hab Alfredo nie so lachen hören wie mit der da. Das müsstest du sehen. Wenn sie ihn schubst, schubst er nicht* zurück, *nein, er umarmt* sie. Sie *zieht ihn an den Haaren, und er lacht, küsst sie. Wenn ich das gemacht habe, hat er mir den Arm verdreht, bis ich mich entschuldigt habe. Auf mich wurde er böse, mich hat er angeschrien. Die blöde Trulla mit dem Mausgesicht schreit er nie an. Er ist glücklich, ich sehe, dass er glücklich ist. Und das kotzt mich an. Er hat mich vergessen, redet kaum noch mit mir. Sagt mir hallo, als wär ich irgendwer.*

Und wenn ich seine Schritte auf der Treppe höre und weiß,

dass die Schritte vor meiner Tür nicht anhalten, werde ich so nervös, dass ich beinahe kotzen muss. Das ist unvermeidlich, wirst du sagen, man muss eben seine Erfahrungen machen, man wird erwachsen und ändert sich, aber das ist mir egal. Er hätte sich nicht ändern dürfen. Das ist nicht fair.

»Ehrlich, Marta, alles gut.«

»Überhaupt nichts ist gut. Deine Stimme zittert.«

»Kann nicht sein, liegt an der Verbindung.«

»Klar, die Verbindung. Erzähl das wem anders.«

»Weißt du noch, auf dem Balkon, als du versucht hast, mich zu überreden, nach Bologna zu ziehen? Als wir davon … über diese Sache geredet haben?«

»Ja, ich erinnere mich. Und?«

»Nichts und. Du hattest recht.«

»Mist, Bea. Das tut mir leid.«

Es klingelte an der Tür.

»Scheiße, das sind meine Eltern, die sind früher zurück. Wenn sie rauskriegen, dass ich nach Bologna telefoniere, bringen die mich um. Ich muss Schluss machen.«

»Ich ruf dich morgen nach der Schule an, dann reden wir drüber.«

Mein Vater wollte nicht, dass ich telefonierte, wir benutzten das Telefon nur in Notfällen und um zu Weihnachten unsere Verwandten in der Basilicata anzurufen.

Ich rutschte auf dem abgetretenen Fußboden aus, als ich zur Tür rannte, um aufzumachen. Draußen standen aber nicht meine Eltern, sondern Alfredo, tropfnass, die Haare klebten ihm am Kopf. Als wäre er kurz vorm Ertrinken.

»Ciao.«

»Ciao, Bea.«

Seinen verschämten Gesichtsausdruck konnte ich nicht

mehr sehen. Seit Tagen lief er so rum, setzte diese zerknirschte Miene auf, wenn er mich sah, wie ein geprügelter Hund.

»Brauchst du was?«

Mit einer abgehackten Bewegung zeigte er nach oben. »Der Alte ist besoffen. Er hat sich in der Wohnung verbarrikadiert, ich komm nich' rein.«

»Können deine Brüder nich' aufmachen?«

»Er is' allein. Kann ich hier schlafen?«

Ich überlegte, wie komisch die Frage war. Soweit ich mich erinnern konnte, hatte er nie gefragt. Er war reingekommen und hatte sich ein Stück von meinem Bett genommen.

Ich dachte darüber nach, ihn rauszuschmeißen, ihn anzuschreien, er könnte bei seiner Tussi pennen oder von mir aus verrecken.

Stattdessen trat ich einen Schritt beiseite und ließ ihn vorbei. Seine Pantinen hinterließen schlammige Abdrücke auf dem sauberen Boden.

»Wo bist du gewesen? Du bist pitschnass.«

»Unterwegs mit Paola.«

»Ach ja. Hübsch, was?«

»Ja, sie gefällt mir.«

»Treibt ihr's miteinander?« Das war mir so rausgerutscht. Ich hatte mich nicht bremsen können.

»Klar.«

»Super. Ich hab's übrigens auch getan.«

Er drehte sich zu mir um und starrte mich wie vom Blitz getroffen an.

»Mit wem?« Am liebsten hätte ich über sein verblüfftes Gesicht gelacht und ein Foto davon gemacht.

»Mit einem vom Strand. Kannst du dich abtrocknen? Du überschwemmst die Wohnung.«

Er stolperte in Richtung Bad. Ich legte mich aufs Sofa und machte den Fernseher an.

Dass ich es getan hatte, stimmte nicht, ich hatte das nur gesagt, um ihm in nichts nachzustehen. Er sollte bloß nicht denken, er hätte mir gegenüber einen Vorteil.

»Also, wer ist dieser Typ?« Er lehnte an der Wohnzimmertür, hatte sich umgezogen und nun ein T-Shirt und hellblaue Shorts von meinem Bruder an. Es war ihm alles ein bisschen zu kurz und sah ziemlich albern aus.

»Hab doch gesagt, ich hab ihn am Strand kennengelernt.«

»Gut?«

»Was, der Typ oder der Sex?«

»Beides.«

»Ja, war alles echt gut.«

»Siehst du ihn wieder?«

»Ich glaub schon. Er kommt mich nächsten Monat besuchen.

»Ach ja?«

»Wenn du willst, geh schlafen.«

»Kommst du nich'?«

»Nee, ich schau noch fern.«

»Gute Nacht, Bea.«

»Nacht.«

Ich machte mir ein Bier auf und kippte es auf Ex runter. Durch die dünne Wand hörte ich das Bett unter seinem Gewicht quietschen. Er wälzte sich hin und her.

Ich wartete, bis er eingeschlafen war, und erst als es still war, stand ich vom Sofa auf, um ins Bett zu gehen.

Aber ich hatte mich getäuscht. Alfredo war noch wach.

»Ist der Film zu Ende?« Er lag quer über der Matratze, einen Arm über der Stirn.

Ich hatte keine gute Ausrede, um abzuhauen. Draußen ging wieder so ein beschissener Platzregen nieder. Ich konnte nicht anders, als da zu bleiben und mit ihm in einem Bett zu schlafen.

»Ja. Schlaf jetzt«, sagte ich.

»Nein, komm schon, lass uns ein wenig quatschen.«

»Ich hab keine Lust, bin müde.«

»Was ist denn los mit dir seit neuestem, Bea? Du bist echt komisch drauf.«

»Ich hab nichts.«

»Klar hast du was.«

»Mir fehlt der Strand. Dort ist alles anders als hier. Besser. Auch die Leute sind besser. Ich will zurück.«

»Zu diesem Typen?«

»Nicht nur zu ihm. Zu meinen Freunden.«

»Deine Freunde sind hier.«

»Ich mag die vom Strand lieber.«

»Du bist echt 'ne blöde Kuh.«

»Na klar. Ich sag dir besser nich', was du bist.«

Plötzlich richtete er sich auf. Wir schauten uns endlos in die Augen. Das hatten wir lange nicht mehr gemacht, seit Tagen hatten sich unsere Blicke nicht gekreuzt, hatte ich ihn nicht so genau angeschaut. Die weit aufgerissenen grünen Augen. Den zusammengebissenen Kiefer. Er schien die Luft anzuhalten.

»Sag schon. Komm, sag's. Ich hau dir in die Fresse.«

»Das würd' ich dir sogar zutrauen, du Schwein.« Seine Drohungen machten mir keine Angst, ich wurde nur noch wütender.

»Legst es doch voll drauf an.«

»Ich würd' dich umbringen, aber wo die dich antatscht, will ich nich' hinfassen.«

»Ach, das isses. Du bist eifersüchtig. Keine Sorge, Bea. Wo die anfasst, lass' ich dich niemals ran. Bei dir krieg ich eh keinen hoch.«

Blitzschnell war das gegangen, der Streit hatte eine falsche Richtung genommen, war an einem Punkt angekommen, an dem es kein Zurück gab.

Ich vergaß alles um mich herum, sprang auf, warf ihn aufs Bett und zerkratzte ihm Brust und Hals. Ich biss so fest in seine Schulter, dass es blutete. Sein Blut schmeckte bitter und nach Eisen, ich spuckte es ihm ins Gesicht.

Er schüttelte mich ab und trat so fest nach mir, dass ich vom Bett wegrutschte.

In der Dunkelheit starrten wir uns verschwitzt und wütend mit weit aufgerissenen Augen an, das große Bett zwischen uns. Am liebsten hätten wir uns umgebracht.

Noch nie hatte ich jemanden so gehasst, wie ich ihn in diesem Moment hasste.

Und noch nie hatte ich jemanden so geliebt.

Wie angewurzelt stand ich da, Tränen in den Augen, und der Magen drehte sich mir um, in dieser schrecklichen Stille, und ich wollte ihn immer noch beißen, aber nicht so wie vorher, anders. Ich wollte ihn vorsichtig beißen. Küssen. Mit ihm schlafen.

Plötzlich fing Alfredo an zu lachen. Aber es war ein hässliches, verrücktes Lachen. Er kam näher, packte mich am Arm, schob meinen T-Shirt-Ärmel zurück und schaute sich die Verbrennung an. Das eklige Grinsen klebte in seinem Gesicht.

»Deshalb, oder? Das musst du mir heimzahlen. Ich hab dich gebrandmarkt, also musst du das auch tun. Eisen gegen Zähne. Super, Bea. Immer besser, immer schlauer als ich.«

Ich schwieg. Wenn ich den Mund aufgemacht hätte, hätte ich wahrscheinlich nur geschrien, geweint oder rumgebettelt.

Er zog das T-Shirt aus, das ich zerrissen hatte, und warf es wütend nach mir.

»Du raffst nix, verdammt. Du denkst nur an dich, die andern sind dir scheißegal. Hauptsache, dir geht's gut. Immer zählst nur du. Du kotzt mich an, Bea.«

Ich hielt den Kopf gesenkt, ich wollte ihn nicht anschauen. Aber er packte mein Gesicht und zwang mich, den Kopf zu heben. Ich wollte ihn nicht so nah bei mir. Nicht so.

»Weißt du, warum ich mit ihr zusammen bin? Hast du irgend 'ne Ahnung? Irgend 'ne Vorstellung? Hm, Bea? Weil sie hübsch ist. Weil sie lieb ist. Weil sie nich' ständig mit mir streitet. Du willst alles haben, gibst dafür aber nix. Wie 'ne Hyäne. Mit 'ner Hyäne will ich nich' zusammen sein.«

»Spinnst du? Du bist genauso wie ich! Machst genau dasselbe, kreuzt hier auf und spielst den Richter, den Moralapostel!«

»Genau. Wir sind gleich. Du willst mich nich', deshalb will ich dich nich'. Basta. Ich hab dich satt.«

Er drehte sich um. Ich sah seinen weißen Rücken durch den Flur verschwinden.

Ich blieb an der Wand stehen, so in mir selbst gefangen, dass ich nicht mehr rauskam.

Warte. Warte, Alfredo. Es ist mir scheißegal, ob du mit ihr gepennt hast, komm zurück und lass uns so tun, als wär nix passiert. Ich tu so, als wär es mir recht. Ich tu so, als wär ich froh, dass du lieber mit der da zusammen bist. Ich sag nichts mehr, aber komm zurück.

Ich hörte die Tür zuschlagen.

Und presste mir die Faust vor den Mund und schrie.

22

Nach dieser Nacht redete Alfredo nicht mehr mit mir.

Er wohnte nicht mehr zu Hause, er kam nicht mal zum Schlafen. Ich spitzte den ganzen Tag die Ohren in der Hoffnung, seine Schritte auf der Treppe zu hören, aber das passierte schon eine ganze Weile nicht mehr. Er kam einfach nicht mehr.

Manchmal sah ich ihn irgendwo, beim Fußball in irgendwelchen Höfen, die zum Fußballfeld umfunktioniert wurden, zusammen mit unseren Freunden. Ich traf ihn in der Bar oder sah ihn auf einer Bank zusammen mit seiner Freundin. Er schaute mich nie an. Als ob er mich nicht mal sähe, als wäre ich durchsichtig. Wahrscheinlich wäre sein Blick selbst dann leer geblieben, wenn ich seinen Kopf genommen und ihn gezwungen hätte mich anzuschauen.

Sie klebten immer zusammen, ganz eng, und um mich nicht sehen zu müssen, war er sogar von zu Hause ausgezogen.

Weil er nicht mehr da war, ging ich zu ihm hoch. Wenn der Alte nicht zu krass drauf war, hing ich bei Andrea und Massimiliano rum. Ich war oft bei ihnen, so oft, dass Massimiliano witzelte, ob ich Alfredo vertreten wollte, was für sie auf jeden Fall besser wäre. Ich schnaufte. Ich wollte seinen Namen nicht hören und nicht über ihn reden. Deshalb war ich nicht da, sondern wegen Massimiliano, auch wenn er ganz anders war als sein Bruder. Er war nur drei Jahre älter, wirkte aber viel erwachsener.

Er verstand mich. Wenn ich schwieg, wusste er, woran ich dachte. Ich musste nicht mal einen Namen sagen – wenn er sah, dass sich meine Miene verfinsterte, legte er mir den Arm um die Schulter und schüttelte mich ein wenig. Massimiliano mochte mich, vielleicht mehr als Alfredo. Sicher mehr. Dazu gehörte nicht viel.

»Bea, vergiss es, das bringt nix«, sagte er, um mich aufzumuntern.

»Was?«

»Lass ihn. Jetzt ist er beschäftigt, aber der kommt wieder. Ich kenne ihn, dieses Huhn.«

Aber die Tage vergingen, und er kam nicht wieder, und ich verschimmelte bei ihm in der Wohnung.

Meine Eltern wollten wissen, was los war.

Nach einer Weile erzählte ich ihnen, dass wir uns gestritten hatten.

»Wie immer. Das macht ihr schon seit Jahren«, sagte meine Mutter. Ihre Ironie nervte mich.

Irgendwann ertrug ich niemanden mehr. Ich ging aus der Wohnung und war den ganzen Tag unterwegs, rannte durch La Fortezza, Kilometer um Kilometer allein. Wenn ich Kohle hatte, kaufte ich mir Bier, aber meistens war ich vollkommen pleite.

Ich hatte keine Arbeit, und zu Hause war die Kohle auch knapp. Das Arbeitslosengeld meiner Eltern war ein Hungerlohn. Sie ergänzten es mit Gelegenheitsarbeiten, fanden aber nicht immer was.

Ich litt zwar keinen Hunger, konnte mir aber kaum was leisten.

Keine Kohle, keine Arbeit, kein Bier. Manchmal nicht mal Kippen.

Die Tage dehnten sich unendlich, und ich musste die Zeit irgendwie totschlagen. Ich musste was finden, für das es sich lohnte morgens aufzustehen.

Aber vor allem wollte ich es tun. Es war wie ein Knoten, ich dachte praktisch an nichts anderes mehr.

Ich wollte nicht mehr Jungfrau sein, ich wollte nicht, dass Alfredo mehr wusste als ich.

Außerdem war ich unter meinen Freundinnen die Letzte. Mit siebzehn beschränkten sich meine sexuellen Erfahrungen auf eine Knutscherei unter dem Vordach des Gemeindesaals.

Arianna hatte es mit dreizehn erledigt, mit einem, der viel älter war als sie.

Und alle anderen aus meiner Clique waren schon viel weiter.

Cristina war ein Jahr älter und im fünften Monat schwanger. Silvia war einige Zeit mit Enrico zusammen gewesen, dann hatten sie sich getrennt und seitdem, das wussten alle, pennte sie mit jedem. Jetzt war sie mit einem anderen Typen zusammen und erzählte uns, was sie miteinander trieben.

Dann war da noch Michela, die nett war, aber so potthässlich, dass keiner mit ihr vögeln wollte, auch wenn getratscht wurde, dass Enrico sie flachgelegt hatte.

Ich war die Letzte.

Aber ich war nicht potthässlich.

Dachte ich jedenfalls.

Ich hatte bloß neun Jahre meines Lebens mit einem Idioten verschwendet und keine Chance. Vielleicht war ich wirklich potthässlich.

Ich überlegte, Alfredo danach zu fragen, aber dann fiel mir wieder ein, dass er ja nicht mehr mit mir redete.

Und mir fiel auch ein, dass er gesagt hatte, er kriegt keinen hoch bei mir.

Bei dem Gedanken bekam ich die Krise. Ich ging in die Bar, holte mir auf Pump ein Bier, sagte, dass mein Vater bezahlen würde, und ging zum Stadion.

Es war ein schöner Herbstabend, mit orange-rotem Sonnenuntergang, genau richtig, um draußen zu sein. Auf dem Platz in der Mitte spielten die Jungs Fußball.

Ich setzte mich allein auf die Stufen, ich wollte ihnen zuschauen und nachdenken. Entscheiden, mit wem von ihnen ich es machen würde.

Arianna sagte immer, dass es für Mädchen einfacher war, dass wir nicht reich oder schön sein oder einen großen Wagen fahren mussten. Es reichte, wenn wir die Beine breit machten, das machte die Typen verrückt. Ich glaubte ihr, deshalb dachte ich, ich könnte mir einfach einen von denen aussuchen, die da unten Ball spielten. Einer, der es mir leichtmachen würde, ohne Scherereien.

Mit Enrico nicht. Der war zwar nicht hässlich, würde aber sogar ein Loch in der Wand ficken. Mit so einem war es zu leicht.

Sandro war kleiner als ich, Maurizio sah gut aus, stank aber aus dem Maul, dass es dich umhaute, Valerio war mit Cristina zusammen, der dürre Stefano war so dämlich, dass ich Ewigkeiten gebraucht hätte, um ihm klarzumachen, was ich wollte, und mein ehemals bester Freund kam gleich gar nicht infrage.

Keine Chance, es musste jemand anderes her. Vielleicht sollte ich es wie meine Freundinnen machen und fürs erste Mal einen suchen, der älter war, einen, der wusste, wie es ging.

Im Sonnenuntergang leuchteten Alfredos Haare, als stünden sie in Flammen. Ich sah, wie er dem Ball hinterherrannte und schwitzte – er sah Massimiliano überhaupt nicht ähnlich.

Bis auf die Haare. So blond war kaum jemand hier.

Massimiliano war zwanzig und sah richtig gut aus. Außerdem kannte ich ihn eine Ewigkeit, er mochte mich und hatte keine Freundin. Ich müsste ihn nur dazu bringen, aber das dürfte nicht schwierig sein.

Ich trank mein Bier aus und wischte mir den Mund ab. Ich wusste, mir würde der Mut dazu fehlen.

23

Schließlich kam die Gelegenheit doch.

Ich war eine Frau, ich brauchte nicht allzu lange zu suchen. Arianna hatte recht, es reichte, dass ich die Beine breit machte, es reichte, dass er gut aussah, dass ich ihn ganz okay fand.

Dass er mich nicht total anekelte.

Arianna und ich waren losgezogen, Gras kaufen bei einem Typen, der uns anständig behandelte.

Er gab uns immer ein bisschen mehr als das, wofür wir bezahlt hatten, aber das war nicht der Grund, warum wir hingingen. Arianna war in ihn verknallt.

Er war wie alle anderen, ziemlich groß und dünn. Ungefähr fünfundzwanzig, kurze, schwarze Haare, weder hübsch noch hässlich, einer von denen, die an dir vorbeigehen, ohne dass du sie siehst, oder sie, wenn du sie siehst, sofort vergisst.

Er kam aus Cosenza, lebte aber seit ein paar Jahren in La Fortezza, und inzwischen kannten ihn alle. Sie nannten ihn Karma. Keine Ahnung, wie er richtig hieß. Arianna war verrückt nach ihm, mir war er ziemlich egal.

Er wohnte in der obersten Etage eines Hauses mit eingetretener Haustür.

Der Hausflur war komplett mit Graffiti vollgesprüht, es roch nach Pisse. Die Lampen waren kaputt, aber selbst im Halbdunkel sah man den ekelhaften Schmodder. Als wäre der Boden seit Jahrzehnten nicht mehr gewischt worden, und vielleicht stimmte das auch. Das Haus gefiel mir nicht, es war noch schlimmer als unseres. Dort pisste wenigstens keiner auf die Treppe. Außer wenn sich Alfredos Vater auf dem Treppenabsatz in die Hosen machte.

Wir gingen zu Fuß hoch – im Aufzug im Erdgeschoss lag einer und schlief, vielleicht war er auch tot, das konnten wir nicht erkennen.

Oben auf der sechsten Etage erwartete uns Karma. Vielleicht hatte er uns die Treppe hochkommen hören.

»Hallo, ihr Hübschen. Wollt ihr 'nen Kaffee?« Er war ein seltsamer Dealer, quatschte gern mit seinen Kunden. Er setzte sich in die Küche, kochte Kaffee, erzählte von sich oder fragte einen aus, je nachdem, wie er gerade drauf war. Es war wie bei einem Freund.

Irgendwann gab er dir dann das, was du haben wolltest, du hast bezahlt und bist verschwunden.

Er ging vor uns her durch die Wohnung. Der Unterschied zwischen drinnen und draußen war komisch und verwirrend. Erst mal war es total sauber, gewienerte Böden, dazu stand lauter Zeugs rum, dem man ansah, wie sauteuer es gewesen war. Eine Wohnung wie im Film, mit alten Vasen und Bildern, großem Fernseher und Perserteppichen. Arianna behauptete, dass er im Bad sogar ein Jaccuzzi hatte. So eine Wanne hatte ich noch nie gesehen, ich hatte nur davon gehört.

Karma laberte immer von einem guten Freund, der ein Möbelgeschäft hatte, wo die Stars einkauften. Manchmal schenkte ihm dieser Freund das Zeug, das er nicht verkaufte, oder gab es ihm zum Schleuderpreis, aber alle wussten, dass er in Wirklichkeit Wohnungen von Reichen leerräumte und das, was ihm gefiel, behielt.

Keiner in La Fortezza hätte sich mit ehrlicher Arbeit auch nur die Stereoanlage leisten können, die bei ihm im Wohnzimmer stand. Nicht mal zum Supersonderpreis.

Wir gingen über den Flur und setzten uns in die Küche. Karma war nicht allein: Am Tisch saß noch ein Typ vor einer grünen Schatulle, die mit Geld vollgestopft war. Der Typ zählte gewissenhaft und teilte die Scheine in Häufchen. Es waren alles 100 000-Lire-Scheine.

»Der hat grade sein Gehalt bekommen«, lachte Karma.

Der Junge am Tisch hob den Kopf, und ich sah, dass er Karma ähnelte. Er lächelte und schaute uns an, mich ein bisschen länger.

»Ich arbeite bei der Bank, ihr Süßen«, sagte er.

»In dem Job mit der Maske?«, fragte ich.

Der Witz gefiel ihm, und er prustete los.

Karma lachte auch. »Mädels, das ist Cristiano, mein Bruder. Er ist gestern aus Cosenza zu Besuch gekommen.«

Irgendwas sagte mir, dass das kein Familienbesuch war. Aber dass sie miteinander verwandt waren, war klar. Sie sahen gleich aus, auch wenn Cristiano breitere Schultern hatte und einen Böse-Jungs-Blick, den ich cool fand.

Karma stellte weiter vor: »Cristiano, das sind zwei enge Freundinnen von mir, aber frag nicht, wie sie heißen, das kann ich mir nie merken.«

»Wie heißt du?«, fragte Cristiano.

»Beatrice. Seid ihr beiden Zwillinge?«

»Sieht man das nicht?«

»Na klar.«

Mir fiel ein, dass es lustig wäre, rumzuerzählen, ich hätte mit dem Zwilling geschlafen. Alle würden an Alfredo denken. Monatelang würden sie über das Missverständnis tratschen, das ich verursacht hätte. Ja, das war lustig. Wirklich lustig.

»Warum lachst du?«

»Nichts, mir is' grade was eingefallen.«

»Wie alt bist du?«

»Siebzehn, und du?«

»Sechsundzwanzig. Mann, bist du jung!«

»Hast du 'n Problem damit? Aber von gestern bin ich deshalb nicht.« Aus dem Augenwinkel sah ich Ariannas entsetzten Gesichtsausdruck. Sie fragte sich, was mit mir los war, aber ich konnte es mir nicht mehr leisten, die Schüchterne zu spielen. Der Typ hier war genau der Richtige, ich durfte mir die Gelegenheit nicht entgehen lassen. Ich starrte ihn an, wollte, dass er es checkte und mich fragte, ob wir uns mal treffen könnten.

Karma stellte mir eine Tasse mit Kaffee hin und fragte, wie viel Zucker ich wollte.

Ich sagte ihm, dass ich Kaffee immer schwarz trank.

Cristiano senkte den Kopf und fing wieder an das Geld zu zählen. Ich merkte, dass der Augenblick vorbei war und sein Interesse erloschen. Vielleicht war ich wirklich zu jung für ihn, dachte ich enttäuscht.

Arianna und ich tranken unseren Kaffee, bezahlten das Gras und standen auf, um zu gehen. Karma brachte uns zur Tür und schaute uns mit seinem starren, breiten Grinsen nach, während wir die Treppe runterstiegen.

»Schon ein komischer Typ, findest du nicht?«, flüsterte ich. Ich mochte Karma überhaupt nicht. Er sah aus wie einer, der dich jeden Moment umbringen kann. Obwohl sein Bruder gefährlichere Geschäfte machte, schien er wenigstens alle Tassen im Schrank zu haben.

»Hm, ich find ihn nicht komisch. Der ist nett. Und hat ’ne krasse Wohnung.«

»Ich hab immer ’n bisschen Angst, wenn wir da sind, der macht mich nervös.«

»Warum denn das?«

»Keine Ahnung. Was ist, wenn er durchdreht und uns kaltmacht? Der würde das bringen. Oder er vergewaltigt uns.«

»Der braucht mich nicht zu vergewaltigen, von dem lass ich mich freiwillig nageln.«

»Du bist echt ’ne Nutte.«

Ich schubste sie, und sie schwankte ein bisschen. Es war klar, dass sie das nicht ernst meinte, und ich auch nicht.

Karma kam von außerhalb, er war erst seit Kurzem in La Fortezza. Er konnte nicht tun, was er wollte. Ein falscher Schritt genügte, und sie würden ihm die Wohnung unterm Arsch anzünden.

»Beatrice? So heißt du doch, oder?« Cristianos tiefe Stimme mit dem starken kalabrischen Akzent tönte durchs Treppenhaus.

»Ja«, sagte ich und hörte, dass auch meine Stimme irgendwie verzerrt klang. »Ja, so heiße ich.«

»Wollen wir uns mal treffen?«

»Komm zum Stadion.«

»Wann?«

»Morgen Abend.«

24

Um halb elf abends ging ich zum Stadion. Ich hatte einen Rock an ohne Strumpfhose, obwohl es Oktober war und kalt. Das war einfacher so, dann musste ich nicht mal den Slip ausziehen, konnte ihn einfach beiseiteschieben.

Auf den Stufen saß meine ganze Clique. Sie hingen wie immer dort rum und machten nix. Einer schoss einen Ball gegen die Mauer, ein anderer drehte einen Joint nach dem anderen. Es roch so stark nach Gras, dass es dich umhaute, auch wenn du nicht mitgeraucht hattest. Ein bisschen abseits saßen Alfredo und Paola.

Sie waren nun schon eine ganze Weile zusammen, mussten richtig verliebt sein. Bei dem Gedanken wurde mir kotzübel.

Ich setzte mich ihnen gegenüber und versuchte nicht hinzuschauen, aber auch wenn ich sie angestarrt hätte, hätten sie es nicht gemerkt.

Sie waren viel zu sehr damit beschäftigt, übereinander herzufallen.

»So eine Scheiße, das dauernd mit ansehen zu müssen, jede beschissene Minute, jeden beschissenen Tag«, sagte ich so leise, dass nur Arianna es hörte. Sie beschränkte sich darauf zu kichern, ich war diejenige mit den giftigen Kommentaren. Im Gegensatz zu ihr war ich auch diejenige, die seit über einem Monat nicht mehr mit Alfredo sprach.

Es war ziemlich dunkel im Stadion, aber ich hatte gute Augen und entdeckte Cristiano.

Er war groß, gut gebaut, hatte breite Schultern und trug eine schwarze Lederjacke. Er hatte die Hände in den Taschen seiner Jeans vergraben und lief breitbeinig und mit wiegendem Schritt. Ich dachte, dass ich gut ausgesucht hatte, echt ein geiler Typ, um den mich alle beneiden würden. Und hinterher würden sie mich ausquetschen.

Ich blieb sitzen, wo ich war, bis er beinahe bei mir war, dann sprang ich von den Stufen, um ihn zu begrüßen.

Ich wollte, dass das alle genau sahen. Dass alle sahen, dass ich mit einem ging.

Ich rief ihn, er kam und küsste mich auf die Wangen.

»Drehen wir 'ne Runde?«, schlug ich vor.

»Du bist diejenige, die sich hier auskennt, Baby.«

»Gut, dann komm.«

Er legte mir einen Arm um die Schultern, ich drückte ihn und ging mit ihm wortlos davon.

Ich spürte Alfredos Blick, der in meinem Rücken brannte.

»Wie kommt's, dass du sofort Ja gesagt hast?«

»Wozu?«

Wir hatten eine Runde gedreht, dann hatte er in der Bar ein Bier bestellt. Beim Spaziergang waren wir bis in den hintersten Winkel von La Fortezza gelangt, ganz in die Nähe des verfallenen Hauses, wo ich mal mit Alfredo gewesen war.

Da ging nie jemand hin, weil dort nichts war, nur eine Wiese mit kaputten Bänken, alte Skelette von verfallenen Wippen und ein inzwischen verfaulter Lattenzaun.

Dahinter glitzerten die Lichter der Stadt wie Glassplitter.

Tagsüber sah es hier schrecklich aus, die Schornsteine des

Industriegebiets, der graue, schmutzige Fluss und die Baracken, die an seinem Ufer wucherten. Nachts verschwammen alle Scheußlichkeiten, und es war beinahe schön dort zu sitzen.

»Ich frag mich, wieso du mit mir ausgehst.«

»Soll ich nich'?«

»Weiß nich'. Wo ich herkomme, gehen die Mädels mit keinem weg, den sie nich' kennen.«

Ich zuckte mit den Schultern. »Ich kenn deinen Bruder, das reicht.«

»Mein Bruder ist bekloppt.«

»Willst du mir sagen, dass du sie auch nich' mehr alle hast?«

Er lächelte. Das sah gut aus, sein Lächeln passte zu seinem Schlitzohrblick. »Nee, ich bin ganz normal.«

»Aber du klaust.«

»Denkst du.«

»Würdest du mir eh nich' sagen.«

»Genau.«

Ich fragte mich, wann er anfangen würde. Seit immerhin einer halben Stunde saß ich da und schaute diese dämlichen Lichter in der Ferne an. Wir saßen Arm in Arm und quatschten, und er hatte mich noch nicht mal geküsst.

Ich hatte es eilig, ich musste zurück ins Stadion, um meinen Freundinnen davon zu erzählen.

Im Notfall auch übertreiben.

»Hör mal, wieso küsst du mich nicht einfach?«

Wer weiß, ob es so lief. Ob man fragen musste. Wahrscheinlich ja, weil er nichts sagte und mich küsste. Er küsste gut, schmeckte nach Bier und Rauch, und der Geschmack gefiel mir.

Ich drückte meine Zunge tiefer in seinen Mund, und er legte mir eine Hand aufs Knie. Als er merkte, dass ich keine Strumpfhose anhatte, wanderte seine Hand meine Schenkel hoch. Ich widerstand dem Reflex, die Beine zusammenzupressen, seine Hand abzuschütteln, mich nicht anfassen zu lassen.

Jetzt musste ich gleich zur Sache kommen, sonst verlor ich den Mut.

»Lust zu vögeln?«

»Du hast's aber eilig, Kleine!«

»Warum, gefall ich dir nicht?«

»Nee, im Gegenteil, du gefällst mir ganz gut. Vor allem, weil du so … direkt bist.«

»Worauf warten wir dann?«

»Hier?«

»Hier sieht uns keiner, vertrau mir.«

Es war mir scheißegal, was er dachte.

Er sah gut aus und hatte das zwischen den Beinen, was ich brauchte. Wenn nicht er, dann halt ein anderer.

Ich wollte es einfach tun, so weit sein wie die anderen, ausprobieren, wie es war.

Es war nichts Besonderes.

Ich ließ mich auf den feuchten Rasen legen und machte die Beine breit.

Während er sich auf mich legte, schloss ich die Augen und betete, dass es nicht zu wehtat und er nicht merkte, dass ich noch Jungfrau war. Wer weiß, vielleicht war das ein Problem für ihn. Vielleicht würde er sich weigern oder sonst was Blödes machen. Solche Geschichten hatte ich schon gehört.

Als er versuchte, in mich einzudringen, spürte er den Widerstand. Ich fluchte innerlich und sagte, dass ich ziemlich eng wäre und er drücken müsste.

Das machte er auch, war plötzlich ganz drin und nahm mir meine Jungfräulichkeit. Ich biss mir auf die Innenseite der Wangen, um nicht in Tränen auszubrechen. Es tat sauweh.

Da lag ich also, den Rock über die Schenkel geschoben, die Arme auf der Brust verschränkt. Er nahm meine Hände und legte sie sich auf die Schultern, er wollte, dass ich ihn umarmte. Das wollte ich nicht, ich wollte nicht mal, dass er mich anfasste, es war schon schwer zu ertragen, dass er in mir drin war. Ich versuchte mich abzulenken, indem ich den Himmel anstarrte, die verrosteten Wippen, die Häuser, die im Dunkel versanken, aber ich schaffte es kaum. Seine Hände, seine Beine. Die Stöße, die mir immer noch wehtaten. Sein heißer, bitterer Atem in meinem Gesicht, der nach Bier und Rauch stank.

Ich musste an was Schönes denken, um nicht loszuheulen.

Ich schloss die Augen und atmete tief durch. Ich lag nicht auf dieser dreckigen Wiese, auf mir lag ein anderer. Vielleicht ein Schauspieler, ein berühmter, gut aussehender Sänger, der herzzerreißende Liebeslieder sang, vielleicht ein Fußballspieler, der die Weltmeisterschaft gewonnen hatte. Vielleicht einfach einer, der mich ein wenig lieb hatte.

Wo die Wiese aufhörte, stand eine Katze, die sich nicht um uns kümmerte und sich die Pfoten leckte. Auf sie konzentrierte ich mich, bis sie hinter der Hecke verschwand.

Nun hatte ich nichts mehr, um mich abzulenken. Zum Glück dauerte es nicht mehr lange, und als er sich von mir löste, war ich heilfroh. Sex war ekelhaft, das würde ich nie mehr machen. Wie konnte Arianna das nur so toll finden?

Wir setzten uns wieder hin, ich zog meinen Rock runter und zündete mir eine Kippe an. Wie im Film. Er streichelte mir den Kopf und fragte, ob es mir Spaß gemacht hätte. Ich zwang mich zu lächeln und sagte Ja.

Dann legte er mir seine Lederjacke um die Schulter. Er wollte nett sein, ich wollte einfach nur weg.

Ich sagte, dass ich heim müsste, sonst würde mich mein Vater umbringen. Er fragte gar nicht, ob wir uns wiedersehen wollten, ich hätte eh Nein gesagt.

Jetzt, wo ich das bekommen hatte, was ich wollte, war mein Interesse an ihm total erloschen, selbst seine Augen gefielen mir nicht mehr so gut.

Ich verabschiedete mich knapp von ihm, wie von irgendeinem Bekannten. Auf der Piazza trennten wir uns, und ich rannte zurück zum Stadion, auch wenn mich bei jedem Schritt ein Schmerz durchzuckte, dass mir die Luft wegblieb.

Ich würde nie irgendwem sagen, wie eklig das war, und dass ich mir die ganze Zeit gewünscht hatte, dass es schnell vorbei war. So viel Aufhebens um eine Sache, die ich zum Kotzen fand. Bestimmt hatte ich irgendein Problem, war was falsch an mir, aber das war mir egal. Wenn ich an das dachte, was eben passiert war, schüttelte ich mich vor Ekel.

Ich kam zum Stadion, kletterte mühsam die erste Stufe runter und schaute mich um. Als Arianna mich sah, stand sie auf und kam auf mich zu.

Ich zwang mich sie anzulächeln, sie war offensichtlich so neugierig, alles zu erfahren, dass sie es nicht erwarten konnte, bis ich unten war.

Erst als sie bei mir war, sah ich, dass sie nicht lächelte.

»Bea! Verdammte Scheiße, Alfredo sucht dich überall. Er ist komplett ausgetickt, war nich' zu halten, los, hau ab nach Hause, bevor er dich erwischt!« Ihre Stimme klang richtig besorgt. Oder nein – sie klang total hysterisch.

»Warum sucht der mich? Was will er?«

»Keine Ahnung, der sieht zum Fürchten aus, hab ihn noch nie so gesehen … Er hat nur gesagt, dass ihr 'nen Riesenarschtritt bekommt, wenn er euch erwischt, Bea, bitte, verschwinde, wenn er dich hier sieht …«

Sie hatte den Satz noch nicht gesagt, da tauchte Alfredo oben auf den Stufen auf. Sein Gesicht war wutverzerrt, und als er mich sah, flippte er total aus.

Die ganze Situation war absurd und fast lächerlich. Ich drehte mich nach Arianna um, aber der Angsthase war schon verschwunden.

Okay, also musste ich allein hier unten auf ihn warten.

Abwarten, dass er runterkam, seine Wut an mir austobte, damit ich endlich einen Vorwand hatte, auf ihn loszugehen.

»Wo warst du?« Er war verschwitzt und atmete schwer, sein Gesicht war feuerrot vor Anstrengung. Wahrscheinlich war er durch das gesamte Viertel gerannt. Das gefiel mir ganz gut, es geschah ihm recht.

»Geht dich 'nen Scheißdreck an.«

»Du siehst aus wie 'ne Nutte. Hast dich wohl ficken lassen?«

»Vielleicht. Na und?«

»Ich bring dich um, Bea. Ich schwör's, ich bring dich um. Hast du dich von dem Arsch ficken lassen?«

»Holst du dir einen drauf runter, wenn ich's dir genau erzähle?«

Er trat ein paar Schritte zurück, holte tief Luft und kam dann zu mir. Ich fand es lustig, wie er die Kontrolle verlor, ich wollte sehen, wann er durchdrehte, es interessierte mich nicht, wie sehr er meinetwegen litt.

»Du dämliche Kuh, du bist widerlich. Es mit Karma, diesem Volltrottel treiben!«

Ich lächelte glücklich. Endlich konnte ich es ihm sagen.

»Das war überhaupt nicht Karma. Das war sein Zwilling.«

Ich sah, wie seine Augen größer wurden und das ganze Gesicht ausfüllten, seine Hände zitterten. Er hatte kapiert, warum ich mir gerade den ausgesucht hatte.

Etwas sehr Hartes landete mit voller Wucht an meinem Wangenknochen, mein Kopf flog zur Seite. Ich hörte ein Dröhnen in meinem Kopf, als wenn eine Flasche entkorkt wird. Gleich darauf spritzte mir das Blut aus der Nase.

Ich sagte nichts, atmete nicht mal. Die Genugtuung wollte ich ihm nicht geben. Als ich mich langsam zu ihm umdrehte, versuchte ich nicht mal, das Blut zu stoppen, das mir aus der Nase rann, ich ließ es von der Nase auf den Mund und das Kinn laufen.

So endete es jedes Mal, wenn wir uns sahen: mit Schlägen und Blut.

Wir waren nicht dafür gemacht, am selben Ort zu leben.

»Komm, wir gehen, Bea, ich bring dich nach Hause.«

Jetzt war nichts mehr in seiner Stimme, nur tauber Schmerz und stumme Ergebenheit, die Geduld, jemanden lieben zu müssen, der einen quälte.

Er suchte ein Taschentuch, das er in seiner Jeans nicht fand, dann zog er seinen Fleece-Pulli aus und rollte ihn zusammen.

Weil es kalt wurde, bekam er sofort eine Gänsehaut.

Er gab mir das Fleece, und ich schützte mein Gesicht mit den Händen, ich wollte mich nicht mit was abwischen, das er mir gegeben hatte.

Mit todmüdem Gesichtsausdruck nahm er meine Handgelenke und zog sie von meinem Gesicht. Seine Traurigkeit war zu tief, als dass ich sie hätte verstehen können.

Er legte mir eine Hand in den Nacken, und mit der anderen drückte er mir das Fleece auf die Nase, als wollte er mich ersticken. Die Welt um mich herum verschwand auf einen Schlag.

Er zitterte vor Kälte, ich hatte Nase und Mund voll Blut, das langsam trocknete, und der weiße Stoff saugte all das Böse auf, das ich ihm angetan hatte. Reglos akzeptierte ich, ein Monster zu sein, ein Monster mit weit aufgerissenen Augen und zurückgelegtem Kopf, dem Tränen über die Schläfen in die Haare liefen, ein Monster, das nun weinte, wie es noch nie im Leben geweint hatte.

25

Als es aufgehört hatte zu bluten, packte mich Alfredo am Arm und zog mich weg. Er hatte sich den blutverschmierten Fleecepulli übergezogen, ich sah den Fleck.

Das Stadion war voll. Alle waren da, keiner sagte was. Alle Augen waren auf uns gerichtet, ich spürte sie, und diese unnatürliche Stille machte mir Angst. Mir fiel es schwer zu laufen. Außer den Schmerzen von der Ohrfeige hatte ich noch die zwischen den Beinen. Vielleicht blutete ich da auch, aber ich blieb nicht stehen, um nachzuschauen.

Wir rannten beinahe vom Platz weg, stiegen die Stufen hoch und nahmen die dunklen Straßen nach Hause.

Alfredo lief schnell, er sagte nichts und schaute mich nicht an. Ich gab mir Mühe, nicht noch mal loszuheulen.

Es war schon so demütigend genug.

Breitbeinig watschelnd wie eine Ente kam ich zu Hause an. Ich sah wirklich lächerlich aus.

»Ich schlafe heute Nacht bei dir«, sagte er, während wir die Treppe hochstiegen. Ich wollte ihn nicht bei mir haben, aber ich hatte Angst, dass er mich noch mal schlug, deshalb sagte ich nichts.

Wir schlichen uns so leise wie möglich in die Wohnung, aber mein Vater war wach.

»Francesco?«

»Nein, Papa, ich bin's, Beatrice. Alfredo is' auch hier.« Hoffentlich kam er nicht auf die Idee aufzustehen.

Ich wollte ihm nicht erklären, warum Alfredo und ich blutverschmiert waren, und vor allem wollte ich nicht, dass er rauskriegte, von wem das Blut war.

Zum Glück hatte mein Vater nicht die geringste Lust aufzustehen.

»Macht leise, deine Mutter schläft«, murmelte er und drehte sich zur anderen Seite. Das Bett quietschte.

Francesco war noch nicht zurück. Wahrscheinlich übernachtete er woanders, und ich musste die Nacht allein mit Alfredo verbringen.

Er schob mich ins Bad, schloss die Tür ab und ließ Wasser ins Waschbecken.

Dann zog er das Fleece aus und warf es in den Wäschekorb.

»Hat der dir wehgetan?«

»Was soll das heißen?«

»Du kannst ja nicht mal mehr laufen. Was hat er mit dir gemacht?«

»Wie kannst du mich vor allen schlagen? Wie kannst du nur?«

»Ich mach noch was viel Schlimmeres mit deinem Freund, wenn du mir nich' sofort sagst, ob er dir wehgetan hat.«

»Keiner kann mir wehtun, weißt du doch. Nich' mal du. Das wird dir noch leidtun, Alfredo.«

»Halt die Klappe und komm her.«

Er nahm ein Stück Klopapier, machte es nass und wischte mir damit übers Gesicht. Ich ließ ihn machen, auch wenn ich ihn am liebsten angespuckt hätte.

»Hat's wenigstens Spaß gemacht?«

Am liebsten hätte ich Ja gesagt. Dass es mir gefallen hat. Dass es großartig war.

Ich schüttelte einfach traurig den Kopf.

Er hat mir bloß wehgetan. Es war schrecklich, ich will es am liebsten vergessen.

»Was wolltest du denn überhaupt mit dem?«

»Keine Ahnung. Mal was anderes.«

»Ich bin fast verrückt geworden, ich darf gar nich' dran denken – du mit dem, stell dir vor, wenn der irgendwas Komisches versucht hätte …«

»Warum musst du immer versuchen, mich zu beschützen?«

»Weil du die komische Angewohnheit hast dir wehzutun.«

»Und was geht dich das an, verdammt noch mal? Du redest nich' mit mir, schaust mich nich' mal an. Bist immer mit der dämlichen Ziege zusammen. Ich könnte sterben, du würdest es nich' mal merken.«

»Erzähl kein' Scheiß, Bea. Auch wenn Menschen nich' so sind, wie du sie gern hättest, heißt das nich', dass du sie nich' mehr liebst. Ich hasse es, wenn du versuchst, dir wehzutun. Du tust mir auch weh.«

Ich schaffte es nicht mehr, die Tränen zurückzuhalten. Ich hatte so lange durchgehalten, jetzt ging es nicht mehr. Ich fing wieder zu weinen an, vor Schmerz und wegen allem, was ich runtergeschluckt hatte. Es war, als hätte ich Stacheln im Hals.

Schluchzend warf ich ihm die Arme um den Hals und drückte mein Gesicht an seine Brust. Ich wollte nicht, dass er meine Tränen noch mal sah.

»Ich halt's nich' aus, Alfredo! Ich halt's einfach nich' mehr aus!«

»Was soll das heißen, du hältst es nich' mehr aus? Wenn du mir nicht sagst, was du hast, kann ich nix machen, Bea. Los, sag's mir, was is'?«

»Ich kann's nich' ertragen, dass du mit der Schlampe zusammen bist! Ich halt's nich' aus, dass du die lieber hast als mich, macht mich verrückt!«

»Wer hat dir denn den Scheiß erzählt? Wer hat gesagt, dass ich lieber mit der zusammen bin als mit dir?«

Er packte mich am Ellbogen, drückte mich von sich weg und zwang mich ihn anzuschauen.

»Wer hat gesagt, dass ich lieber mit der zusammen bin als mit dir?«, wiederholte er. »Komm schon, wer hat dir das eingeredet?«

»Das sieht man doch, seit du mit ihr zusammen bist, gibt's mich nich' mehr!«

»Verdammt, streng deine grauen Zellen wenigstens ab und zu mal an! Wie warst du zu mir, hm? Wie denn? Was sollte ich tun, verdammt noch mal, mir alles von dir gefallen lassen?«

Ich senkte den Kopf und zog die Nase hoch. Im Hals schmeckte ich Blut. Ich wusste nicht, was ich sagen sollte.

Er hatte recht.

»Komm her, du Dummkopf. Du bist wirklich blöd, ich sollte dich umbringen. Umarm mich, ich hab dich vermisst.«

In dem kalkzerfressenen Bad mit dem kaputten Fußboden hielt mich der magere Junge ganz fest, küsste mein Haar, das Gesicht und leckte mir die Tränen vom Gesicht. Seine Haut glühte, das spürte ich durch die Klamotten.

»Bitte, Alfredo, verlass sie.«

Er seufzte, umarmte mich fester und sagte ohne nachzudenken:

»Na gut, Bea, ich verlass sie. Für dich. Wenn's dir so beschissen geht deswegen, verlass ich sie, und dann sind wir beide wieder zusammen, wie früher. Aber jetzt hör auf zu heulen, das halt ich nich' aus.«

Ich nickte und wischte mir die Tränen am Ärmel ab.

»Ich hör auf, versprochen.«

»Komm, lass uns schlafen gehen.«

In meinem Slip war Blut. Ich zog ihn angeekelt aus, zog den Pyjama an und ging ins Schlafzimmer.

Alfredo lag schon im Bett.

Ich legte mich neben ihn und umarmte ihn. Im Dunkeln küsste er meine Finger.

»Alfredo …«

»Ja, Bea?«

»Findest du mich hübsch?«

»Was soll das denn jetzt?«

»Ist ’ne ernste Frage. Ich will wissen, ob ich hübsch bin.«

»So ein Schwachsinn – du bist schön.«

»Dünn bin ich nicht.«

»Aber auch nicht dick.«

»Du hast mal gesagt, dass du bei mir keinen hochkriegst.«

»Das war, als du gesagt hast, dass du dich davor ekelst, mich anzufassen.«

»Nur weil die dich anfasst.«

»Und jetzt?«

»Jetzt fass nur ich dich an.«

»Hör mal … triffst du den noch mal?«

»Bist du verrückt? Ich denk nich’ mal dran.«

»Besser so. Ich hätt’ ihn umgebracht. Gute Nacht, Bea.«

»Nacht, Alfredo.«

26

Am nächsten Tag kam Alfredo mit finsterer Miene zurück, seine Schultern hingen noch stärker runter als sonst.

Ich hörte ihn kommen und stürzte zur Tür, um ihn reinzulassen, sah aber, wie er die Treppe weiter hochstieg.

Er winkte mir zu und ging hoch zu sich. Vielleicht wollte er allein sein, aber das ließ ich nicht zu.

Ich lief ihm hinterher.

Sein Vater lag laut schnarchend auf dem Sofa, in der Hand hielt er noch eine leere Flasche.

Er sah älter und schlechter aus als sonst.

»Wie alt ist dein Vater eigentlich?«, fragte ich. Alfredo redete nie über seine Familie, sie kotzte ihn an.

Mich auch.

»Keine Ahnung. Irgendwas um die 45, glaub ich. Kann auch älter sein oder jünger. Weiß nich'.«

»Erinnerst du dich noch an deine Mutter?« Er redete nie von ihr, vielleicht erinnerte er sich nicht gern an seine Kindheit in den Baracken am Fluss. Er hatte nie viel über sein Leben vor der Zeit in La Fortezza geredet.

»Nee, gar nich'. Ich war zu klein, als sie gestorben ist. Was willst du eigentlich? Über meine Mutter reden?«

»Schon gut, entschuldige. Wollte dir bloß Gesellschaft leisten.«

Alfredo öffnete den Kühlschrank, in dem eine Flasche Cola lag. Vielleicht hatte Massimiliano gerade eingekauft.

Er stellte sie auf den Tisch, nahm zwei Gläser und schenkte ein. Sein Glas trank er in einem Zug leer, dann zündete er sich eine Kippe an. Im Nachbarzimmer wimmerte der Alte im Schlaf und furzte.

»Ich hab sie verlassen.«

»Wen?«

»Paola. Tu nich' so.«

»Hast du ihr gesagt, dass ich das wollte?«

»Nee, ich hab ihr gesagt, dass ich keinen Bock mehr auf sie hab. Von dir kann ich nix sagen, wie sieht das denn aus? Ich lass mich doch von 'nem Mädel nich' rumkommandieren.«

»Warum hast du sie verlassen?«

»Beatrice, bist du besoffen? Weißte nich' mehr, wie du gestern drauf warst?«

»Ja, aber … hast du dir nich' überlegt, dass das vielleicht nur 'ne Laune von mir ist?«

»Ich kenn dich zu gut.«

Er goss sich noch mal ein und trank. Ich umarmte ihn.

»Danke.«

»Die war mir eh egal.«

Aber ich wusste, dass das nicht stimmte. Ihm ging es schlecht. Sein Blick war finster, er wirkte unglücklich.

Ein paar Tage lang kam Paola vorbei und wollte mit ihm reden. Sie hängte sich an die Klingel und schrie seinen Namen. Alfredo schaute nie raus, er antwortete nicht, ließ sich von Massimiliano verleugnen. Er wollte sie nicht sehen, sagte, dass ihm die dumme Gans mit ihrem hysterischen Geschrei auf die Nerven ging, dass sie ihm echt auf den Sack ging, aber das stimmte nicht. Wenn es klingelte, warf er sich aufs Bett und versteckte den Kopf unter dem Kissen. Er zwang sich, sie zu ignorieren.

Er war in sie verliebt, aber er hatte sie für mich verlassen. Er hatte auf was verzichtet, damit es mir gut ging.

Ich redete mir ein, dass ich das umgekehrt genauso gemacht hätte, aber ich wusste, es stimmte nicht. Ich hätte nur gelacht, hätte ihn damit aufgezogen.

Ich war grausam, er hatte einfach nur Angst.

Aber das war mir egal, ich war überzeugt, dass er das aushalten würde. Er war stark genug, dieses Opfer zu bringen. Es würde schon vorbeigehen.

Alfredo hatte sich wirklich in Paola verliebt. Aber ich war ein Teil von ihm, und der Überlebenstrieb ist stärker als die Liebe.

27

Kurz danach erfuhr Francesco das, was ich ihm nicht hatte sagen wollen – und zwar auf die allerschlimmste Tour: von Papa.

Anderthalb Jahre waren vergangen, seit ich mit Arianna zur Engelmacherin gegangen war. Seit damals hatten wir die Alte nicht mehr gesehen, hatten nichts mehr von ihr gehört und sie beinahe vergessen. Bis eines Morgens das Gerücht umging, sie wäre tot. Man hatte sie auf dem Bauch liegend gefunden, das Gesicht auf der Erde. Sie war nicht an Altersschwäche gestorben, sondern umgebracht worden. Die Nachricht von dem Mord war wie ein Lauffeuer durchs ganze Viertel gegangen, von den Balkonen, an denen Wäsche zum Trocknen flatterte, bis in die dreckigen Treppenhäuser und durch alle Straßen, bis auf die Bänke und in die Hauseingänge. Innerhalb von zwei Stunden wussten es alle. Ein besonders Neugieriger hatte sich bis zur Hütte der Alten vorgewagt, um selber nachzuschauen und sich mit Einzelheiten aufzuspielen. Dann war rausgekommen, dass sie bei einer Abtreibung was falsch gemacht hatte und die Frau an einer Blutung durch ihre Zange gestorben war. Ihr Mann hatte einen Monat gewartet, damit Gras über die Sache wuchs, dann war er hin und hatte die Alte eiskalt in ihrem Garten hingerichtet, zwischen all ihren giftigen Kräutern.

Ich hatte von der Geschichte gehört, als ich mit meinem

Vater unterwegs war. Er suchte Arbeit, und ich ging mit, um mich auch nach was umzusehen. Wir hatten die Mutter meiner Freundin Silvia getroffen, die uns alles brühwarm erzählte, und ich war nicht mehr mit in die Stadt gegangen, sondern zu Arianna gerannt. Das musste ich ihr unbedingt erzählen.

»Hey, Arianna, schon gehört?«, schrie ich, als ich in ihre Wohnung kam. Arianna lag noch im Bett.

»Nee, was denn?«

»Sie haben die Alte umgebracht. Die Engelmacherin. Abgemurkst, weil sie eine Abtreibung vermasselt hat, hast du gehört? Die abtreiben wollte, ist hopsgegangen, und der Mann hat die Alte kaltgemacht!«

»Hat sie auch verdient!«, murmelte sie und rieb sich die Augen. Dann, wie vom Schlag getroffen: »Hätte mir auch passieren können. Scheiße, ich wär' auch beinahe draufgegangen. Nur um ein Haar hab ich überlebt. Gut, dass die sie umgebracht haben. Besser sie als uns.«

Ich zuckte mit den Schultern. Arianna sagte das, weil sie was riskiert hatte. Mir war es egal, ob die Alte tot war, aber zu sagen, dass sie das verdient hätte, fand ich übertrieben.

Wir verabredeten uns für später, und ich ging zurück nach Hause.

Als ich in die Wohnung kam, bemerkte ich eine Anspannung, die ich so nicht kannte. Meine Mutter fegte schweigend mit mechanischen Bewegungen den Boden. Mit zusammengepressten Lippen schaute sie starr vor sich hin. Mein Vater saß am Küchentisch, vor sich einen Kaffee, den er nicht anrührte. Er sah sie finster an. Ich dachte, sie hätten sich gestritten, und war überrascht, weil sie das eigentlich nie taten.

»Papa, bist du nicht mehr in die Stadt?«, fragte ich, um die Spannung zu lösen.

Mein Vater antwortete nicht, er schaute mich nicht mal an, sondern starrte weiter auf den Rücken meiner Mutter.

»Elena, du wusstest das«, sagte er.

»Nee, Vittò, hab ich dir doch gesagt. Ich wusste gar nix. Offensichtlich sind wir die einzigen Idioten. Das ganze Viertel weiß es.«

»Was wisst ihr nicht?«, fragte ich. Nichts, keine Antwort. Sie beachteten mich überhaupt nicht.

»Was soll ich tun, Elena? Was mach ich jetzt? Ich bring ihn um. Ich muss ihn umbringen.«

»Hat jetzt ja wohl auch keinen Zweck mehr. Is' zu lange her. Vergiss es.«

Ein Fausthieb auf den Tisch warf die Kaffeetasse um. Die schwarze Flüssigkeit breitete sich aus, tropfte auf den Boden. So wütend hatte ich meinen Vater noch nie gesehen.

»Da wo ich her bin, passt man auf! Man kümmert sich um das, was man angerichtet hat, so wie ich!«, schrie er.

»Wie willste dich mit vierzehn kümmern, Vittorio? Wie denn, bitte? Wir sind hier nich' in Potenza!«

Beide waren rot angelaufen, ich hörte sie schreien, verstand aber immer noch nicht, worum es ging. Das Geräusch von Schritten auf dem Flur lenkte unsere Aufmerksamkeit ab.

Mein Vater sprang zur Küchentür, meine Mutter warf sich dazwischen, damit er nicht durchkonnte.

»Weg da, der ist jetzt dran!«

Auf der Schwelle tauchte Alfredo auf, die Brauen hochgezogen.

»Ach, du bist's«, sagte meine Mutter, als wenn nichts wäre. »Ich hab Kaffee gemacht, willst du einen?«

Er nickte und setzte sich. Keiner schien sich um den schmutzigen, klebrigen Fußboden zu kümmern. Wie im Irrenhaus.

Gerade, als meine Mutter Alfredo Kaffee einschenkte, hörten wir Francesco kommen. Diesmal war keiner schnell genug, um meinen Vater zu stoppen.

Im Flur packte er meinen Bruder, schubste ihn und trat ihn in den Hintern. Er landete in einer Ecke, dann zog mein Vater einen Pantoffel aus und drosch auf ihn ein. Francesco schützte seinen Kopf mit den Händen, hatte aber keinen Schimmer, was los war. Ich ehrlich gesagt auch nicht.

»Idiot!«, brüllte mein Vater. »Arschloch! Scheißkerl!«

»Lass ihn, Vittorio!«, schrie meine Mutter und versuchte sie auseinanderzubringen. »Fass meinen Sohn nicht an!«

Aber mein Vater schien taub zu sein. Er drosch weiter mit dem Gummilatschen auf meinen Bruder ein, auf Kopf und Arme.

Alfredo und ich beobachteten die Szene entsetzt aus der Küche.

»Was hab ich denn nun schon wieder gemacht«, kreischte Francesco. »Was hab ich gemacht, verdammte Scheiße?«

»Was du gemacht hast? Was du gemacht hast? Wenn du eine schwängerst, dann heiratest du, verstanden? Du heiratest sie und gehst arbeiten, und schickst sie nicht zum Fleischer, um sich abstechen zu lassen!«

»Papa, hast du sie nicht mehr alle? Wovon redest du überhaupt?«

Im Gegensatz zu ihm wusste ich plötzlich genau, wovon mein Vater sprach. Irgendwer hatte ihm von Arianna erzählt. Jemand, der wusste, dass mein Bruder der war, der sie geschwängert hatte. Mein Bruder, der von der Abtreibung wusste, aber im Traum nicht draufgekommen wäre, dass er was damit zu tun hatte.

»Konntest deinen Schwanz nicht in der Hose lassen!«

»Na ja, der Apfel fällt nicht weit vom Stamm«, grinste Alfredo, aber zum Glück hörte es nur meine Mutter. Sie drehte sich zu uns um, die Hand schon zur Ohrfeige erhoben, die er sich voll und ganz verdient hatte.

»Ich hab's gewusst!«, schrie ich plötzlich.

Die Wirkung trat sofort ein, meine Worte lähmten alle.

Alle Blicke waren jetzt auf mich gerichtet.

»Was sagst du da, Beatrice?«

»Ich wusste es. Ich wusste von Anfang an, dass es Francesco war. Arianna hat's mir gesagt. Ich hab sie zur Engelmacherin begleitet, sie wollte da unbedingt hin. Er wusste gar nix davon.«

Das brach nur so aus mir heraus. Ich hatte Angst, dass ich Schiss kriegte, wenn ich eine Pause machte. Mein Vater ließ Francesco los und kam zu mir. Jetzt krieg ich all die Schläge, die er mir nie gegeben hat, dachte ich. Alfredo stellte sich vor mich, und auch meine Mutter schob sich zwischen mich und meinen Vater.

»Weißt du was, geh in die Bar und trink 'nen Kaffee. Nee, noch besser, 'nen Kamillentee, und wenn du dich beruhigt hast, komm zurück«, sagte sie leise zu meinem Vater. Er ging wortlos weg.

Ich atmete aus. Ich hatte Schlimmes befürchtet, Francesco noch mehr. Er klopfte sich den Dreck von Papas Gummilatschen ab.

»Zum Glück waren die aus Gummi«, sagte er. »Sonst hätte der mich umgebracht.«

Meine Mutter ging wortlos in die Küche, Alfredo hinterher, um sich für den Witz von vorhin zu entschuldigen, sie wischte den Kaffee von Tisch und Fußboden ab. Ich blieb mit meinem Bruder im Flur.

»Stimmt das, Bea? War ich das?«

»Ja, Francè. Arianna wollt's dir nich' sagen. Und ich auch nicht.«

»Und was mach ich jetzt?«

»Nix, was willste groß machen? Ist ewig her.«

»Von wegen ewig her, der hat sich auf mich gestürzt, als wär's gestern gewesen.«

»Weißt doch, wie er is'. Aus'm Süden. Er hat's eben mit der Ehre und so 'nem Scheiß.«

»Ich geh zu Arianna.«

»Was willst du da?«

»Keine Ahnung. Ich geh gleich hin.«

Er ging durch die Tür, die mein Vater offen gelassen hatte, und ich sah ihn auf der Treppe verschwinden.

Viele Stunden später kam er von Arianna zurück, sie hatten geredet. Keiner von beiden hat mir je erzählt, worum es ging.

28

Die Monate vergingen, aus Herbst wurde Winter. 1983 hörte auf, und das Jahr 1984 begann ohne große Zwischenfälle. Der Wechsel der Jahreszeiten gab den Rhythmus in La Fortezza vor. Nie geschah was Aufregendes. Ab und zu starb jemand, meistens ganz jung. Viele wurden nicht mal dreißig Jahre alt. Illegale Autorennen, Zusammenstöße mit der Polizei oder das Heroin brachten sie um. Daran hatten wir uns längst gewöhnt. Mindestens einmal pro Monat läutete Don Antonio in der Pagode die Totenglocke. Ihr Klang waberte wie Nebel über den Hügeln.

Wir nahmen das hin wie ein Naturereignis. Wenn du zwischen sechzehn und dreißig Jahre alt bist und in La Fortezza lebst, liegt die Chance draufzugehen über dem Landesdurchschnitt. Wir waren am falschen Ort zur Welt gekommen, und wir kannten das Risiko, aber wir dachten immer, dass uns nichts passieren konnte.

Mit achtzehn glaubten wir fest daran, dass wir unsterblich wären.

Und dann plötzlich entschied La Fortezza, wo das Schicksal bis dahin gnädig mit uns umgesprungen war, dass auch wir einen Preis zu zahlen hatten.

Wir wurden erwachsen.

Aber nicht wie alle anderen.

Und vor allem nicht gleichzeitig.

Alfredo wurde erwachsen, als das mit seinem Vater passierte. Ich hingegen würde noch warten müssen.

29

Es war im April 1984.

Ein Tag wie jeder andere in La Fortezza.

Ein Tag kurz nach meinem achtzehnten Geburtstag.

Jetzt war ich volljährig, hatte Verantwortung. Das bedeutete, dass ich eingelocht werden konnte, wenn ich Mist baute.

Wir hatten gefeiert, Mama hatte Torte gebacken.

Alle meine Freunde waren da und ein paar Nachbarn.

Papa hatte seine Kamera rausgeholt, die er nur zu besonderen Anlässen benutzte, und hatte mir ein weißes, ärmelloses Kleid gekauft.

Dieses Kleid habe ich noch, auch wenn ich es seit jenem Tag nicht mehr angezogen habe.

Er hat damals ein Foto von uns beiden gemacht.

Der Blitz erwischte uns überraschend vor der Torte, auf der mein Name stand: ich mit offenem Mund, lächelnd, festgehalten in dem Moment, in dem ich Luft hole, um die Kerzen auszupusten, ein Träger des Kleides ist mir über die Schulter gerutscht, ein bisschen schlampig, vielleicht besoffen, er neben mir, den Arm um meine Taille gelegt, mit seinem schiefen Lächeln, den Blick auf mich gerichtet. Wir haben gar nicht gemerkt, dass Papa uns knipste, und wir wussten noch nicht, wie wichtig das Foto werden würde.

Denn es ist das einzige neuere Foto, das es von Alfredo gibt.

Und als er gestorben ist, haben sie es für den Grabstein zerschnitten, wo sein lächelndes Gesicht für immer ins Nichts schauen wird, in dieses Nichts, wo vorher ich war.

Es war im April 1984.

Und schon sehr heiß, zu heiß für Frühling. Zu Hause war es unerträglich. Wir waren draußen, um frische Luft zu schnappen, und total pleite. Nachdem wir sämtliche Taschen durchwühlt und Leute auf der Straße um fünfzig Lire angebettelt hatten, bekamen wir genug Kohle für ein Bier zusammen, das wir im Stadion mit unseren Kumpels tranken.

Plötzlich schossen die Carabinieri und ein Krankenwagen mit Blaulicht an uns vorbei.

Ruck, zuck war das Stadion leer, alle hauten ab. Nur wir beide blieben, weil wir außer dem Bier nix dabeihatten.

Komisch war das schon. Seit Jahren kam keine Polizei mehr nach La Fortezza, seit den Bleiernen Jahren hatten wir hier keine mehr gesehen.

Sie hatten immer einen Bogen um uns gemacht, uns machen lassen, was wir wollten, auch uns gegenseitig umbringen. Hauptsache, wir blieben im Viertel, denn draußen hätten sie uns massakriert. Das war ein ungeschriebener Pakt.

Plötzlich wurde Alfredo unruhig. Er hasste die Sirenen, sie machten ihm Angst. Er sagte, er hätte eine böse Vorahnung und wollte nach Hause, ich sollte mit.

Ich ließ ihn eine Zeit lang rumdrängeln, dann gab ich nach.

Wir gingen mitten auf der Straße, ohne uns um die Autos zu kümmern.

Aus den Häusern kamen Leute in kleinen Gruppen und gingen in dieselbe Richtung wie wir. Es sah so aus, als würden sie uns folgen.

Alfredo wurde panisch und rannte los. Ich konnte ihn nicht stoppen.

Vielleicht hat er es wirklich geahnt.

Als ich vor unserem Haus ankam, merkte ich, wie sich mein Magen zusammenzog und ganz klein wurde.

Irgendwas war passiert.

Da war ein Haufen Leute, und es wurden immer mehr. Sie drängelten, drückten gegen irgendwas, das ich nicht sehen konnte, fragten rum, was los war. Ich kämpfte mich nach vorn durch.

Unser Haus war mit einem rot-weiß gestreiften Plastikband abgesperrt. Auf der anderen Seite stand ein Krankenwagen, mitten im Hof, genau vor der offenen Haustüre. Ich drehte mich nach Alfredos blondem Kopf um, aber er war nirgends in der Menschenmenge zu sehen. Am Plastikband bat ich einen der Carabinieri, mich durchzulassen, ich würde da wohnen, sagte ich. Jemand hinter mir bestätigte, dass das stimmte.

Der Polizist hob wortlos das Band, und ich kroch drunter durch.

Auf der Treppe standen eine Menge Leute, noch mehr Bullen, und ich hörte Geschrei, jede Menge Geschrei. Das Echo kam von allen Seiten, ich verstand kein Wort, es waren viel zu viele Stimmen. Plötzlich meinte ich, irgendwo oben verzweifeltes Weinen zu hören.

Als ich die Treppe hochwollte, hielten mich zwei fest.

»Wo wollen Sie denn hin?«

»Nach Hause.«

»Unmöglich, bitte gehen Sie runter und warten Sie dort.«

»Hör zu, einer von deinen Leuten unten hat mich reingelassen, ich wohne hier, ich muss wissen, was los is', auch wenn ihr mich k. o. schlagt.«

»Bitte lasst sie durch, das ist meine Tochter.« Mama kam runter. Sie hatte eine Bluse an, die nicht zugeknöpft war, man sah ihren BH, aber sie kümmerte sich nicht drum.

Ich sah, dass sie weinte.

»Mein Gott, Mama, was is' los? Wo sind Papa und Francesco?«

»Oben. Wenn die Herren dich durchlassen, kommst du hoch und benimmst dich, okay?«

Die beiden Carabinieri gingen zur Seite und taten so, als ob sie uns nicht sähen. Ich huschte zwischen ihnen durch und umarmte meine Mutter.

Sie drückte die Lippen auf meine Haare und schluchzte laut auf.

»Massimiliano, Bea … Massimiliano hat Pietro umgebracht.«

Wer um Himmels willen war Pietro? Ich kannte niemanden, der so hieß.

Dann begriff ich: Ich kannte niemanden, der so hieß, weil ich mich immer geweigert hatte, den Namen auszusprechen.

Ich hatte ihn immer den Alten genannt. Mit Verachtung und Hass. Der Alte.

Alfredos Vater.

Massimiliano hatte seinen Vater umgebracht.

Von oben schrie eine Stimme, die ich nicht kannte, wir sollten Platz machen. Ich drückte mich an die Wand.

Meine Mutter versuchte mir die Augen zuzuhalten, wie als ich klein war und im Fernsehen was lief, das ich nicht sehen sollte.

Aber ich war kein Kind mehr.

Ich schob ihre Hand weg.

Ich sah Massimiliano vorbeigehen, in Handschellen, zwei

Carabinieri hielten ihn fest. Er lief gebückt, als ob er Bauchschmerzen hätte.

Seine Arme waren bis zu den Ellbogen blutverschmiert, fast sah es so aus, als würde das Blut auf die Treppe tropfen.

Er hatte sich im Blut gesuhlt. Darin gebadet. Er hatte mit dem Blut von seinem Vater rumgespielt.

»Mama, aber was …« Meine Stimme brach. Jetzt schluchzte ich auch.

»Ich weiß nich', frag nich', ich weiß nichts. Ich glaub, sie haben gestritten, ich hab sie rumschreien hören. Mein Gott, war das schrecklich … Geh hoch, los, geh zu Alfredo, bleib bei ihm. Ich komm gleich nach.«

Mit zitternden Beinen betrat ich die ersten Stufen, es kostete mich eine Riesenüberwindung. Meine Mutter rief mich zurück.

»Bea, egal was is', geh nich' rein, verstanden? Nich' reingehen! Und halt Alfredo auch raus, ja?«

»Ja, Mama. Ich versuch's.«

Aber es war zu spät.

Oben waren noch mehr Carabinieri. Zwei von ihnen redeten mit Papa, der meinen Bruder umschlungen hielt, der wie ein kleines Kind an seinem Rockzipfel hing, und mit der anderen Andrea an seine Brust drückte. Mir tat der Kleine leid, der ganz verzweifelt seinen toten Vater beweinte.

Aber Alfredo war nirgends.

Alfredo war schon drin.

Ich drehte mich zu der offenen Tür um. Die Typen, die sich davor aufgebaut hatten, quatschten miteinander und achteten nicht auf mich. Die Warnung meiner Mutter war vergessen.

Ich nahm Anlauf, schlitterte über die Schwelle, raffte mich

auf und stolperte den Flur entlang. Dabei brüllte ich seinen Namen und hoffte, dass er noch nichts gesehen hatte, hoffte, dass ich schnell genug gewesen war.

In dem Zimmer voller Leute mit Handschuhen, Leute, die fotografierten, Leute, die die verstreuten Sachen vom Boden aufsammelten, als ob sie nach einer besonders wilden Party aufräumten, fand ich ihn.

Alfredo stand mit aufgerissenen Augen da. Ich glaube, in dem Augenblick versuchte er, nicht auch zu sterben.

Ich starrte auf seine Schuhe, die blutverschmiert waren. Überall war Blut, an den Wänden, auf dem Fernseher.

Der Alte lag auf der Erde, er hatte kein Gesicht mehr, der Brustkorb war weg.

»Mein Gott, Alfredo, komm her!«

Ich weiß nicht, wie ich es schaffte nicht zu kotzen. Vielleicht wegen Alfredos Gesicht.

Es war blau. Er hatte vergessen zu atmen.

Ich gab ihm eine heftige Ohrfeige und zerrte ihn am Arm weg.

Jemand hielt mich fest. Ein großer Mann in Zivil, den ich noch nie gesehen hatte.

»Wer bist du denn, verdammt noch mal?«, schrie ich.

»Maresciallo bei den Carabinieri, verschwindet beide, oder ich werf euch raus.«

»Fick dich, verstanden? Fick dich! Das is' meine Wohnung! Ich bin seine Zwillingsschwester, das is' meine Wohnung!«

Auf einen Wink des Mannes kamen zwei Carabinieri und packten mich am Arm.

Zwei weitere packten Alfredo, der sich ohne großen Widerstand wegziehen ließ.

Ich schrie weiter.

Ich schrie noch lauter, als sie den schwarzen Leichensack hochbrachten.

Ich wusste nicht, warum, aber ich musste weiterschreien, sonst hätte ich mir die Seele aus dem Leib gekotzt.

Schuld ist der Verfall.

Das sagten sie an jenem Abend in der Tagesschau.

Verfall. So beschrieben sie uns von draußen. Das waren wir für sie.

Ein Einundzwanzigjähriger hatte seinen Vater mit 34 Messerstichen umgebracht. Er hatte ins Gesicht und in die Brust gestochen und sich weiter an der Leiche ausgetobt, nachdem der Mann längst tot war. Der Journalist sagte, der Mord sei aus niederen Motiven begangen worden. Denn der war ja in La Fortezza passiert, dem Viertel an der westlichen Peripherie der Stadt, wo nie jemand hinkam, das Getto der Tiere.

Ich war seit Stunden im Krankenhaus, mit meiner Familie. Es war längst Abend geworden und schließlich tiefe Nacht.

In einem heruntergekommenen Raum der Notaufnahme wartete ich darauf, dass Alfredo wieder ansprechbar war.

Seit ich ihn im Zimmer mit der Leiche seines Vaters gefunden hatte, hatte er keinen Mucks von sich gegeben.

Die Ärzte hatten ihn in den Krankenwagen im Hof geschafft, ihn und Andrea – es war klar, dass der Alte keinen Krankenwagen mehr brauchte.

Die Sanitäter hatten ihnen eine Ladung Beruhigungsmittel verpasst, die für ein Pferd gereicht hätte. Andrea war ohnmächtig geworden, Alfredo hingegen wach geblieben. Abwesend, reglos, stumm und mit weit aufgerissenen Augen, aber wach. Sie mussten ihm noch eine Spritze von dem harten Zeug geben, damit er einschlief.

Im Wartesaal der Notaufnahme schaute ich Tagesschau, und irgendwann tauchte Massimilianos Gesicht hinter dem Journalisten auf.

Auf dem Bildschirm sah er ganz anders aus, eher so wie Alfredo.

Ich dachte an die Wut, mit der er seinen Vater ermordet hatte, daran, was ihn dazu getrieben hatte, und an den Schlachthof, in den er das Zimmer verwandelt hatte. Vielleicht war es ja dasselbe Messer gewesen, mit dem der Alte vor ein paar Jahren versucht hatte, Alfredo umzubringen.

Ich weinte leise.

Nicht wegen dem Alten. Nicht mal wegen Alfredo.

Ich weinte wegen Massimiliano.

30

Zwanzig Jahre.

So viele Jahre Knast hatte er bekommen. Die würde er komplett absitzen müssen. So läuft es, wenn man kein Geld für einen guten Anwalt hat.

Bei mir zu Hause hatten sie die Nachricht schweigend aufgenommen.

Papa und Renato, unser Nachbar, hatten das Zimmer, in dem es passiert war, weiß gestrichen, sie hatten das getrocknete Blut mit einer Schicht frischer Farbe übermalt.

Aber es brauchte mehr als Farbe, um das Ganze aus unserem Gedächtnis zu löschen.

Nachts schliefen wir zu dritt in dem Ehebett, das eh nur selten Francesco und mir gehört hatte. Andrea war nicht mit uns zurückgekommen. Schon im Krankenhaus waren zwei Sozialarbeiter aufgetaucht, die ihn in ein Heim brachten. Er sollte zur Adoption freigegeben werden. Alle Proteste meiner Eltern waren sinnlos gewesen.

Alfredo umarmte mich. Manchmal weinte er.

Ich lag da, er halb auf mir, und seine Tränen liefen mir über den Hals, die Schultern, und ließen mir das Blut in den Adern gefrieren.

Ich wusste, wie schwierig es war, aber ich dachte, ich würde ausreichen für ihn.

Ich würde ja immer da sein. Ihn nie verlassen. Das Versprechen habe ich gehalten, denn am Ende hat er mich verlassen.

Diesmal litt Alfredo anders als sonst, wenn ihm was passiert war.

Er zog sich in sich selbst zurück, war weit weg. Manchmal kam nicht mal ich an ihn ran.

Es war nicht der Tod des Alten, der ihn fertigmachte. Jedenfalls war das nicht der einzige Grund.

Ich glaube, dass der Mord nur der Auslöser war, das letzte Glied in einer Kette von Ereignissen, die über die Jahre alles zerstörten. Alfredo war keine Persönlichkeit. Er hatte keinen Charakter. Er verließ sich auf andere, ließ sich beeinflussen, hatte Angst. Ich wusste, wie er war, oft genug nutzte ich das ja aus. Aber ich wollte ihm nichts Böses.

Ich liebte Alfredo.

Auch wenn ich meinen Teil dazu beigetragen habe ihn umzubringen, liebte ich ihn wirklich.

Das ist Strafe genug, glaube ich.

31

Ich merkte es nicht gleich.

Wenn es nach mir gegangen wäre, hätte ich es überhaupt nicht gemerkt.

Seit dem Mord waren Monate vergangen, und aus dem Sommer wurde Herbst.

Seit einigen Wochen hing Alfredo, wenn er nicht bei mir war, mit so einem seltsamen Typen rum, den er in der Bar aufgegabelt hatte.

Er wurde Cresta genannt, war so ein alter Punk, der noch in den Siebzigern festhing. Er musste über vierzig sein, oder vielleicht sah er einfach nur fertig aus für dreißig.

Zusammen gingen sie aus dem Viertel, zogen durch die Stadt, und zum ersten Mal in meinem Leben fragte mich Alfredo nicht, ob ich mitkommen wollte. Im Gegenteil, ein paar Mal lehnte er ohne Begründung ab, als ich mitgehen wollte.

Ich wurde sauer, aber mein Gemecker interessierte ihn nicht.

Spätnachts kam er zurück und schloss sich mit Cresta in seiner Wohnung ein.

Weil ich nie schüchtern war und ohnehin fand, dass Alfredo mir gehörte, zog ich mich schnell an, wenn ich sie zurückkommen hörte, ging hoch und klingelte so lange, bis er mir aufmachte.

Ich war imstande, stundenlang dort rumzuhocken und mir,

ohne mit der Wimper zu zucken, Crestas Beleidigungen anzuhören, der mich eine nervtötende Kuh nannte. Ich ignorierte ihn vollkommen, für mich war er der letzte Dreck. Ich verstand nicht, wie Alfredo ihn aushielt, ich verachtete ihn. Er war einer von denen, die immer recht haben wollen, einer von den Möchtegern-Lehrern, die denken, sie wissen alles, aber eigentlich haben sie keine Ahnung. Ich verstand nicht, was Alfredo an diesem alten Deppen fand, der gern mit einem Achtzehnjährigen loszog, aber sie hingen immer zusammen rum. Cresta war inzwischen Alfredos neuer Mitbewohner. Ich wusste, dass Massimiliano das nie erlaubt hätte, und wenn ich daran dachte, musste ich heulen. Der Knast war in Turin, weit weg von uns. Alfredo lebte jetzt allein und hatte sich ausgerechnet diesen Vollidioten Cresta als Kumpel ausgesucht. Ich wollte unbedingt wissen, was er alleine trieb, denn mir war aufgefallen, dass er sich verändert hatte. Er war nervös und aggressiv.

Oft rastete er ohne Grund aus, schrie rum, ließ seine Wut an jedem aus, der gerade in der Nähe war. Auch mich brüllte er an.

Oder er schlief plötzlich ein. Es kam vor, dass ich ihn da sitzen sah, den Kopf weggekippt, mit offenem Mund, und wenn ich ihn weckte, konnte er nicht sprechen. Ich redete mir ein, das wäre das Gras, das ihn so betäubte.

Dann wieder war er so wie immer, und beinahe hätte man die komischen Momente vergessen können, die Leichenblässe, die jeden Tag stärker wurde, die winzigen Pupillen, der Juckreiz. Er kratzte sich immer, vor allem an den Beinen, und nahm dazu alles, was er in die Finger bekam, sodass seine Schienbeine zwei blutige Wunden waren. Die Wunden konnten nicht verheilen, weil er sich die Haut immer weiter aufkratzte.

Ich dachte mir, dass es ihm schlecht ging und dass mit seinem Gehirn was nicht stimmte. Irgendwann erzählte ich Mama davon.

Sie zuckte nicht mit der Wimper und setzte sich mir gegenüber an den Küchentisch. Das machte sie immer, wenn was war.

»Mama, was hat der bloß?«

Sie zog die Nase kraus und schüttelte den Kopf.

»Hoffentlich nicht das, was ich denke.«

»Was denkst du denn?«

»Wann hast du das letzte Mal seine Arme gesehen?«

»Keine Ahnung, auf so was achte ich nich' …«

»Er hat jetzt immer was mit langen Ärmeln an, noch nich' gemerkt?«

»Na und? Vorher doch auch, weil der Alte ihn immer geprügelt hat. Das hat er sich vielleicht so angewöhnt.«

»Schau dir mal seine Arme an. Von mir lässt er sich nich' anfassen. Von dir vielleicht schon. Schau nach.«

»Mama … denkst du … Alfredo drückt?«

»Hoffentlich nicht, Bea.«

Es war ganz schön schwer nachzusehen. Alfredo ließ sich nicht mehr anfassen, aber oft versuchte ich, ihn spielerisch zu überrumpeln.

Ich warf ihn aufs Bett, was leicht war, weil er unsicher auf den Beinen war. Ich versuchte, unter dem Vorwand, ihm in die Arme zu beißen, die Ärmel hochzuziehen.

Aber er ließ sich nicht beißen.

Er nahm mein Gesicht in die Hände und wurde ernst. Seine Augen waren normal, die Pupillen hatten die richtige Größe.

»Ich kann nicht ohne dich«, sagte er. Wenn er das sagte, schnürte sich mir die Kehle zu, und ich hörte auf.

Dann schlief er in meinem Arm ein, und ich hatte keine Lust mehr nachzuschauen, ob auf seinen Armen die Zeichen der Nadel zu sehen waren.

Während ich auch einschlief, redete ich mir ein, dass das unmöglich war. Dass meine Mutter sich täuschte, dass Alfredo so war wie immer, dass er nur eine schlimme Phase durchmachte. Es war alles Crestas Schuld, der machte ihn nervös. Alfredo war kein Junkie. Dazu war er nicht der Typ.

An irgendeinem Abend nahm ich dann all meinen Mut zusammen.

Er war mit dem Gesicht auf dem Tisch eingeschlafen.

Ich weiß nicht, seit wann er so dasaß, allein in der Wohnung. Ich hatte ihn so gefunden, ihm lief der Speichel aus dem Mund.

Wie immer hatte er vergessen, die Tür abzuschließen.

Ich machte ganz leise, um ihn nicht zu wecken. Ich hielt den Atem an und krempelte den Ärmel Zentimeter für Zentimeter bis zum Ellbogen hoch, bis zur Beuge, dort, wo die Haut zart ist und man die Venen besser erwischt.

Aber es hätte viel weniger gereicht.

Sein weißer Arm war eine Ansammlung von Flecken in allen möglichen Farben und kleinen verkrusteten Wunden. Er hatte überall rumgestochen.

Dann entdeckte ich auch einen violetten Fleck, der gerade erst aufgehört hatte zu bluten.

Ich hatte es von Anfang an geahnt. Seit Cresta ihm das Zeugs zum ersten Mal gegeben hatte. Auch wenn ich es nicht hatte zugeben wollen, hatte ich es tief drinnen geahnt, den ersten Schuss – als wenn ich ihn mir selbst gesetzt hätte. Meine Beine zitterten.

Ich hielt mich an der Wand fest, um nicht zu fallen, und ging durch die Wohnung. Vielleicht hatte ich mich geirrt. Vielleicht waren es Insektenstiche, eine Allergie, was auch immer, aber nicht das.

Bitte, mach, dass es nicht das ist.

Im Bad war nichts. In seinem Zimmer fand ich dann auf dem Boden hinter dem Nachttisch, zwischen Staubflocken, sein Besteck.

Eine verschrumpelte Zitrone und ein von der Flamme oxidierter Löffel.

Fluchend hob ich die Spritze auf. Ich hätte ihn am liebsten damit umgebracht, aber er hatte es nicht verdient zu krepieren.

Ich ging zum Küchentisch und krempelte den Ärmel wieder über den zerschundenen Arm.

Er war bleich und atmete flach.

Ich hätte meine Mutter rufen und zusehen können, wie sie ihn schlug, aber das hier war meine Angelegenheit.

Ich legte die Spritze auf den Tisch und schaute Alfredo an, wie seine Arme runterhingen, das Gesicht auf der Tischplatte lag, der Mund offen, ein Speichelfaden, der langsam trocknete. Ich nahm einen Stuhl, setzte mich leise ihm gegenüber, verschränkte die Arme vor der Brust und wartete darauf, dass er wach wurde.

»Was machst 'n du hier, verdammte Scheiße?«, murmelte er plötzlich. Ich musste mich echt zusammennehmen, um mich nicht auf ihn zu stürzen und ihn aus dem fünften Stock zu schmeißen.

»Was is' das für 'n Zeug?« Ich rollte die Spritze quer über den Tisch in Richtung seines ausdruckslosen Gesichts.

»Was weiß ich, is' wohl von Cresta.«

»Du drückst, stimmt's, Alfredo?«

»Bist du bescheuert? Bin doch kein Junkie.«

»Zieh das T-Shirt aus.«

»Scheiße, was …«

»Zieh das T-Shirt aus!«

»Wenn du weiter so zeterst, platzt mir das Trommelfell, verpiss dich nach Hause zum Brüllen.«

Er wollte sich wieder schlafen legen. Ich sprang auf und warf dabei den Stuhl um, packte ihn an den Haaren und drückte seinen Kopf auf den Tisch.

»Woher hast du's?«

»Bea, was willst du, verdammt noch mal? Lass mich in Ruhe und hau wenigstens ein Mal ab.«

Ich überwand seinen jämmerlichen Widerstand und nahm den Arm. Er schluchzte wie ein kleines Mädchen.

»Und das hier?«

Ich zeigte ihm die Einstiche.

»Hm … keine Ahnung, bin vielleicht hingefallen.«

»Fällst wohl auf Nadeln?«

»Was willst 'n du? Ich hab's vielleicht ein, zwei Mal gemacht.«

»Zähl die Einstiche.«

»Was?«

»Die Einstiche. Ich hab gesagt, zähl die Einstiche, Arschloch.«

Ich wusste nicht, ob er mich wütend machte oder anekelte. Er nahm die Sache ernst, versuchte es jedenfalls, schaffte es aber nicht zu zählen, verzählte sich, murmelte vor sich hin, kam bis fünf und fing von vorn an. Bald wurde er müde.

Er schob mich weg und krempelte den Ärmel wieder runter.

»Du gehst mir echt auf 'n Sack. Verpiss dich endlich.«

Schweigend nahm ich die Spritze, die er gerade erst benutzt hatte, und steckte sie mir in die Tasche. Dann ging ich ein Stockwerk tiefer, zurück nach Hause, und erzählte es meinen Eltern.

In derselben Nacht lauerte mein Vater Cresta in der Dunkelheit des Treppenhauses auf. Mein Vater war kräftig.

Er hob ihn hoch und schmiss ihn runter, mit so einer Energie, dass er die ganzen vier Treppen runterkrachte, ohne den Sturz aufhalten zu können.

Ich ging ihm nach. Cresta lag unten im Flur, er jammerte und heulte rum. Sein Gesicht war mit Blut, Rotz und Dreck verschmiert, der linke Arm unnatürlich verdreht.

Ich beugte mich zu ihm runter, um ihn genauer anzuschauen, er war übel zugerichtet.

Dann richtete ich mich wieder auf, trat ihm mit aller Kraft, derer ich fähig war, in die Rippen und ging weg, ohne mich umzudrehen.

Cresta lag die ganze Nacht schreiend unten im Hausflur, aber keiner kam aus seiner Wohnung, um ihm zu helfen.

Am nächsten Morgen klebte auf der Treppe nur noch sein Blut.

Er kam nie mehr zurück.

32

Cresta blieb verschwunden, und Alfredo hatte keinen mehr, der ihm das Zeug verkaufte.

Er suchte ihn ein paar Tage lang, aber er war nicht auffindbar. Ich erzählte ihm nie, dass sein Dealer wahrscheinlich in irgendeinem Krankenhaus gelandet war, um sich die Körperteile eingipsen zu lassen, die ihm mein Vater gebrochen hatte.

Es tat mir leid, dass er überlebt hatte, ich hatte gehofft, er würde draufgehen. Nach der Schlägerei hatte ich auf der dritten Etage meinen Vater getroffen. Er suchte mich.

»Ganz unten. Und was jetzt, lassen wir ihn da liegen?«, hatte ich ihn gefragt.

»Soll ich etwa 'nen Krankenwagen rufen?«

»Tot is' er nich'.«

»Bea, wir müssen ihn nich' umbringen, der soll nur kapieren, dass er hier nix zu suchen hat.«

»Das rafft der als Leiche besser.«

»Du spinnst total. Los jetzt, geh hoch, sonst fängst du dir eine, die sich gewaschen hat.«

Schnaubend ging ich die Treppe hoch. Nie machten die anderen das, was ich wollte.

Seit Cresta weg war, war Alfredo unerträglich.

Er war ungeduldig, lustlos, hatte dunkle Ringe unter den Augen. Er verbrachte ganze Tage im Bett und starrte auf die feuchten Flecken an der Decke, stundenlang ohne zu zwinkern. In diesen Augenblicken wünschte ich mir, er wäre tot.

Er wollte, dass ich den ganzen Tag mit ihm im Bett rumlag und dumm in die Gegend starrte. Wenn ich die Nase voll hatte und mit Arianna rausging, machte er mir nachher Vorwürfe, ich würde ihn allein lassen.

Er wäre müde, sagte er, er klagte über Schmerzen in den Knochen, schaffte es nicht rauszugehen, lag den ganzen Tag zusammengekrümmt im Bett und jammerte ununterbrochen.

»Ich hab mich erkältet«, meinte er weinerlich, »diese Temperatursprünge machen mich fertig.«

Das Einzige, was er essen wollte, war Süßes. Eis stopfte er nur so in sich rein, ich konnte gar nicht so schnell neues kaufen, wie er es verschlungen hatte. Er wollte nichts anderes, und ich lief durch die ganze Stadt, um noch welches zu finden – im November fast unmöglich. Ich versuchte ihm zu erklären, dass er nicht so viel Eis essen konnte, aber auf dem Ohr war er taub. Er verputzte eine ganze Packung in zehn Minuten.

Dann krümmte er sich vor Schmerz und kotzte alles wieder aus.

Auch Kotzen tat er oft, seit er nicht mehr drückte.

Als könnte er nicht mehr aufhören. Wie ein Hundert-Meter-Läufer rannte er ins Bad und beugte sich würgend übers Klo. Manchmal schaffte er es nicht bis ins Bad und kotzte los, wo er gerade ging und stand. Und ich dumme Kuh, statt ihn allein machen zu lassen, hielt ihm die Haare aus dem Gesicht, die länger waren als meine, damit sie nicht schmutzig wurden, und putzte ihm hinterher. Ich wischte seine Kotze auf und machte den Fußboden sauber, während er sich völlig erschöpft wieder hinlegte. Inzwischen hatte ich seinen Mageninhalt so oft gesehen, dass es mir nichts mehr ausmachte.

Aber es ging ihm besser.

Da ich ihm immer auf den Fersen blieb, sah ich ein wenig Erfolg.

Die erste Woche war die schlimmste. Alfredo konnte sich nicht bewegen, aber er wollte raus, um sich Stoff zu besorgen. Ein paar Mal bettelte er mich an, ihm welchen zu kaufen, weil er es nicht schaffte. Alles tat ihm weh, er glaubte, sterben zu müssen. Einen Schuss, nur einen einzigen, danach würde er aufhören. Wenn er so drauf war, drehte ich durch und musste mich zusammenreißen, um nicht auf ihn loszugehen.

Ich tat dann so, als hätte ich ihn nicht gehört, ging in die Küche kochen oder sagte ihm, er solle sich unter die Dusche stellen. Waschen wollte er sich überhaupt nicht mehr, und oft musste ich ihn zwingen, in die Badewanne zu steigen.

Aber weil ich so verbissen hinterher war, ging es ihm besser.

Die Einstiche waren verschwunden, er schlief nicht mehr im Stehen ein.

Im Gesicht war er immer noch blass, aber es war eine normale Blässe. Er konnte die Augen offen halten und hatte sogar wieder angefangen zu essen. Nicht mit dem Hunger wie vorher, aber fast.

Ich war mir sicher, er war über den Berg, und es war gar nicht mal so schlimm gewesen.

Er war fast sieben Monate auf H gewesen, ohne dass ich es gemerkt hatte, aber er hatte es sofort geschafft aufzuhören. Er hatte Glück gehabt, andere hatten jahrelang gedrückt und waren nicht mehr davon losgekommen.

Er nicht, er hatte es beim ersten Mal geschafft.

»Du fixt doch nicht mehr, oder?«, fragte ich ihn in der Dunkelheit seines Bettes. Ich hatte es mir angewöhnt, bei ihm zu schlafen, in dieser Wohnung, in der er allein nicht schlafen wollte.

Seit Cresta nicht mehr da war, kam es ihm komisch vor, dort zu sein, wo sein alter Mann umgebracht worden war, er sagte, er hörte ihn mitten in der Nacht husten, er versuchte, mir Angst einzujagen. Aber das schaffte er nicht, ich hatte keinen Schiss vor dem Alten gehabt, als er noch lebte, und würde auch jetzt, wo er mausetot war, keinen haben.

Ich machte mir Sorgen um andere Dinge.

Zum Beispiel um Heroin.

»Aber ich war ja kein Junkie.«

»Na ja …«

»Komm, ich hab mir 'n paar Spritzen gesetzt und immer bloß, wenn ich mit anderen zusammen war, um ab und zu mal was anderes zu machen. Ich war nicht abhängig, hab sogar aufgehört … Seh ich aus wie 'n Junkie?«

»Nee, hm … Jetzt nich' mehr. Jetzt bist du wieder du selbst. Vorher vielleicht 'n bisschen. Bist am Tisch eingepennt …«

»Weil ich hundemüde war, nich', weil ich mir 'nen Schuss gesetzt hab.«

Das Lächerlichste daran war, dass er es fast schaffte, mich davon zu überzeugen, wie ernst er es meinte. Und ich würde gerne glauben, dass er sich damals selbst glaubte. Ich denke an ihn lieber wie an einen, der sich was vorgemacht hat. Ich habe ein Recht darauf, ihn so in Erinnerung zu behalten, wie er war, ein naiver, ein wenig dummer Junge.

Ich weigere mich zu glauben, dass er mich verarscht hat.

Es gibt Leute, die drücken ein Leben lang und schaffen ein paar Jahre lang ein Gleichgewicht zwischen Abstinenz und Rückfall.

Einige von denen, die ich kenne, sind so alt wie meine Eltern, sie drücken praktisch schon immer und sind noch am Leben. Wie, weiß ich nicht, es sieht immer so aus, als würden sie jeden Moment abkratzen, aber dann sind sie doch noch da, sie rappeln sich jedes Mal wieder auf.

Dann gibt es welche, die aufhören, andere, die das Heroin rauchen, die sniffen, und die, die fixen.

Wieder andere erwischen nie eine Überdosis, selbst dann nicht, wenn du ihnen eine Wagenladung verpasst oder sie den Scheiß mit Putzmittel strecken. Sie drücken, sind übel dran, kotzen. Aber es geht vorbei.

Und dann gibt es noch die, die immer mal wieder eine Überdosis nehmen. Warum, weiß ich nicht, hängt wohl davon ab, wie sie drauf sind, vielleicht hält ihr Herz das nicht aus, und sie brechen zusammen.

So einer war Alfredo.

Er war nicht gut drauf.

33

Nach dem Entzug ging es Alfredo besser. Meine Mutter und ich hatten entschieden, ihn noch für eine weitere Woche nicht aus der Wohnung zu lassen, um sicherzugehen, dass es wirklich vorbei war und er nicht wieder Lust bekam zu spritzen, aber inzwischen war ich relativ ruhig. Alfredo war wieder so wie immer und beklagte sich nicht mehr über Schmerzen, sondern über Langeweile. Er nörgelte, dass er zu Hause verschimmelte und ihn das eher umbrachte als der Entzug.

Weil ich seine Quengelei nicht länger aushielt, überredete ich meine Mutter, ihn rauszulassen. Eigentlich konnte er nicht so dämlich sein, noch mal drauf reinzufallen, auch wenn man bei ihm mit allem rechnen musste. Ich versprach aufzupassen, ihm immer auf den Fersen zu bleiben, und das klappte die ersten Tage wirklich ganz gut.

Heroin schien ihn nicht zu interessieren. Er war wieder der alte Alfredo, so wie ich ihn kannte, so wie er immer gewesen war.

Es ging so gut, dass ich irgendwann fand, er käme allein zurecht, und ihn in Ruhe ließ.

Jetzt konnte ich mich endlich wieder ein bisschen um mein eigenes Leben kümmern, während er im Viertel unterwegs war und mit seinen Kumpels Fußball spielte.

Alle wussten, was er hinter sich hatte, aber wie üblich taten sie so, als wäre nichts. Keiner sprach ihn darauf an. So waren wir, wir vertuschten schwierige Dinge, schauten weg, bis sie direkt unter unseren Augen geschahen und uns groß und böse ansprangen. Erst dann rangen wir uns dazu durch, uns damit zu beschäftigen – meistens zu spät.

Auch eine Art, sich zu verteidigen.

Alfredo war geheilt, darum konnte ich an mich denken. Zum ersten Mal fand ich Arbeit, in einem Supermarkt. Nichts Besonderes, sie gaben mir Kisten, und ich musste das Zeug, das drin war, nach ihren Anweisungen in die Regale räumen.

Es gefiel mir ganz gut, die Kassiererinnen waren nett, der Chef freundlich. Die Kohle stimmte. Die Hälfte bekam Mama, die andere behielt ich. Es reichte, und ich konnte sogar was zurücklegen, große Ausgaben hatte ich ja nicht – Bier und Zigaretten.

Von meinem ersten Gehalt kaufte ich allen Geschenke. Ein grünes T-Shirt für Alfredo, ein blaues für meinen Bruder, einen hellblauen Haarreifen für Arianna und eine Platte von Lucio Battisti für meine Eltern. Wir hatten zwar keinen von den kleinen tragbaren Plattenspielern, aber wir konnten uns einen von den Nachbarn leihen.

Für mich kaufte ich eine rote Daunenjacke, eine von denen, die damals Mode waren. Sie kostete beinahe die Hälfte meines Monatslohns.

Ich arbeitete von montags bis samstags, immer nur vormittags. Manchmal kam Arianna mittags und brachte Alfredo mit.

Ich freute mich, wenn ich sie draußen sah, das bedeutete, ich musste nicht allein nach Hause gehen, und vor allem, Alfredo machte keinen Scheiß.

Seit ich arbeitete, war er morgens allein, schlief lange und ging dann zu mir oder zu Arianna frühstücken. Er langweilte sich, wenn ich nicht da war. Manchmal war er mit den anderen Jungs aus dem Viertel unterwegs, mit Enrico oder Stefano, erzählte er mir, und sie hingen rum und schlugen die Zeit tot.

Wenn er mir so was erzählte, glaubte ich ihm.

Ich konnte mir nicht vorstellen, dass er mich anlog, dazu war er in meinen Augen nicht in der Lage. Ich hielt ihn für zu dumm zum Lügen und schluckte den Blödsinn, den er mir jeden Tag erzählte.

Denn es gab keinen Enrico und keinen Stefano, mit dem er unterwegs war und Fußball spielte. Aber als ich das rausfand, war es zu spät.

Alfredo war nicht mit unseren Freunden unterwegs.

Alfredo war auf der Suche nach Stoff.

34

Alle Zeichen waren da, aber ich sah sie nicht. Ich wollte sie nicht sehen. Alfredo war wieder nervös und unausstehlich. Er regte sich wegen jedem Scheiß auf, wollte nicht, dass ich bei ihm war, und bettelte zwei Minuten später rum, dass ich auf der Arbeit anrief und mich krankmeldete, weil er Angst hatte allein zu sein.

Ich nahm das nicht ernst, dachte, er wäre verrückt, dass ihm das ganze Heroin, das er sich gespritzt hatte, das Gehirn zerlöchert hatte, Löcher, aus denen all der Mist kam, den er jetzt erzählte.

Wenn er so drauf war, ertrug ich ihn nicht.

Er hielt mich mit Gewalt zurück, baute sich vor der Tür auf und bettelte mich an, nicht zu gehen, er hätte von dem Alten geträumt, sagte er, dass der ohne Gesicht gestorben wäre, dass er nicht allein bleiben wollte. Und als ich ihm dann sagte, er solle sich nicht so anstellen, schrie er rum und beleidigte mich.

Ich hörte nicht auf ihn und ging trotzdem. Die Arbeit war mir wichtiger als seine Launen.

Wenn ich wiederkam, ging es Alfredo gut, nur ein wenig verschlafen wirkte er. Ich redete mir ein, dass er nichts hatte, sondern wie immer nur auf stur machte. Er ertrug die Vorstellung nicht, dass ich was ohne ihn unternahm, etwas, das ihn aus meinem Leben ausschloss. Aber eigentlich war das normal, so ging es uns seit Jahren. An seine Besitzansprüche mir gegenüber war ich gewohnt. Sein Zustand in jenen Tagen war mir nicht verdächtig.

Es gab andere Dinge, die ich nicht verstand. Eine Spannung in der Luft, die ich jedes Mal spürte, wenn ich Arianna traf. Sie war komisch, so komisch wie damals, als sie schwanger war. Ich hoffte, dass das nicht noch mal passiert war.

Sie war immer nervös und schaute finster drein. Ich fragte sie, ob sie auch drückte wie Alfredo. Ich könnte sie am Arsch lecken, meinte sie darauf.

Wochenlang überlegte ich, was sie hatte. Keiner wusste etwas. Sie meinte immer nur, alles wäre gut, aber ich kannte sie und wusste, dass was nicht stimmte.

Eines Morgens kam ich von selbst darauf.

Es war mein freier Tag. Um neun war Alfredo weggegangen, um Enrico bei irgendwas zu helfen.

Ich war zu mir runtergegangen und wollte mir von Mama Frühstück machen lassen und mich dann noch mal zu Francesco ins Bett legen, weil ich kaum mehr schlafen konnte, seit ich oben bei Alfredo wohnte.

Abgesehen von der steinharten Matratze war Alfredo nachts wie besessen. Seit einiger Zeit wälzte er sich ununterbrochen rum, sprach im Schlaf und trat um sich.

Wieder in meinem Bett zu schlafen war wie Urlaub, deshalb ging ich nach dem Frühstück in mein Zimmer und legte mich zu meinem Bruder.

Francesco schlief tief und fest, ein Arm unter dem Kissen, den Mund offen. Leise schlüpfte ich unter die Decke, um ihn nicht zu wecken.

Irgendwas zwischen den Laken stach mich ins Bein.

In meinem Bett lag ein hellblauer Haarreifen.

Es dauerte nicht lange, da hatte ich zwei und zwei zusammengezählt.

Ich stand auf, zog mich an und rannte aus dem Haus.

Arianna war nicht zu Hause. Ihre Großmutter sagte, sie wäre im Stadion. Ich ging hin und stürzte die Stufen runter. Mitten auf dem Platz saß Arianna mit unseren Freundinnen auf dem Boden. Sie wirkte entspannt, sie sah mich nicht kommen. Ich warf ihr den Haarreifen gegen den Rücken, der mit einem weichen Geräusch auf dem Pflaster aufschlug.

»Was is', Bea?« Sie drehte sich verwirrt um.

»Du blöde Kuh! Warum hast du's mir nicht gesagt? Ich bin deine beste Freundin. Du hättest mir das sagen müssen.«

Sie starrte den Haarreifen auf dem Boden an.

»Wo hast du den her?«

»Aus dem Bett von meinem Bruder! Aus meinem Bett, verdammte Scheiße! Du fickst Francesco und sagst nix!«

»Das is nich' so, wie du denkst.«

»Ach nee? Wie isses denn?«

Wir starrten uns schweigend an, ich stand, sie saß immer noch auf dem Boden. Silvia und Michela schauten uns besorgt an.

»Francesco und ich sind zusammen.«

Stille. Die Stille war das Einzige, das in meinem Kopf dröhnte. Endlos.

Mein Bruder. Mein kleiner Bruder. Er war noch nicht mal sechzehn und mit ihr, einer Neunzehnjährigen, zusammen. Mein Bruder war mit der da zusammen. Er war mit diesem weißen sommersprossigen Gesicht zusammen, mit den roten

Augenbrauen und den dunklen Augen, er war mit diesem großen Mund zusammen und den krausen, hässlichen Haaren, die noch nie im Leben gekämmt worden waren.

Er war mit diesem Arschgesicht zusammen.

Und dieses Arschgesicht war meine beste Freundin.

»Seit wann?«

»Noch nich' lange. 'n paar Monate.«

»Warum hast du mir nix gesagt?«

»Schau dich an, schau doch mal, wie du drauf bist. Immer muss man sich genau überlegen, wie man dir was sagt, sonst flippst du aus. Schlimmer als Alfredo.«

»Vergiss Alfredo, was hat er damit zu tun?«

»Ihr seid beide gleich. Du lästerst immer rum, aber dann hab ich manchmal das Gefühl, als würd' ich mit ein und derselben Person sprechen.«

»Ich will nich', dass du mit meinem Bruder zusammen bist.«

»Bea, hier geht's nich' darum, was du willst. Was du willst, ist mir scheißegal. Francesco und ich haben uns lieb. Du kannst mich nich' rumkommandieren wie den Zwilling, raff das endlich und halt die Schnauze.«

»Ich kommandier' niemanden rum!«

»Was war das denn eben? Egal, wenn man vom Teufel spricht ...«

Ich drehte mich zu den Stufen um. Alfredos Blondschopf schimmerte in der Sonne.

Er war mit einem älteren Jungen da, den ich nur vom Sehen kannte. Im Gehen unterhielten sie sich leise, der Typ hatte Alfredo einen Arm um die Schulter gelegt. Trotz dieser Geste machte es nicht den Eindruck, als ob sie Freunde wären.

Auf halber Höhe blieben sie stehen. Der andere umarmte

ihn, schlug ihm auf die Schulter und stieg grußlos die Stufen hoch.

Alfredo blieb dort stehen. Auch von weitem erkannte ich sein dümmliches, irgendwie verwirrtes Grinsen. Er drehte sich zu uns um. Als er mich sah, erstarb das Grinsen.

Selbst in diesem Augenblick, in dem alles klar war, wollte ich nicht verstehen.

Ein paar Tage später holte mich Arianna von der Arbeit ab. Allein saß sie auf einer Bank auf der anderen Straßenseite und wartete auf mich. Mir schnürte sich die Kehle zu.

Seit ich den Haarreifen gefunden hatte, hatten wir nicht mehr miteinander gesprochen. Ich fühlte mich beschissen. Francesco war wie immer, so als wüsste er nichts davon, und wahrscheinlich war es auch so. Arianna hatte ihm nichts von dem Streit erzählt.

Ich war die ganze letzte Stunde bei der Arbeit nervös, konnte es kaum erwarten, rauszukommen, und als ich sie dann sah, wie sie mich in ihren schwarzen Mantel gehüllt erwartete, wollte ich zurück ins Geschäft.

Sie stand auf und ging, ohne nach rechts und links zu schauen, über die Straße zu mir.

»Ciao, Bea.«

»Ciao, Ari.«

Mir fielen lauter Dinge ein, die ich ihr hätte sagen können. Ich wollte sie runterputzen, umarmen und ohrfeigen. Sie bis ins Viertel schubsen und mich dann bei ihr entschuldigen. Ihr sagen, dass sie eine Nutte war, und dann, dass ich das gar nicht wirklich dachte, dass sie für mich Arianna war, immer nur Arianna mit den widerspenstigen Haaren und dem ganzen Scheiß, den wir seit Jahren mit uns rumschleppten, und allem, was wir zusammen erlebt hatten. Wir waren durch dick und dünn gegangen.

Ich wollte ihr sagen, dass sie mich anekelte und dass das normal war, dass man, wenn man miteinander aufwächst, entweder so gut wie verwandt ist oder einander irgendwann heiratet, ich wollte mich dafür entschuldigen, wie ich sie behandelt hatte, oder sie vielleicht stattdessen zusammenschlagen.

Ich schwieg und hatte nicht mal den Mut, ihr in die Augen zu schauen.

»Sagst du mir, was los ist?«

»Weiß nich', Ari. Ich kapier's selbst nich'.«

»Bist du eifersüchtig? Auf deinen Bruder? Wo is' das Problem?«

»Is' es ernst? Zwischen euch, mein ich.«

Sie zuckte die Schultern, schüttelte den Kopf. Sie schien sich zum Reden zwingen zu müssen.

»Was soll ich dir sagen, Bea. Für mich ja.«

»Biste verliebt?«

»Ja. Seit damals.«

»Und er?«

»Er auch. Ich weiß, er hat mich lieb. Tut mir leid, dass du das nicht akzeptierst, ich hatte gehofft, du freust dich.«

»Also bist du praktisch meine Schwägerin.«

»So ungefähr. Nervt dich das?«

»Werd' mich wohl dran gewöhnen.«

Ich hakte mich bei ihr unter und küsste sie auf die kalte Wange.

»Komm, wir gehen nach Hause. Is' schon gut«, sagte ich ihr.

Ich würde damit schon klarkommen.

35

Dass Alfredo wieder angefangen hatte zu drücken, sah ich eines Tages an einer blutverschmierten Haarbürste. Das konnte ich nicht ignorieren.

Ich fragte ihn, woher das Blut kam.

Er brummte vor sich hin, sagte, dass er Flöhe hätte und sich kratzte.

Ich schlug ihn und spuckte ihm ins Gesicht.

Er sagte, dass ein kleiner Schuss ab und zu noch keinen umgebracht hatte.

Dass er aufhören konnte, wann er wollte.

»Ich geb dir ’nen Tritt in den Arsch, dass du quer durchs Zimmer fliegst, mal sehen, wie dir dieser Flash gefällt!«

»Du bist so ’ne verdammte Nervensäge!«

»Wo hast du den Scheiß her?« Mir war klar, dass ich meinen Vater nicht bitten konnte, jeden Dealer aus La Fortezza die Treppe runterzuschmeißen, aber ich wollte trotzdem wissen, wer es ihm verkaufte.

»Keine Sorge, ich nehm nur gutes Zeug, keinen Dreck. Ich erkenn den Dreck. Das hier macht nix, der Flash kommt, und danach biste wie immer, kommst nich’ mal auf Turkey. Wie wenn du fickst und den ganzen Tag glücklich bist, ich weiß, das kannste dir nich’ vorstellen, fickst ja nich’, aber so ähnlich.«

»Woher hast du die Kohle, du hast nix, ich kapier's einfach nich'.«

»Du denkst immer nur an Kohle, Kohle is' nich' alles im Leben.«

Aus seiner Jeans holte er ein in Alufolie eingewickeltes Päckchen hervor.

Zitrone, Wasser, Nadel. Sein ruhiges Lächeln, der kleine Löffel, das blaue Feuerzeug. Mir wurde schlecht.

»Bea, stell dich nich' so an – ich zeig dir, dass nichts passiert.«

»Du willst doch jetzt nich' etwa fixen?«

»Dann beruhigste dich, siehst, dass nichts passiert, und hörst auf, mir auf die Eier zu gehen.«

»Hör zu, nein! Mach, was du willst, aber ich will das nich' sehen, ich gehe.«

Stattdessen blieb ich.

Alfredo machte alles sorgfältig. Er hatte Methode.

Wasser, Zitrone, Pulver. Warten, dass es zu köcheln beginnt, aber das dauert nicht lange, nicht mal zehn Sekunden, das H wird braun, es sieht ein bisschen eklig aus, wie schmutziges Wasser oder Hustensaft.

Die Brühe mit der Spritze aufziehen, mit dieser dünnen, dünnen Spritze, die Nadel ist so dünn wie er. Zweimal mit dem Daumen drücken, um sicherzugehen, dass keine Luft drin ist.

Er senkt den Kopf, die Haare bedecken sein Gesicht, sie sind lang und lockig, fallen nach allen Seiten.

Sie sind sehr hell.

Ich konzentriere mich auf seine Haare, um nicht mit ansehen zu müssen, wie er die Vene sucht, um das Fleisch nicht zu sehen, das ein wenig anschwillt, als die Nadel einsticht.

Ich versuche nicht hinzuschauen, tu's aber trotzdem.

Das Blut in der Spritze. Sein Blut habe ich oft gesehen, meistens war ich diejenige, die dafür gesorgt hat, dass man es sah.

Es ist dunkel und dickflüssig. Nur einen Augenblick, dann fließt es langsam zurück in die Vene, zusammen mit dem Rest.

Ich will es nicht, halte aber den Atem an.

Seine Lippe zittert. Er lässt sich gegen die Rückenlehne des Stuhls fallen, wirft den Kopf zurück. Er zieht nicht mal die Nadel raus.

»Mann, was für 'n Schuss.«

Er streift sich die Haare aus dem Gesicht, reißt die Augen auf. Sie sind grün, sehr grün. Die Pupille ist verschwunden.

»Das bläst mir das Gehirn weg.«

Dann schweigt er. Ich höre seinen Atem, weil ich immer noch die Luft anhalte, aber sein Atem klingt merkwürdig, als würde er schluchzen, als bekäme er keine Luft, dreißig Sekunden, eine Minute lang, zu lang.

Alle seine Bewegungen sind unsicher, abgehackt, er hält seine Beine steif und hat den Kopf zurückgelegt und zittert.

Ich weiß nicht, ich hab nie gefixt, aber ich glaube nicht, dass das normal ist, auch weil seine Lippen blau sind, sein Gesicht sich bläulich verfärbt, und er schluchzt, du lieber Himmel, er erstickt, Überdosis, er krepiert vor meinen Augen.

Ich stieß ihn von seinem Stuhl, legte ihn auf den Boden und steckte ihm die Finger in den Mund. Es sah so aus, als würde er seine Zunge verschlucken.

Er biss mich, ein unwillkürlicher Reflex vom Würgen, aber ich schaffte es, ihm die Zunge rauszuziehen, er hätte sie wirklich beinahe verschluckt.

Ich drehte ihn auf die Seite und rannte runter zu mir, zum Telefon.

Keine Ahnung, wie viel Zeit ihm noch blieb.

»Mama, weg da!« Ich griff nach dem Hörer und rief mit zitternden Fingern schnell den Notarzt.

»Bea, wen rufst du an?«

»Alfredo, Mama, Alfredo hat 'ne Überdosis, er erstickt, hilf ihm, Mama!«

Aus dem Augenwinkel sah ich sie aus der Wohnung rennen. Auf der anderen Seite der Leitung antwortete mir jemand. Ich konzentrierte mich auf die Fragen, die mir die Frau am Telefon stellte, ich wollte nicht in Panik geraten. Sie wollte wissen, um welche Art von Notfall es sich handelte, und fragte nach der Adresse. Ich versuchte, so klar wie möglich zu sein, auch wenn meine Stimme zitterte. Sie müssen sich beeilen, sagte ich ihr. Sie müssen rasen.

Als ich hochging, hatte Alfredo wieder angefangen, leicht zu atmen, aber seine Augen waren verdreht, er war nicht zu sich gekommen.

Die Sirenen des Notarztwagens stoppten in unserem Hof. Als ich Stimmen auf der Treppe hörte, lief ich in den Flur und schrie, sie sollten sich beeilen.

»Wo ist er?«, fragten sie mich.

»Hier drin, er atmet nicht, er wird blau, macht was!«

Ich ging hinter ihnen in die Wohnung zurück. In dem verwüsteten Wohnzimmer, dort, wo der Alte gestorben war, kniete meine Mutter auf dem Boden neben dem reglosen Körper, der schnell die Farbe wechselte.

Der Arzt, ein Typ im weißen Hemd, leerte seine Tasche auf dem Fußboden aus, tastete an seinem Hals und im Gesicht und schüttelte den Kopf.

»Los, beeilen wir uns«, sagte er leise, »sonst schafft er es nicht.«

Über ihm stehend sah ich die Ampulle und die Spritze, die er vorbereitete.

Er stach sie Alfredo in die Brust und drückte ganz bis zum Anschlag durch.

Alfredos magerer Körper zog sich zusammen wie ein Bogen. Die Luft trat in seine Lungen ein und entwich mit einem Schnaufen sofort wieder. Er fiel entspannt auf die Erde zurück wie ein leerer Sack.

»Er schafft es nicht«, murmelte jemand hinter mir. Er sagte es ganz leise, aber ich hörte es trotzdem.

Der Arzt schaute meine Mutter an, und ich schaute Alfredo an. Sein Gesicht war ausdruckslos, leer, weiß wie die Wand.

»Signora, sind Sie mit dem Jungen verwandt?«

»Ich bin seine Mutter«, sagte sie.

»Kommen Sie mit.«

Auf ein Zeichen des Arztes nahmen die Pfleger Alfredo, legten ihn auf eine Bahre und schafften ihn schnell weg. Zu schnell.

Meine Mutter ließen sie mitfahren.

Ich ging in den Hof runter und schaute zu, wie sie wegfuhren. Die Reifen des Krankenwagens hinterließen eine Staubspur auf der Straße.

Ich dachte, er würde es nicht schaffen.

Ich dachte, dass ich lieber an seiner Stelle gestorben wäre als zu warten.

Ich wartete stundenlang.

Ich dachte, ich würde wahnsinnig.

Dann klingelte das Telefon.

»Beatrice?«

Ich erkannte die Stimme meiner Mutter.

»Mama, wenn er tot ist, sag's nich'. Sag's nicht, sonst kratz ich auch ab.«

»Bea, ganz ruhig. Sie haben ihn. Um ein Haar, aber sie haben ihn.«

»Ehrlich? Du erzählst kein' Scheiß, um mich zu trösten?«

»Nein, entspann dich, er lebt.«

»Wann kann ich ihn sehen?«

»Ich denke, die lassen mich gleich zu ihm. Is' Papa da?«

Ich fing an zu weinen und ließ die ganze Anspannung der vergangenen drei Stunden Warterei raus.

»Mama, was verdammt noch mal interessiert mich Papa? Keine Ahnung, wo der ist.«

»Gut, egal, reg dich nich' auf. Leg ihm 'nen Zettel hin, nimm den Bus und komm her.«

Das ließ ich mir nicht zweimal sagen, ich raste los, als wäre der Teufel hinter mir her.

Als ich die Straße entlangrannte, die aus La Fortezza runter in die Stadt führte, schwirrten mir tausend Gedanken durch den Kopf.

Ich erinnere mich nur noch an einen.

Zum Glück lebt er, dann kann ich ihn eigenhändig umbringen.

36

Die Ärzte im Krankenhaus waren sehr deutlich gewesen.

Selbst ich hatte verstanden. Sogar Alfredo, der gerade mal die Grundschule besucht hatte.

Das nächste Mal, wenn du eine Überdosis genommen hast, und verlass dich darauf, dass das passieren wird, gehst du drauf.

Das war nicht besonders kompliziert. Wenn er so weitermachte, würde er seinen neunzehnten Geburtstag nicht erleben.

Er bekam Schiss.

Reglos in seinem Krankenbett liegend sagte er leise, dass er es nicht mehr tun würde. Dass er wegen so einem Scheiß nicht sterben wollte. Er wolle kein Junkie sein, er wolle aufhören.

Und um das zu schaffen, brauchte er zwei Dinge: Psychologen und Methadon.

Der Arzt aus der Notaufnahme gab uns eine Adresse, wo sie Drogenabhängige therapierten.

Ein Entziehungszentrum.

Das sei das Beste für ihn, sagten die Ärzte meiner Mutter und mir. Wenn der Junge den Anweisungen der Ärzte dort Folge leistete, würde er es schaffen. Es sei noch nicht zu spät, sagten sie uns, aber wir müssten pausenlos auf ihn aufpassen, denn auch, wenn er jetzt die besten Absichten hätte, würde er es doch bald wieder versuchen.

Ich dachte nicht lange nach, ging am nächsten Tag auf Arbeit und kündigte.

Es tat mir leid, aber ich hatte keine Wahl. Entweder hörte ich auf zu arbeiten, oder Alfredo ging drauf. Meine Eltern konnten ihn nicht unter Kontrolle halten, das war nicht dasselbe.

Das musste ich selbst tun.

Drei Tage später rief ich in dem Entziehungszentrum an, während er neben mir saß und sich nervös durch die Haare fuhr. Er hatte mich gebeten, für ihn dort anzurufen, weil ihm das peinlich war. Er telefonierte nicht gern mit Leuten, die er nicht kannte.

Die Ärzte waren freundlich. Sie gaben uns einen Termin für Dienstagmorgen, um festzulegen, was für eine Therapie er brauchte.

Ich würde ihn begleiten, die Vorstellung, ihn aus den Augen zu lassen, gefiel mir nicht, ich hatte Angst, dass er wieder zur Spritze griff.

An jenem Dienstag schien die Sonne, aber es war schweinekalt. Es war tiefster Winter, und wo wir wohnen, ist die Kälte so feucht, dass sie dich fertigmacht, sie kriecht dir in die Knochen und lässt sie weich werden wie Gummi.

Wir hatten eine höllische Woche hinter uns, Alfredo krümmte sich vor Schmerzen und kotzte jedes Mal, wenn er versuchte aufzustehen. Er klagte über seinen Rücken und Übelkeit, konnte sich kaum bewegen, stopfte sich mit Aspirin voll und rauchte eine Zigarette nach der anderen, drei Päckchen am Tag. Manchmal schlief er mit der brennenden Kippe zwischen den Fingern ein. Man musste aufpassen und sie ihm wegnehmen, bevor er die ganze Bude abfackelte.

An jenem Morgen jammerte er mehr rum als sonst und stellte meine Geduld auf eine harte Probe. Ich saß mit ihm im Haltestellenhäuschen und versuchte, nicht hinzuhören und die Leute anzuschauen, die zur Arbeit fuhren. Die meisten ignorierten uns, aber ab und zu schaute uns einer an. Ich sah vielleicht noch normal aus, aber Alfredo mit seinem weißen Gesicht, den dunklen Augenringen und der Angewohnheit, beim Reden einzuschlafen, sah man von weitem den Junkie an.

Im Bus setzten wir uns nach hinten, auf den wärmsten Platz, genau über den Motor. Keiner setzte sich neben uns. Obwohl alle Plätze besetzt waren, blieben die beiden einzigen leeren Plätze neben uns die gesamte Fahrt über frei. Die Leute schauten uns verstohlen an und hielten Abstand. Es kam mir so vor, als würde ich einen Aussätzigen durch die Gegend schleppen.

»Bea?«

»Ja, Alfredo, was is'?«

»Was glaubst du, was die dort mit mir machen?«

»Was weiß ich – bin doch kein Arzt.«

»Untersuchen die mich?«

»Hm, glaub ja.«

»Und dann?«

»Mann, woher soll ich das wissen, halt's Maul.«

»Verdammt, mit dir kann man nicht reden, alte Scheißkuh.«

Alfredo drehte den Kopf zum Fenster und schaute raus.

Er schwieg. Dreißig Sekunden unschätzbar wertvolle Stille.

»Bea …«

»Mann, was is' bloß los heute Morgen?«

»Nehmen die Blut ab?«

»Bestimmt. Die müssen doch wissen, wie viel Scheiße dir durch die Adern fließt.«

»Verdammt.«

»Erzähl mir jetzt nich', dass du Angst vor 'ner Nadel hast. Du hast dir praktisch überall Schüsse gesetzt und auf einmal Angst vorm Blutabnehmen.«

»Weißt du, warum? Wenn's andere machen, stört's mich. Ich halt das nich' aus. Hab mir nie von jemand anderem 'nen Schuss setzen lassen, immer selbst.«

»Na also, is' doch wunderbar, dann gehst du hin und sagst denen, du bist Experte und machst es selbst.«

Natürlich erlaubten sie ihm nicht mal, die Nadel auch nur zu berühren.

Als wir ankamen, ließen sie uns eine Stunde lang im Wartezimmer sitzen, das nach Desinfektionsmittel roch. Der Gestank war so intensiv, dass sich mir der Magen umdrehte. Ich versuchte, mich mit einer Handarbeitszeitschrift abzulenken, schaffte es aber nicht. Nähen interessierte mich einen Scheißdreck, ich wollte nur, dass Alfredo kein Junkie mehr war und wir nach Hause gehen konnten.

In dem Wartezimmer saßen noch andere Leute, ich war die einzige Normale. Alfredo redete mit denen, die so waren wie er. Sie erzählten sich, dass sie aufhören wollten, ein für alle Mal, und keine Angst vor dem Entzug hatten. Sie versuchten, einander davon zu überzeugen, dass sie aufhören konnten, wann sie wollten.

Sie taten mir leid und machten mich wütend.

Als sie uns endlich aufriefen, brachten sie uns in einen grünen Flur voller Türen. Es waren noch andere Leute dort. Einige waren Ärzte, ich erkannte sie am weißen Kittel und dem normalen Gesicht. Andere wie Alfredo. Wieder andere, aber ehrlich gesagt wenige, wie ich. Leute, die Verwandte zum Entzug brachten. Ich erkannte sie an den müden, abgehärmten Gesichtern. Sie saßen auf den unbequemen Stühlen, lehnten die Köpfe an die Wand und warteten.

So war ich auch, und falls ich noch nicht ganz so war, würde ich so werden. Irgendwann würde ich die Nase voll haben. Irgendwann würde ich keine Lust mehr haben, ihm in den Arsch zu treten, um ihn wieder hinzukriegen. Irgendwann wäre es mir egal, ich würde mich damit abfinden und die Augen schließen wie diese Leute im Wartezimmer und ihn ziehen lassen.

Ich hoffte, das würde nicht passieren.

Ab und zu kam ein Arzt aus einem der Zimmer, rief die Patienten mit lauter Stimme auf und bat sie einzutreten.

Als Alfredo dran war, wartete ich draußen.

Die Tür, hinter der er verschwunden war, blieb angelehnt. Durch den Spalt sah ich ein weißes Zimmer voller Licht, eine Liege und Apparate und Instrumente, die ich noch nie gesehen hatte. Ein Arzt half Alfredo sich auszuziehen, untersuchte ihn, schaute seine Pupillen mit einer kleinen Lampe an und maß seinen Blutdruck. Dann nahm er ihm Blut ab.

Als der Arzt fertig war, schickte er ihn zur Psychologin. Ich sah ihn rauskommen, an mir vorbeigehen und in ein anderes Zimmer treten. Er lächelte, hob den Daumen. Alles schien gut zu gehen.

Wir waren ungefähr drei Stunden im Entziehungszentrum.

Während ich auf ihn wartete, sah ich einen Haufen Leute kommen und gehen. Mir wurde klar, dass Alfredo nicht der Einzige war, dass bestimmte Dinge nicht nur in La Fortezza passierten und dass es Typen gab, die schlimmer dran waren als er. Sie konnten sich nicht mal mehr auf den Beinen halten, sondern wurden über den Schultern reingetragen.

Dort wo ich saß, war ein Zimmer, in das Leute gingen und mit einem Plastikbecher rauskamen, den sie in einem Zug leerten.

Methadon.

Das gaben sie denen, damit sie aufhören konnten.

Das gaben sie auch Alfredo.

Als wir aus dem Zentrum kamen, ging es ihm besser. Sein Gesicht hatte wieder etwas Farbe, die Nase lief nicht mehr. Er hörte auf über Rückenschmerzen zu klagen.

Er kehrte zufrieden nach Hause zurück.

Methadon war super, es war kein Schuss, tat dir aber gut, die Schmerzen gingen weg, und man musste nicht mal dafür bezahlen. Und ohne Heroin war es besser als nichts.

Er sagte es nicht, aber ich kannte Alfredo gut, zu gut. Er sagte es nicht, aber ich wusste, dass er das dachte.

Und das machte mir Angst.

Jeden Dienstag und Samstag gingen wir dorthin, dort wo die Junkies waren. Ich dachte, dass er Glück gehabt hatte, dass manche jeden Tag hinmussten.

Ich ging immer mit. Manchmal bot meine Mutter an ihn zu begleiten. Ich ließ sie mitkommen, aber ich war immer dabei. Alfredo konnte versuchen meine Mutter zu bescheißen, aber er wusste, dass das mit mir nicht klappte, deshalb war er ganz folgsam und ertrug geduldig meine Entscheidungen und seine Schmerzen. Er wollte mir zeigen, wie toll er war, wollte um jeden Preis mein Wohlwollen und mich davon überzeugen, dass er wieder der Alte war.

Wir waren enger zusammen als je zuvor, aber tief drinnen, an jenem Ort, den wir nicht erreichen konnten, hatten wir uns verloren, voneinander gelöst, getrennt. Der Riss, der unsere Beziehung seit Jahren prägte, war tiefer geworden, hatte einen tiefen Graben gezogen. Wir waren zusammen und gleichzeitig weit weg voneinander, wie zwei Planeten.

Ich sah, wie Alfredo verschwand, wie er sich immer kleiner machte und seine Umrisse verlor.

Und ich traute ihm nicht mehr.

37

Ich war es, die bei ihm war, wenn er sich Methadon holte, ich war es, die ihn zurück nach Hause brachte, ihm Essen machte, die seinen Kopf hielt, wenn er sich übergab, die ihn mit aller Kraft hielt, wenn er sich vor Schmerzen krümmte, weil die Wirkung des Methadons nachließ, die allen Mut zusammennahm, weil es keine andere Lösung gab.

Auch meine Mutter passte auf ihn auf, aber nicht so wie ich. Es war eine Angelegenheit zwischen ihm und mir, seine Abhängigkeit war unser Problem, und sie ließ mich machen. Sie wusste, dass Alfredo nur auf Beatrice hörte. Manchmal.

Sie setzten die Dosis Methadon alle zwei Wochen runter. Die Ärzte sagten, dass er gut darauf ansprach, deshalb gaben sie ihm immer weniger.

Dienstags und mittwochs ging es ihm gut, beinahe normal. Er kam aus dem Zentrum und wollte eine Runde drehen und nicht zurück nach Hause. Wir aßen Eis, darauf hatte er immer Lust, selbst im Februar, wenn es schwer war, welches zu kriegen. Wir liefen durch die Stadt, spazierten die Straßen entlang, schauten in Schaufenster und machten uns über Passanten lustig. Es ging uns gut, wir hatten Spaß. Dienstags und mittwochs fiel mir wieder ein, wie er früher gewesen war.

Es fiel mir ein, weil ich die letzten zwölf Jahre meines Lebens nur mit ihm verbracht hatte.

Am Donnerstag ging es ihm dann auf einen Schlag schlecht.

Es begann damit, dass er nicht aufstehen wollte. Er lag mit ausgebreiteten Armen bis mittags um eins im Bett. Ich wachte früh auf und ließ ihn nie aus den Augen, sein abwesender Blick gefiel mir nicht.

Ich konnte höchstens kurz zu mir runter, ging aber nie weg. Und wenn ich wegging, schloss ich ihn ein.

Denn wenn der Donnerstag da war, wusste ich, was Alfredo dachte. Er wollte sich einen Schuss setzen.

Am frühen Nachmittag atmete er schwer, als ob er Asthma hätte. Die Knochen und der Magen taten ihm weh, er wusste nicht, wie er sich drehen und wenden sollte. Die Schmerzmittel, die ich ihm gab, wirkten nur ein oder zwei Stunden, dann begannen die Schmerzen von neuem.

Am Abend begann er dann auch zu schwitzen. Er schwitzte, als ob draußen vierzig Grad wären, seine Haut glänzte und war rutschig, und er schaffte es nicht aufzustehen.

Es gab Momente, da schloss ich mich im Bad ein, steckte die Finger in die Ohren und brach in Tränen aus, wenn ich ihn schreien hörte.

Gern hätte ich seine Schmerzen übernommen, um das nicht länger mit ansehen zu müssen. Ich war stärker als er, ich konnte das aushalten.

Der Freitag war die Hölle.

Zu oft dachte ich, dass ich ihn am liebsten umbringen würde, damit es endlich vorbei war, und danach hätte ich mich umgebracht, ich schaffte das nicht mehr.

Nicht mal Schläge wirkten, und ich weiß nicht, woher er die Kraft nahm, um aufzustehen und wegzurennen. Er wollte aus dem Haus, er wollte sich Stoff kaufen. Und sobald er merkte, dass ich da war und ihn davon abhielt, flippte er aus.

Einmal machte er so ein Theater, dass das ganze Haus wach wurde.

Es war Nacht, und ihm ging es sehr schlecht. Ich tat so, als würde ich schlafen, während er sich hin und her wälzte. Sein schwerer Atem hielt mich wach, die Laken waren feucht von seinem Schweiß.

Schwankend stand er auf. In dem bisschen Licht vom Flur sah ich seine magere, zusammengekrümmte Gestalt. Er schaffte es nicht, schleppte sich aber weiter.

»Alfredo, wo willst du hin?«

»Mir geht's schlecht, Bea, echt Scheiße.«

»Komm wieder ins Bett. Ich hol dir 'ne Aspirin.«

»Ich scheiß auf dein Aspirin, das hilft nix.«

»Wenigstens für 'ne Weile sind die Schmerzen weg.«

»Leck mich, ich geh raus.«

»Wo willst du hin, du kannst dich ja kaum auf den Beinen halten, siehst du nicht, was mit dir los ist?«

»Ich gehe zum Stadion. Und wenn ich auf Knien hinrutsche, ich geh.«

»Kommt nich' in Frage. Du gehst nirgends hin. Ich schick dich nich' los, um Stoff zu suchen.«

»Verdammt, siehste nich', was los ist? Siehste das nich'?«

Er ließ sich auf den Boden fallen, den Rücken an die Wand gelehnt. Er war der Inbegriff von Verzweiflung.

Ich schwieg zusammengerollt in dem Bett, das wir teilten, und wartete darauf, dass es ihm besser ging. Nach einer Weile hob er den Kopf.

»Ich geh.«

Vielleicht hatten die Schmerzen ein bisschen nachgelassen. Vielleicht verlieh ihm der körperliche Drang die Energie. Jedenfalls stand er auf und ging schnurstracks und schnell davon.

Zu schnell.

Ich rannte ihm hinterher, überholte ihn und stellte mich zwischen ihn und die Tür.

Ich wusste gut, dass ich ein Risiko einging. Ein Junkie in diesem Zustand wäre in der Lage, seine Mutter für einen Schuss umzubringen.

Aber ich war nicht seine Mutter.

Seine Mutter war tot.

Er würde mich nicht anrühren.

»Verpiss dich.« Sein Blick war leer.

Er hatte ihn auf mein Gesicht gerichtet, sah mich aber nicht.

Er sah mich wirklich nicht.

»Bist du behindert? Hast du nich' kapiert, wie das hier läuft? Du gehst nirgends hin.«

»Bea, verschwinde.«

»Und wenn nich', was machst du dann?«

»Zwing mich nich' dir wehzutun, du hast keine Ahnung.«

»Stimmt. Ich habe keine Ahnung, wie du dein Scheißleben akzeptieren kannst. Du hältst kein bisschen Schmerz aus. Es gibt Leute, die sich für dich in Stücke reißen, und dir isses scheißegal, du jammerst nur blöd rum. Du quengelst, schaffst es nicht, weil du es in Wirklichkeit nich' mal versucht hast. Seit Jahren beklagst du dich über dieselben Sachen, du bist 'n Versager, 'n Scheißjunkie, 'n Dreck.«

Meine Beleidigungen juckten ihn gar nicht. Ich konnte ihn beleidigen, bis ich heiser war, bis ich schwarz wurde, er hörte nicht mal zu. Er stierte mich an und suchte einen Weg, um mich von der Tür wegzubekommen.

»Na gut, Bea, schon gut. Hast ja recht. Ich geh nich' ins Stadion, hast ja recht. Ich lauf nur kurz runter, um Luft zu schnappen, hier drin isses zu heiß. Ich geh nich' weg, versprochen.«

»Ja klar. Du gehst nich' weg, und ich bin der Kaiser von China.«

»Verschwinde von der Tür, du dämliche Nutte!«

Mein Trommelfell platzte fast, ich hatte nicht damit gerechnet, dass er so laut schreien konnte.

Aber ich konnte noch lauter.

»Und was machste, wenn ich nich' weggehe? Bringst du mich um? Bringst du mich um, Alfredo? Dass ich so aussehe wie dein Vater?«

Ich breitete die Arme aus. Damit er ein Messer nehmen und mich kaltmachen konnte.

»Komm doch, du Idiot. Bring mich um. Schauen wir doch, ob du Eier in der Hose hast. Mach schon, sonst bring ich dich um.«

Ich zitterte. Er stand wie angewurzelt vor mir und schaute mich an, sein Blick machte mir Angst. Ich glaube nicht, dass er die Idee auch nur einen Moment lang in Betracht gezogen hatte, auch in seiner Verfassung hätte er mich niemals angerührt. Aber er war trotzdem Furcht einflößend.

Er drehte sich um und schlug derart mit der Faust gegen die Wand, dass alles zitterte. Ich hielt den Atem an.

»Du blöde Kuh! Dreckige Nutte, du willst, dass ich sterbe! Leck mich am Arsch, Bea, leck mich!«

Er hasste es, dass er es nicht schaffte mich zu schlagen. Er tobte sich schreiend aus. Ich trank seine Beleidigungen wie Honig.

Jemand trat von draußen gegen die Tür. Ich ging zur Seite und öffnete das Vorhängeschloss. Man hatte uns gehört.

Ich weiß nicht, wer noch dahinterstand, vielleicht vier oder fünf Personen. Aber ich sah nur meinen Vater reinkommen.

Er packte Alfredo am Hals wie einen Waschlappen, wie eine

Plastikpuppe. An den Haaren zerrte er ihn bis zum Bett und warf ihn darauf.

Die Ohrfeige war so stark, dass ihr Echo durch das Zimmer hallte.

Er sagte nichts, er schrie nicht mal. Mit ganz normaler Stimme befahl er ihm nicht zu nerven und weiterzuschlafen.

Dann drehte er sich um und gab auch mir eine Ohrfeige, eine leichtere, aber sie rüttelte mich wach.

»Das nächste Mal gibst du ihm ein Messer, damit er dich wirklich umbringt.«

Alfredo richtete sich hustend im Bett auf.

»Ich hätt sie nich' angerührt. Ich hätte ihr nix getan. Bevor ich ihr was tue, lass ich mich umbringen.«

Ich sagte nichts. Meine Wange brannte.

Als alle weg waren, setzte ich mich niedergeschlagen neben ihn auf das Bett.

Er rutschte weg, er wollte nicht neben mir sein.

»Du weißt, dass ich dich nicht angerührt hätte.«

»Weiß ich. Ich weiß, dass du mir nix getan hättest.«

Ich umarmte ihn und legte den Kopf auf seine Schulter.

Er fing an zu weinen.

In jener Nacht war ich bei ihm, nur ich war ihm geblieben. Es war fürchterlich, was uns widerfuhr. Wir hätten glücklich sein sollen. Wir hätten unser Leben leben sollen. Stattdessen saßen wir da, Arm in Arm, und versuchten nicht zu sterben.

Und Alfredo kam mir erwachsen vor. Er wirkte erwachsen, war aber nur ein Junge von neunzehn Jahren, der es nicht mehr schaffte.

Und auch ich, die ich nur ein paar Monate älter war als er,

fühlte mich alt und leer, als ob ich schon alles erlebt hätte. Als wenn das Leben mich schon komplett ausgepresst hätte.

»Komm, nich' weinen. In ein paar Stunden gehen wir ins Zentrum, die geben dir 'nen Liter Methadon, und alles wird gut, die Schmerzen sind weg.«

»Weißt du, wie sehr mich jetzt das verdammte Methadon, das beschissene Zeug, die verfickten Schmerzen interessieren?«

»Warum heulst du dann rum?«

»Weiß nich'. Weiß nich', warum ich heule. Ich will so nich' sein. Scheiße, nee, so will ich nich' sein.«

»Heroin ist nur dann 'ne Medizin, wenn du den Mut hast zu sterben. Und den hast du nich'.«

»Nee, den hab ich nich'. Besser so. Ich hab dir vorhin nix getan. Ich hätte dich umbringen können, aber ich hab dich nicht angerührt. Ich glaub, ich liebe dich, Bea.«

Das hatte er mir noch nie gesagt.

38

Nach jenem Abend wurde es besser, monatelang ging es bergauf. Alfredo kam vollkommen von dem Zeug los. Das Methadon wurde immer weiter runtergesetzt, bis er es gar nicht mehr brauchte. Am Anfang war das hart, es ging ihm schlecht, das merkte ich, aber er klagte nie und hielt durch. Er bat mich, ihn zu Hause einzuschließen, wenn die Entzugserscheinungen unerträglich wurden. Für mich, sagte er. Ihm wäre es egal, ich wäre das Einzige, das ihn dazu brachte, nicht zu fixen.

Er nahm wieder ein paar Kilo zu, aß und schlief normal.

So verging der Winter, der Sommer kam und verging langsam, ohne besondere Vorkommnisse. Im November wurde Alfredo zwanzig, und als Geburtstagsgeschenk gab ich ihm seinen Schlüssel zurück.

Inzwischen hatte ich keine Angst mehr, dass er abhaute, um zu fixen, auch wenn er dauernd voll stoned war. Das war okay, wir dröhnten uns zusammen zu, und wenn er kein Geld für Gras hatte, gab ich es ihm. Ich hätte ihm eine Wagenladung davon geschenkt, weil er mit dem Heroin aufgehört hatte, weil er endlich kapiert hatte, dass das nichts für ihn war. Das H brachte Alfredo um.

Ich lebte wieder normal, wohnte zu Hause, schlief in meinem Bett. Es war schön, ihn nicht dauernd überwachen zu müssen, ich war nicht mehr seine Gefängniswärterin.

Wir redeten nie mehr von dieser Nacht, wir hatten sie vergessen. Wie alle schlimmen Sachen, die uns passierten, verdrängten wir die Erinnerung daran, begruben sie unter einer dicken Schicht Alltag.

Und ich dachte, dass es vorbei, dass das Kapitel abgeschlossen wäre.

Ich weiß es nicht, vielleicht war es die Umgebung, die uns hervorgebracht hat. Vielleicht hatten wir es im Blut. Vielleicht waren es die Leute, mit denen wir zu tun hatten, die Langeweile, zu wenige Ziele. Das Wissen, niemals was anderes sein zu können, die Erkenntnis, dass es ein Leben lang so bleiben würde. Draußen vergingen die Jahre, und die Welt veränderte sich. Hier drin standen wir still.

Wir hatten kein Lebensziel, wir schafften es nicht, uns eins zu suchen. Wir lebten einfach so, das war's.

Alfredo war nicht besser als die anderen, aber ich vertraute ihm. Das war ein Fehler, weil er mich noch mal verarschte. Er verarschte alle. Er verarschte auch sich selbst mit seinem ganzen Exjunkie-Gequatsche.

Er fing wieder an.

Es war sinnlos, dass er versucht hatte aufzuhören, seit fast zwei Jahren war das Heroin sein Lebensinhalt. Er hatte einen Sinn gefunden, und auch wenn es ein total beschissener Sinn war, dachte er an nichts anderes. Er hatte nie aufgehört, dran zu denken.

Er wartete nur auf den richtigen Moment, um wieder anzufangen.

39

Dann fehlte mir irgendwann Geld.

Ich hatte es eines Morgens gemerkt, als ich mit Arianna zum Markt ging. An einem Stand hatte ich eine Jacke gesehen, die mir gefiel. Sie war schwarz mit himmelblauen Stickereien.

Sie gefiel mir wirklich, ich wollte sie unbedingt haben, hatte aber nicht genug Kohle dabei. Obwohl ich mir Geld von Arianna lieh, kamen wir nicht auf die Summe, und der Typ an dem Stand wollte mit dem Preis nicht runtergehen.

Deshalb fragte ich ihn, ob er sie mir zurückhängen könnte, ich wäre in einer Stunde zurück.

Ich hatte noch ein paar Ersparnisse von damals, als ich den Job hatte. Ein Jahr war es her, seit ich gekündigt hatte, um auf Alfredo aufzupassen, aber da ich wenig brauchte, lag das letzte Gehalt noch unangetastet da. Zum Teil jedenfalls.

Ich hatte mein Geld in einer alten Pralinenschachtel im Kleiderschrank in meinem Zimmer. Alle wussten das, aber meine Eltern, auch wenn sie es manchmal gebraucht hätten, wollten nie was davon haben, obwohl ich es ihnen gern gegeben hätte. Das war mein Geld, nur meins, fanden sie.

Mit der Zeit war alles besser geworden. Mein Vater hatte Arbeit gefunden und hatte sogar meinen Bruder mit untergebracht, sie arbeiteten beide als Anstreicher bei einem Bauunternehmen. Die Kohle stimmte, und auf einmal hatten wir zwei Gehälter zu Hause, deshalb konnte ich mir so was leisten. Eigentlich brauchte ich die Jacke nicht, ich hatte ja noch die rote Daunenjacke vom letzten Jahr, aber ich wollte sie unbedingt.

Ich wäre dann die Einzige in meiner Clique mit zwei Jacken gewesen.

Ich ging nach Hause in mein Zimmer, um die Schachtel aus dem Schrank zu holen, und trug sie in die Küche, wo meine Mutter Arianna einen Kaffee kochte.

Ich öffnete die Schachtel.

Das Bündel Banknoten, das darin lag, sah viel kleiner aus, als ich gedacht hatte. Ich zählte viermal nach, und viermal stimmte es nicht.

Mir fehlten vierzigtausend Lire.

Und vierzigtausend Lire waren echt viel für mich.

Ich sah meine Mutter an. »Mir fehlt 'n Haufen Geld«, sagte ich.

»Schau gut nach. Vielleicht hast du's ausgegeben und weißt es bloß nich' mehr.«

»Seid ihr da ran?«

»Glaubst du, ich nehm' meiner Tochter Geld weg, wofür hältst du mich?«

»Francesco?«

»Auch nicht. Bea, keiner hat dir was geklaut, du hast dich verrechnet.«

»Shit, Mama, ich weiß doch, wenn ich vierzigtausend Lire ausgebe. Als ich das letzte Mal nachgesehen hab, war alles da!«

Meine Mutter öffnete die Anrichte, nahm drei Tassen raus und goss Kaffee ein. Sie fragte Arianna, wie viel Zucker sie wollte – zwei Löffel.

Wie konnte sie den Kaffee bloß so süß trinken. Ich mochte

ihn ohne Zucker, war aber die Einzige. Alfredo tat sogar außer Zucker noch Milch rein.

Alfredo.

Es fiel mir einfach so ein, als wäre es das Normalste von der Welt.

»Alfredo war's, Mama«, sagte ich.

»Der soll dein Geld geklaut haben? Bist du verrückt geworden?«

»Ich bin sicher, dass er das war.«

»Und was will er damit?«

»Was glaubst du, was er damit will?«

»Er hat aufgehört, Bea. Er drückt nich' mehr.«

»Solche wie er hören niemals auf. Die tun doch nur so.«

Draußen vor dem Fenster wurde der Himmel dunkel. Ich schaute die Wolken an, die nach Regen aussahen, und dachte, dass ich nicht von vorn anfangen wollte.

Dass ich mein Leben leben und zwanzig Jahre alt sein wollte, denn das kam nicht wieder. Ich konnte es nicht damit verschwenden, einem Idioten hinterherzulaufen.

Vielleicht könnte ich es auch vergessen, nicht nachforschen. Ich könnte es ignorieren, so tun, als wäre nix.

Schließlich war es sein Leben, er konnte damit machen, was er wollte, und vielleicht irrte ich mich auch, vielleicht hatte er das Geld gar nicht genommen, vielleicht hatte ich mich wirklich verzählt.

Ich klammerte mich an diese Hoffnung, auch wenn ich wusste, dass ich bald enttäuscht würde.

Denn so war ich nun mal. Ich konnte nicht einfach vergessen, ich konnte nicht so tun, als merkte ich nichts. Das hatte ich schon mal versucht und nicht geschafft.

Wenn es um Alfredo ging, war es so, als würde mich die

Wahrheit mit aller Gewalt suchen und mir Unbekanntes zeigen, Verborgenes, und die wichtigste Beziehung in Frage stellen, die ich hatte.

Er gab mir das Gefühl, machtlos zu sein.

Und das war das schlimmste Gefühl auf der Welt.

Ich sagte nichts, beschuldigte ihn nicht wie sonst. Ich tat so, als wäre nichts, Tag für Tag. Und mit jeder Stunde, jedem Augenblick tauchten die kleinen Zeichen in seinem Gesicht und auf seinem Körper auf, die keiner bemerken würde, die ich aber nur zu gut kannte.

Die Blässe. Die aufgeplatzten Lippen. Die schweren Lider, die schmalen Pupillen. Er schlief wieder plötzlich ein. Wie in einem dieser Albträume, in denen sich alles endlos wiederholt.

Alfredo hatte wieder aufgehört zu essen und entschuldigte das mit Übelkeit.

Er brachte nichts runter, blieb tagelang nüchtern. Er war so verrückt, dass er nicht mal merkte, wie ich ihn beobachtete. Er wollte einfach nur schlafen. Mehr als einmal, als ich auf seinem Bettrand saß und ihm zusah, wie er schnarchte, dachte ich ernsthaft darüber nach, ihn mit einem Kissen zu ersticken.

In jenen Augenblicken kam es mir so vor, dass er mich umbringen würde, wenn ich ihm nicht zuvorkam. Das konnte ich nicht zulassen.

Ich war mehr wert als er.

Eines Tages beim Abendessen sagte ich es ihm.

Meine Mutter hatte gerade die Spaghetti abgeschüttet. Wir warteten alle am Tisch, die Augen auf den neuen Fernseher gerichtet. Jetzt hatten wir zwei Fernseher, wie die Reichen, und mussten nicht mehr darüber streiten, was wir gucken wollten.

Es war ein funkelnagelneuer Fernseher. Mein Vater hatte ihn

auf der Küchenanrichte aufgebaut. Er passte gerade so hin, es sah so aus, als würde er jeden Moment runterfallen, aber so konnten wir alle was sehen, auch Alfredo, der völlig abwesend schaute und überhaupt kein Interesse an der Tagesschau zu haben schien.

Meine Mutter füllte die Teller und gab sie uns. Wir fingen an zu essen. Nur Alfredo hielt den Kopf gesenkt und drehte gelangweilt die Spaghetti um die Gabelspitze.

»Spiel nicht rum«, schimpfte ich wie mit einem kleinen Kind. »Iss.«

»Hab kein' Hunger«, sagte er.

Ich wurde so sauer, dass ich ihm am liebsten das ganze Essen ins Gesicht gehauen hätte. Ich tat es nicht. Laut sagte ich, an alle gewandt: »Mir fehlen vierzigtausend Lire aus meiner Schachtel. Weiß einer von euch, wo die hin sind?«

»Bea, hör auf damit.« Die Stimme meiner Mutter war außergewöhnlich scharf. Bei einem anderen Ton hätte ich vielleicht auf sie gehört. Aber diese Art, mit der sie mich zum Schweigen bringen wollte, ärgerte mich. Als ob sie es nicht sehen wollte. Als ob sie Alfredo um jeden Preis verteidigen wollte.

Und Alfredo verdiente es nicht, dass ihn jemand verteidigte.

»Brauchst du Geld?«, fragte mein Vater. Er wollte schon aufstehen und sein Portemonnaie holen. Die neue Arbeit machte ihn großzügig.

»Nee, brauch ich nich', nur so, ich will einfach nur wissen, wo mein Geld ist.«

Ich drehte mich zu Alfredo um, der neben mir weiter mit seiner Gabel in den Spaghetti rumstocherte, die allmählich kalt wurden.

»Du weißt es nicht zufällig, oder?«, schnauzte ich ihn an.

Er hob den Kopf. Sein Gesicht sah grünlich aus.

»Nein«, sagte er nur.

»Ich glaub schon.«

»Was soll das heißen – meinst du, ich hab's gestohlen?«

»Nee, aber vielleicht weißt du, wo's hin ist.«

»Beatrice, was is 'n los heute Abend, du bist so nervös?«, fragte mein Vater. Aber ich war nicht nervös. Ich wollte einfach nur zeigen, dass ich recht hatte. Das Geld war mir egal, er konnte alles haben. Alles, was ich hatte, das war immer schon so gewesen. Das, was mir gehörte, gehörte auch ihm. Aber ich akzeptierte nicht, dass er sich mit meinem Ersparten umbrachte.

»Vittò, vergiss es, die hat ihre Tage«, sagte Alfredo lachend.

Beim Aufstehen schmiss ich den Stuhl um. Meine Familie schaute mich an, als wäre ich verrückt geworden.

»Du hast wieder damit angefangen! Denkst du, ich merk das nicht?«, schrie ich.

»Beatrice, setz dich wieder hin, oder du fängst dir eine«, drohte mir meine Mutter. Ich hörte nicht auf sie.

»Komm, zeig mir deine Arme! Zeig sie mir!«

Ich dachte, er würde sich weigern und damit zeigen, dass ich recht hatte. Stattdessen verzog Alfredo keine Miene, stand auf und zog sein T-Shirt aus. Er hielt mir seine Arme hin.

Sie waren weiß. Sehr weiß, die Venen schimmerten durch. Mager, wie sie immer gewesen waren. Und heil. Abgesehen von dunklen Narben, Überbleibsel von den Schlägen des Alten, war seine Haut unberührt. Keine blauen Flecken, keine Krusten. Ein Irrtum war ausgeschlossen, denn Alfredo machte keine saubere Arbeit: Er ruinierte sich die Arme bei dem Versuch, mit der Nadel in die Venen zu kommen.

»Und was sagst du jetzt?«

Nichts. Ich konnte nichts sagen.

Ich nahm den Stuhl, den ich umgeworfen hatte, und stellte ihn wieder hin. Dann ging ich schnell aus der Küche, aus dem Flur, aus der Wohnung.

Ich stieg hoch in die Wohnung. Da oben, ganz allein, würde mich keiner für verrückt halten.

Alfredo kam einige Stunden später nach. Ich war eingeschlafen, aber als ich die Tür aufgehen hörte, schreckte ich hoch.

Seine weiße, dünne Figur erschien auf der Türschwelle.

»Fertig mit deiner Show?« Seine Stimme war normal, er lallte nicht. Die Zunge rutschte nicht auf den Silben aus, sondern tat sie alle an ihren Platz. Er war ganz klar.

Und er wollte sich den Luxus erlauben, mir eine Predigt zu halten.

»Bist du sauber?«

»Seit Monaten, Bea. Du hast sie nich' mehr alle, siehst Gespenster. Diese ganze Szene, dieser Irrsinn. Ich habe dir nur deshalb nich' die Fresse poliert, weil deine Familie dabei war, aber das ist das letzte Mal. Hör auf mich zu belagern, mir dauernd auf den Fersen zu sein. Für nix und wieder nix. Machst dich nur verrückt.«

Ich beobachtete ihn, wie er durch das schlecht erleuchtete Zimmer lief und die Klamotten zusammenlegte, die er hatte fallen lassen. Er schaute mir nicht in die Augen. Seine Stimme war sicher und sein Ton der eines anmaßenden Arschlochs. Aber sein Blick war gesenkt. Auf den Boden gerichtet.

Alfredo dachte, er könnte mich verarschen. Aber das war ihm in all den Jahren nicht gelungen, und jetzt würde er das erst recht nicht schaffen.

Ich zwang mich zu einer Art schuldbewusstem Lächeln, was mir gut gelang. Ich merkte, wie sich mein Gesicht verzog.

»Du hast recht«, sagte ich. »Komm, vergessen wir es.«

Alfredo schnaufte. Er zog eine Grimasse, tat so, als wäre er beleidigt.

Wie ich diese Märtyrermiene hasste! Da war es immer noch besser, wenn er wütend wurde. Selbst das Junkie-Gesicht war besser. Aber diese Fresse ertrug ich nicht. Am liebsten hätte ich die Schuhe ausgezogen und nach ihm geworfen.

»Du glaubst mir nicht. Du vertraust mir nicht.«

»Is' ja nix Neues. Ich hab dir noch nie vertraut.«

»Du bist meine Familie, Bea. Ich hab niemanden, nur dich. Du bist das Einzige, was mich interessiert. Und ich vertrau dir.«

»Aber ich bin kein Junkie.«

»Das wirst du mir ein Leben lang vorhalten, oder?«

»Ich glaub schon.«

»Mein Gott, du bist so 'ne blöde Kuh.«

»Vergiss es, Alfredo. Du weißt doch, wie ich bin.«

Er kam zu mir und umarmte mich.

Er hätte mir sowieso verziehen. Er verzieh mir immer.

Ich war diejenige, die nicht verzeihen konnte.

40

Ich war ja nicht blöd. Alfredo hatte wieder mit dem Fixen angefangen, das war sonnenklar.

Es geschah vor unseren Augen. Sein mit jedem Tag fahleres Gesicht sprach Bände, aber keiner wollte mir glauben. Weil er keine Einstichlöcher und Nadeln hatte, hieß das für alle anderen, dass er clean war.

Nur Arianna hörte auf mich.

Sie gab mir recht, aber nicht, weil sie meine beste Freundin war. Sie sah, dass Alfredo wieder anders geworden war. Er war nicht clean. Er verarschte uns und dachte, das könnte klappen.

Er war nicht plötzlich ein anständiger Junge geworden, er hatte mir sogar Geld gestohlen, um sich Stoff zu besorgen, da war ich mir inzwischen sicher. Er stellte es einfach schlau an, hatte seine Reaktion auf den Stoff besser im Griff, und er vermied Situationen, in denen er Gefahr lief, erwischt zu werden.

Deshalb hinterließ er keine Spuren, weder zu Hause noch auf der Haut.

Meine Eltern sagten, ich wäre paranoid. Dass ich traumatisiert wäre und überall Junkies sähe. Sie sagten, Alfredo ginge es gut, es war, als würden sie das extra sagen, um mich wütend zu machen.

Dabei wollte ich ihm glauben, unbedingt, schaffte es aber nicht.

Deshalb folgte ich ihm eines Morgens.

Ich erzählte ihm, ich wollte Cristina besuchen, die vor ein paar Tagen ein Kind bekommen hatte.

Früh verließ ich die Wohnung und versteckte mich unter der Treppe, an jenem dunklen Ort, vor dem wir als Kinder Angst gehabt hatten, derselbe Ort, an dem wir Jahre später zum ersten Mal gekifft hatten.

Es schien mir, als wären Lichtjahre vergangen und als hätte auch dieser verborgene Ort seine Faszination verloren. Jetzt war es kein dunkler und heimlicher Ort mehr, er konnte uns nicht mehr schützen. Er war wieder das, was er eigentlich war: ein schmuddeliger Ort mit niedriger Decke, so eng, dass man nicht aufrecht stehen konnte, und einem Gestank nach Pisse, bei dem es einem den Magen umdrehte.

Egal, ich musste diesen Gestank ausblenden, indem ich eine Zigarette nach der anderen rauchte und mich schließlich daran gewöhnte. Es gab keinen anderen Ort, an dem ich hätte warten können.

Alfredo verließ das Haus eine Stunde später. Ich hörte seine Schritte immer näher kommen. Ich drückte mich gegen die Mauer, aber selbst so war es zu eng in dieser Nische, und hätte er sich umgedreht, hätte er mich gesehen.

Er ging ruhig aus der Tür, die Hände in den Taschen. Er schien entspannt und guter Dinge. Mit etwas Glück würde er gar nicht merken, dass ich ihm folgte.

Ich ließ ihm einen kleinen Vorsprung, dann schlüpfte ich unter der Treppe hervor und ging zur Tür. Alfredo war schon fast am Ende der Straße. Bei seinen langen Beinen musste ich rennen, um hinterherzukommen. Ich drückte mich an den Mauern entlang und versteckte mich zwischen den wenigen Autos, die am Straßenrand standen, wenn ich den Eindruck hatte, er würde sich gleich umdrehen. Aber er drehte sich nicht ein Mal um. Er ging schnell geradeaus, den Schal, den ihm meine Mutter geschenkt hatte, eng um den Hals geschlungen, und mit einer Jacke, die Massimiliano gehört hatte. Sie saß schlecht, war ihm zu groß.

Der Himmel über uns sah nach noch mehr Regen aus, man konnte die Feuchtigkeit mit dem Messer schneiden, aber Alfredo lief zufrieden durch die graue Kälte von La Fortezza mit seiner zu großen, abgetragenen Jacke, die überhaupt nicht warm hielt.

Es sah so aus, als würde er zu dem Haus gehen, wo Enrico wohnte. Ich hoffte, er würde durch diese Tür gehen. Enrico war ein arrogantes Arschloch, ich mochte ihn nicht besonders, aber wenigstens war er kein Junkie, und damit hatte ich mich geirrt.

Ich war beinahe sicher, dass er dorthin ging. Er war fast drin.

Jetzt geht er rein, dachte ich.

Aber er ging nicht rein. Er ging am Eingang vorbei, um die Ecke und verschwand aus meinem Blickfeld. Ich rannte los, um ihn nicht zu verlieren.

Er ging zu der Ruine.

Seit Jahren war ich dort nicht mal mehr vorbeigekommen, aber es war alles gleich geblieben. Die eingestürzten Mauern, die nackten Dachträger und die kaputten Fenster, das Schild der Kommune mit dem Geburtsdatum von Alfredo, das inzwischen unleserlich war, zwanzig Jahre alt, verlassen und von Dornen überwachsen.

Der Garten mit seinem Unkraut und einer inzwischen verrotteten Holzbank. Ein großer, länglicher Stein, vom Wetter zerfressen, der irgendwann mal was anderes gewesen sein musste, vielleicht eine Art Tisch.

Ich duckte mich zwischen das Unkraut, das alles überwucherte, und sah, wie er sich dem Stein näherte. Mit aller Kraft hob er ihn ein Stück an. Es war irgendwas darunter. Eine Vertiefung. Darin eine braune Tüte, so eine für Brot.

Was war da drin? Meine Beine zitterten. Meine Zunge war völlig ausgetrocknet.

Alfredo schaute sich nicht mal um. Er hockte sich auf die Erde neben die Bank und nahm den Schal ab.

Aus der braunen Tüte zog er einen Spiegel. Es war einer dieser kleinen Spiegel, die Mädchen haben, um sich unterwegs zu schminken, falsches Schildpatt und auf der Rückseite ein lackiertes, rotes Herz. Ich kannte den Spiegel. Es war meiner.

Jetzt gehe ich hin, dachte ich, und was immer er macht, ich stoppe ihn. Aber ich rührte mich nicht.

Ich blieb weiter zwischen dem Unkraut hocken, wie zur Strafe drückten sich die Kieselsteine in meine Knie. In einem Anfall von Selbstquälerei sah ich weiter hin, sah, wie sich meine Hoffnung auflöste und alles, wovor ich Angst gehabt hatte, wahr wurde, mich überwältigte und zerstörte.

Er klemmte den Spiegel unter ein Stück morsches Holz, damit er feststeckte. Dann zog er die anderen Sachen hervor.

Alfredo war nie in irgendwas gut gewesen, außer darin. Seine Handgriffe waren präzise, die Miene ernst und konzentriert. Er sah aus wie ein Arzt, ein richtiger Arzt. Obwohl er auf der Erde hockte, eine Jacke anhatte, die an den Ellenbogen dünn war, und zerrissene Jeans.

Obwohl er sich jetzt die Haare vom Hals strich und nach der am besten versteckten Vene suchte. In meinem Spiegel sah ich die Injektion, die lackierte Blume war so rot wie meine Jacke und sein Blut in der Spritze.

Ich schloss die Augen.

Das Rot brannte auf meiner Netzhaut.

Als ich aufstand, war ich hundert Jahre älter.

Alfredo hockte mit zurückgelegtem Kopf vor der Bank.

Er hörte mich kommen, drehte sich aber nicht um. Er hatte nicht die Kraft.

»Tut mir leid, Bea«, sagte er nur. Er sprach langsam, aber ganz deutlich.

»Was tut dir leid?«

»Dass ich so bin.«

»Du hast gewusst, dass ich dir folge, nicht wahr?«

»Ja.«

»Und warum hast du mich nich' gestoppt?«

»Ich wusste nich', wie ich's dir sonst hätte sagen sollen.«

Ich schwieg und hockte mich neben ihn. Ich sah nicht mehr das Rot oder Alfredos Gesicht. Um mich herum war alles grauer Himmel.

»Bist du wütend?«

»Nee, bin ich nich'. Nur sehr müde.«

Das stimmte. Ich war nicht wütend. Ich fühlte nichts. Nur einen bohrenden Schmerz im Magen, der sich so anfühlte, als würde er mich von innen auffressen.

»Weißt du noch, als wir mal hier waren? Das muss ewig her sein, im Winter, so wie jetzt, aber es war so neblig, dass man die Hand vor Augen nicht gesehen hat.«

»Ja, weiß ich noch. Du wolltest nicht ins Haus und bist zurück. Hast Schiss vor Ratten gehabt.«

»Ja, total lächerlich. Ratten, was können die dir schon tun? Nix. Es gibt Schlimmeres … weißt du, was ich mir jetzt wünsche? Dass es wieder so neblig ist.«

»Warum?«

»Keine Ahnung. Vielleicht, um nicht zu sehen, wie du weggehst.«

»Aber ich geh nicht weg, Bea. Ich bleib hier, bei dir. Mir geht's gut mit dir.«

»Du bist schon lange nicht mehr da.«

Alfredos Körper war fast so kalt wie meiner. Seine Brust unter meinem Gesicht hob und senkte sich leicht. Er fror viel schneller als früher.

Der Himmel riss auf und goss bitteren Regen über uns aus. Im Handumdrehen waren wir pitschnass und vollkommen unterkühlt mitten in dem Schlamm um uns herum.

Alfredo rührte sich nicht. Er ließ sich das Wasser über das Gesicht laufen, in die Haare, in die noch offene Wunde. Er umarmte mich fester. Wir blieben so hocken.

Wir wussten, dass die Kälte von innen kam.

Nicht mal Drogen wärmen dich, wenn du dich verlierst.

41

Seit einiger Zeit ging mir eine Idee durch den Kopf, ich dachte immer öfter daran. Seit mir Alfredo entglitten war, ging es rasch bergab mit ihm.

Meine Mutter hatte sich damit abgefunden, dass Alfredo ein Junkie war. Eines Abends hörte ich sie mit meinem Vater am Küchentisch darüber reden.

Sie sagte, dass nichts zu machen war. Dass wir damit leben müssten und nur noch hoffen konnten. Wenn er Glück hatte, sagte meine Mutter, würde er zwischen clean und Rückfällen noch vier oder fünf Jahre schaffen.

Da verstand ich erst, dass keiner von beiden daran glaubte, dass Alfredo überleben würde.

Ich hingegen schon. Ich konnte ihn da rausholen, das wusste ich, nur wie, musste ich rausfinden, den richtigen Weg. Es gab eine Möglichkeit, es musste sie einfach geben. Andere schafften es doch auch, ohne draufzugehen.

Ich entschied, dass Alfredo einer von ihnen sein würde. Ich würde ihn nicht verrecken lassen, und wenn es nur darum ging zu beweisen, dass ich recht hatte.

Ich brauchte jemanden, der mir den Weg zeigte.

Deshalb redete ich eines Tages mit meiner Mutter – halb fragte ich sie um Erlaubnis.

Wenn ich glaubte, es würde was nützen, würde sie mich gehen lassen, sagte sie und gab mir Geld, auch wenn ich selbst noch welches hatte.

Ich verließ das Haus am nächsten Morgen kurz nach Sonnenaufgang, fuhr zum Bahnhof und nahm den Zug nach Turin.

Ich wollte um Hilfe bitten für Alfredo.

Ich wollte mit Massimiliano reden.

Ich hatte eine Besuchserlaubnis ergattert, hatte mich nach der Adresse des Gefängnisses erkundigt, nach den Besuchstagen und -zeiten, und wusste genau, wo ich hin musste, als ich in Turin ankam. Seit Jahren war ich nicht aus unserer Stadt herausgekommen, aber Angst hatte ich keine: Das hier musste ich unbedingt machen.

Es war schon eins, als ich aus dem Zug stieg. Ich ließ das Mittagessen aus, nahm einen Bus, der mich vom Bahnhof aus der Stadt rausbrachte, und wartete dort auf einen anderen.

Kurz vor Beginn der Besuchszeit kam ich im Knast an, rauchte die letzten Minuten nervös eine nach der anderen und schaute hoch zu den Fenstern, in der Hoffnung, dort Massimilianos blonden Kopf auftauchen zu sehen.

Dann ließen sie mich rein. Ein Mann nahm meinen Pass und schrieb meinen Namen in ein großes Buch. Er fragte mich, ob ich eine Verwandte des Strafgefangenen wäre, und übergab mich dann einer Frau.

Sie brachte mich in ein Zimmer und befahl mir, Schuhe und Strümpfe auszuziehen, dann untersuchte sie mich.

Mich hatte noch nie jemand so angefasst. Es war schrecklich, aber ich hielt still, ohne mich zu beschweren, mit nackten Füßen, die eiskalt wurden, und wartete darauf, dass die Frau aufhörte, meine Kleider nach was Verdächtigem abzusuchen.

Es war sinnlos, ihr zu sagen, dass ich nichts bei mir hatte außer schlechten Nachrichten.

Als sie schließlich fertig war und sicher, dass ich sauber war, brachte sie mich in ein kleines, hellblau gestrichenes Zimmer ohne Fenster.

Das Besucherzimmer.

Ich hatte was anderes erwartet, einen großen überfüllten Raum mit Plexiglasscheiben und Telefonen, über die man miteinander sprach wie im Film, stattdessen sah das hier aus wie ein Zimmer im Gemeindezentrum. Es gab keine Telefone, nur ein paar Bänke an den Wänden und Plastikstühle.

Und zwei Türen. Durch eine war ich gekommen, die war normal wie die in einer Wohnung. Die andere war viel schwerer und größer, wahrscheinlich gepanzert, und zwei Männer in Uniform bewachten sie. Ich starrte diese Tür lange an, und als sie sich öffnete, war ich nicht vorbereitet auf das, was ich sah.

Vor mir stand ein Mann, der mich ansah wie einen Geist, aber ich erkannte ihn nicht.

Er trug einen dicken Wollpullover und eine unförmige, verwaschene Jogginghose. Er war groß, und so, wie die Klamotten an ihm hingen, musste er sehr dünn sein.

Sein Gesicht war abgehärmt, die Lippen schmal, dazu ein Dreitagebart. Er war vielleicht so alt wie mein Vater oder ein paar Jahre älter.

Er stand wie angewurzelt mitten im Raum und starrte mich an.

»Was schaust du so blöd?«, schnauzte ich ihn an in dem Versuch, bedrohlich zu wirken.

Als er lächelte, wurden seine Falten noch tiefer.

»Erkennst du mich nicht?«

Die Stimme. Das war seine Stimme. Ich hatte sie jahrelang gehört, hätte sie überall erkannt, aber dieser alte Typ da konnte nicht er sein.

Ich konnte es nicht glauben.

»Massimiliano? Bist du das?«

»Nein, ich bin deine Oma. Was ist, sagst du mir jetzt Hallo?«

Ich warf mich ihm um den Hals, wusste nicht, ob ich lachen oder weinen sollte. So blieben wir eng umschlungen mitten im Raum stehen.

Massimiliano küsste mir die Haare, die Augen, den Mund, die Nase. Er schien glücklich und verzweifelt.

»Wie schön, dich zu sehen, Bea, wie schön. Wieso bist du hier?«

»Ich wollte dich sehen. Ich hab was gespart und mir 'ne Fahrkarte gekauft.«

Ich nahm ihm die Mütze vom Kopf. Statt blonder Locken ein kurzer Bürstenschnitt.

»Was is' mit deinen Haaren?«

»Abgeschnitten. Ist ordentlicher, und dann, hier drin ... haste besser keine langen Haare.«

»Steht dir«, log ich. »Solltest sie immer so lassen. Wie geht's? Wie läuft's hier drin? Sag mir die Wahrheit, du kannst mir eh nix vormachen, weiß' du ja.«

»Mir geht's gut. Ich esse, schlafe, arbeite. Und lese Bücher, stell dir vor. Die bringt mir ein Pfarrer. Ich hab gemerkt, dass mir Lesen Spaß macht, vor allem Abenteuergeschichten. Ich hab hier drin auch Freunde. Typen wie mich. Echt, Bea, hätt ich nich' gedacht, dass man sich dran gewöhnt, aber sogar an den Knast gewöhnste dich.«

»Pass mal auf, du musst nich' alles absitzen, kommst früher

raus wegen … wie heißt das? Guter Führung? Genau, ja, die lassen dich raus wegen guter Führung.«

Er lächelte, ein mitleidiges Lächeln. Ich wusste es und er auch, dass er jedes einzelne Jahr würde absitzen müssen, das er bekommen hatte.

»Sicher, vielleicht. Vielleicht komm ich früher zurück. Wie geht's zu Hause? Du hast noch gar nix erzählt.«

»Uns geht's gut, uns geht's allen gut.«

»Alfredo und Andrea? Was machen sie? Wie geht's ihnen?«

Da war die Frage, die ich gefürchtet hatte.

Massimilianos grüne Augen waren voller Hoffnung. Jetzt musste ich die Kraft finden, ihm zu sagen, dass das nicht stimmte.

Dass nichts gut war. Dass wir Andrea seit Jahren nicht gesehen hatten. Ich musste den Mut aufbringen, ihm zu sagen, dass Alfredo längst nicht mehr bei uns war, dass das Heroin ihn fertigmachte, dass er ein Junkie war und wir nicht wussten, wie wir ihn retten sollten. Ich musste ihm sagen, dass ich seine Hilfe brauchte, um Alfredo aus der Scheiße zu ziehen.

Ich schluckte den dicken Kloß runter, der mich zu ersticken drohte.

Ich konnte das nicht. Ich konnte ihm das nicht antun.

»Alles gut, Massimiliano. Wirklich. Andrea ist adoptiert worden. Es geht ihm gut, er kommt uns jede Woche besuchen. Eine gute Familie, viel Geld. Sie schicken ihn aufs Gymnasium.«

»Was für ein Gymnasium?«

»Altsprachlich. Er ist gut, hat gute Noten – macht sicher mal seinen Doktor.«

»Und Alfredo?«

»Alfredo arbeitet. Er ist Maler, zusammen mit Papa und

Francesco. Sie sind den ganzen Tag unterwegs, verdienen gut. Er ist zufrieden, es gefällt ihm. Er wollte mitkommen, hat aber keinen Tag frei bekommen. Jetzt um die Zeit haben die viel zu tun.«

Ich lächelte und versuchte, überzeugend auszusehen, damit er mir den ganzen Quatsch abnahm.

Massimiliano brauchte nicht noch mehr Schmerz, ich konnte meinen nicht bei ihm abladen.

»Wie schön. Also war das, was ich getan habe, doch zu was gut ...«

»Was meinst du? Wovon redest du?«

»Nichts, vergiss es, is' nich' wichtig.«

Aber ich hatte verstanden.

»Du hast es für sie getan. Um sie zu verteidigen. Oder?«

Ich nahm seine Hände und drückte sie fest. Es waren dieselben Hände, die den Alten umgebracht hatten. Ich hatte sie voller Blut gesehen. Und jetzt lagen sie in meinen.

»Du weißt doch, wie's war. Ich hab's nich' mehr ausgehalten. Es ging nich' mehr, ich konnte nicht aufhören. Ich bin rein, da hatte der dieses Messer in der Hand, auf Andrea gerichtet. Ich hab das jahrelang ertragen. Mamas Tod, Schläge, Hunger, 'ne Schweineangst. Aber da war Schluss. Ich hab ihm das Messer aus der Hand gerissen und ihn umgebracht, Bea. Ich hab meinen Vater umgebracht. Jede Nacht träum ich davon, das werd ich wohl mein Leben lang tun, geschieht mir recht.«

Es gab nichts zu sagen. Ich umarmte ihn. Ich küsste sein ruiniertes Gesicht, das voller Schmerz war, vorzeitig gealtert. Was sollte ich mit all dem Leid machen? Ich schaffte es nicht mehr, das alles runterzuschlucken. Ich konnte nichts machen.

Eine Wache kam und teilte uns mit, dass die Besuchszeit vorbei war, und forderte mich auf zu gehen.

Ich sagte Massimiliano, dass ich bald wiederkommen würde, und drehte mich um.

»Beatrice …« Seine belegte Stimme erreichte mich, während ich aus dem Zimmer ging.

»Ja?«

»Pass auf Alfredo auf. Andrea is' stark, der schafft das. Alfredo nich'. Wenn du nich' auf ihn aufpasst, ist der verloren. Allein schafft der's nich'. Bleib bei ihm, du kriegst das hin.«

»Klar. Ich verlass ihn nicht, keine Angst. Ich kümmere mich um ihn.«

Aber ich wusste nicht, ob das stimmte.

42

Ich war erschöpft, ausgelaugt, fertig. Alfredo wollte sich nicht helfen lassen, und zum ersten Mal in meinem Leben konnte ich nichts tun. Ich war wütend geworden, hatte geschrien, ich hatte ihn geschlagen und angespuckt. Dann hatte ich versucht, ihn zu verstehen, hatte mich bemüht, es im Guten zu versuchen, ich hatte ihn angebettelt und angefleht, aber nichts, keine Chance. Alfredo war ein Eisblock, er wollte nichts hören. Er hatte verstanden, wie es lief, er wusste, dass ich nicht einfach weggehen würde, dass ich für immer bei ihm bleiben würde.

Deshalb machte er nichts mehr mit, verweigerte das Methadon, sagte, er könnte auch ohne, dass er diese beschissenen Quacksalber nicht brauchte. Dass er nicht drogenabhängig war, nie gewesen war, kein Junkie. Er bildete sich ein, jederzeit aufhören zu können.

Er war nicht umzustimmen. Er selbst, oder besser, das bisschen, was von ihm übrig geblieben war, versprach mir aufzupassen und es nicht zu übertreiben.

Er sagte, dass er mit mir zusammen sein wollte, dass ich das Einzige in seinem Leben war, das wirklich zählte. Er konnte gar nicht riskieren draufzugehen, weil er mich ja nicht allein lassen konnte.

Ich hingegen dachte manchmal darüber nach. Ich wusste, dass es mir ohne ihn besser gehen würde, ohne diesen Ballast, den ich seit beinahe dreizehn Jahren mit mir rumschleppte. Ich dachte an mein Leben, das Leben, das ich weggeschmissen hatte für etwas, was es gar nicht gab, vielleicht nie gegeben hatte. Es war noch nicht zu spät, sich zu fangen, abzuhauen.

Ich wollte, dass Alfredo verschwand, ich wollte eines Morgens aufstehen und das Bett neben mir leer vorfinden und mich plötzlich nicht mehr an ihn erinnern. Als ob es ihn nie gegeben hätte. Dann wäre alles viel einfacher.

Ich wollte nicht wahrhaben, dass es Alfredo seit langer, sehr langer Zeit nicht mehr gab.

Das Dreckszeug tat ihm nicht gut. Vielleicht war er allergisch oder so. Ich hatte schon viele Junkies gesehen, war praktisch unter ihnen groß geworden. Anfang der Achtziger gab es kaum einen, der das Zeug nicht mindestens mal probiert hatte. Einige waren verschwunden, andere gestorben, wieder andere drückten immer noch, aber keinen von denen, die ich kannte, hatte das Zeug so übel zugerichtet wie Alfredo.

Oft konnte er sich nicht auf den Beinen halten, als ob seine Knochen morsch wären.

Seine Zähne fielen aus. Eines Morgens spuckte er einen Backenzahn auf den Tisch. Der würde schon seit einiger Zeit wackeln, und jetzt wäre er auch noch auf die Fresse gefallen.

Sein Lächeln hatte nun ein schwarzes Loch.

Selbst seine Haut sah anders aus. Regelmäßig bekam er Blasen, und auf Brust und Beinen hatte er Ausschlag. Ihm war das egal, er kratzte so lange, bis es blutete. Ich war diejenige, die zwischen Wohnung und Apotheke hin- und herrannte, um Medikamente ranzuschaffen, die den Juckreiz linderten.

Es war nicht mit anzusehen und wurde jeden Tag schlimmer.

Ich dachte darüber nach abzuhauen, ohne jemandem was zu sagen, zum Bahnhof zu gehen und den ersten Zug zu nehmen. Spurlos zu verschwinden, das alles hinter mir zu lassen. Niemandem zu sagen, wo ich hinging, nicht mal Mama. Sie würden mich nie finden.

Ich dachte jeden Tag so viel drüber nach, dass es mir schließlich beinahe real vorkam.

Jetzt fehlte mir nur der Mut, es wirklich zu tun.

Dann war es Anfang April, kurz vor meinem Geburtstag. Den 21. wollte ich nicht in La Fortezza feiern, sondern außerhalb des Käfigs, der jeden Tag enger wurde und mich mehr erdrückte.

Außerhalb, egal wo. Hauptsache, weit weg von Alfredo.

Die Apotheke, in der ich die Salben kaufte, die Alfredo brauchte, war in der Innenstadt, und ich brauchte ungefähr zwei Stunden dorthin. Ich hatte versucht, das Zeugs in der Nähe von La Fortezza zu kriegen, aber das war irgendwie nicht möglich, deshalb machte ich ein Mal pro Woche den Trip, der mit Hin- und Rückfahrt einen halben Tag dauerte. Arianna war einmal mitgekommen, das hatte ihr gereicht, sie hatte die Nase voll, fand, das wäre echt zu weit weg.

Deshalb fuhr ich immer allein hin. Alfredo mitzunehmen, den es ja eigentlich anging, kam nicht in Frage. Meistens schlief er im Stehen ein, außerdem schämte ich mich, mit ihm rumzulaufen, sein leichenblasses Gesicht mit den schwarzen Augenringen – dieses Gesicht, das in die Welt hinausposaunte, dass er ein Junkie war, dass er am Arsch war und nicht mehr davon wegkam.

Die Apothekerin kannte mich inzwischen. Wenn sie mich reinkommen sah, stellte sie mir das zusammen, was ich brauchte, ohne dass ich danach fragen musste. Sie packte die Salben und das Fläschchen Narcanti ein, Aspirin und die Entzündungshemmer. Sie legte sogar ein paar dünne Spritzen dazu, solche, wie sie Junkies benutzen, umsonst. Ich hatte nie den Mut, ihr zu sagen, dass ich die nicht brauchte.

Ich hatte es da drinnen immer eilig, zahlte und ging grußlos weg, ich mochte den Blick nicht, mit dem diese Frau hinter der Theke mich anschaute, wenn sie mir das Paket gab. Als wüsste sie alles.

Ich tat ihr leid, und ich wollte kein Mitleid. Von niemandem.

Wenn ich da raus war, ging es mir immer schlecht. Ich fühlte mich gedemütigt. Ich schämte mich, spürte alle Blicke auf mich gerichtet. Die anderen Kunden beobachteten mich und versuchten rauszufinden, ob ich der Junkie war oder das Pech hatte, mit einem zu tun zu haben, der drückte.

Immer wenn ich das hinter mir hatte, spürte ich ein starkes Verlangen, für immer zu verschwinden.

Ganz in der Nähe der Apotheke war ein Reisebüro, genau vor der Haltestelle, wo ich auf den Bus nach Hause wartete. Während ich da stand, lenkte ich mich damit ab, die Plakate im Fenster anzuschauen. Da gab es glückliche Familien, Feriendörfer, Strände mit blauem Wasser und Palmen, Reiseziele, wo man nur mit dem Flugzeug hinkam, Orte, die ich mir niemals würde leisten können, in hundert Jahren nicht. Ich war mir nicht mal sicher, ob sie solche wie mich überhaupt in ein Flugzeug ließen.

Aber in den Zug. In einen Zug konnte ich steigen.

Da kam mir eine Idee.

An einem Aprilmorgen, an dem es langsam warm wurde, war ich in der Stadt. Ich war allein, keiner kannte mich, ich konnte tun, was ich wollte, der Bahnhof war nur ein paar Haltestellen weg, und – reiner Zufall – der Bus dorthin fuhr auf der anderen Straßenseite ab. Ich ging rüber und sprang schnell rein, bevor sich die Türen schlossen.

Ich wusste nicht, was ich tun würde.

Der Bahnhof war voller Leute. Reisende erkannte man sofort, auch wenn sie kein Gepäck hatten. Sie gingen schnell, hielten an, um eine Zeitung zu kaufen oder einen Kaffee in der Bar zu trinken. Es war eine schmutzige, alte Bar, die mich an die in La Fortezza erinnerte.

Ich wollte keine solchen Bars mehr sehen, ich wollte irgendwohin, wo es Bars mit weißen Tischen, einer glänzenden Theke und sauberen Gläsern gab.

Eigentlich hätten saubere Gläser schon gereicht.

Gegenüber der Bar waren die Gleise und die Anzeigetafeln, die sich dauernd änderten und Daten, Abfahrts- und Ankunftszeiten, Verspätung und Namen von Städten angaben, die ich noch nie gesehen hatte.

Ich konnte nach Bologna fahren und Marta besuchen oder noch mal nach Turin, zu Massimiliano. Er würde sich freuen, mich wiederzusehen.

In zehn Minuten fuhr ein Zug nach Turin. In meinem Portemonnaie waren noch 3000 Lire. Die reichten nicht mal bis zur nächsten Haltestelle, geschweige denn nach Turin, aber ich konnte mich auf dem Klo verstecken und schwarzfahren.

Manche machten das, wieso nicht auch ich? Ich konnte nach Turin fahren, eine Arbeit und eine Wohnung finden, dort leben und alles vergessen, Massimiliano jeden Tag besuchen und ihm sagen, dass auch er diesen Scheißort vergessen sollte, wo wir groß geworden waren, der an uns fraß wie eine Krankheit und uns irgendwann fertigmachen würde.

Ich würde ein neues Leben beginnen, ich schaffte das.

Ich schaffte alles.

Dann stieg ich in den Zug, suchte mir das am wenigsten ekelhafte Klo und schloss mich ein. Trotzdem war es ein stinkender Verschlag, eng wie ein Sarg, mit feuchtem Fußboden und kaputtem Fenster, das nicht richtig zuging.

Ich lehnte mich an die verschlossene Tür, weil ich mich nicht auf die widerliche Kloschüssel setzen wollte. Es war das erste Mal, dass ich was nur für mich tat, ohne unbedingt an den Riesenballast denken zu müssen, den ich mit mir herumschleppte.

Es war mein Leben, ich musste es leben, wie ich wollte, ich konnte nicht mehr nur einfach das Anhängsel von jemand anderem sein. Ich wollte Bea sein, nicht Bea und Alfredo. Einfach nur Bea.

Dann fiel mein Blick auf die Apothekentüte, die ich auf das winzige Waschbecken neben dem Klo gelegt hatte, die Tüte, wegen der ich Kilometer zurückgelegt hatte, die Tüte, die ich nach Hause bringen musste.

Die Tüte mit den Cremes, damit er aufhörte zu kratzen, mit den sauberen Spritzen und dem Aspirin gegen die Schmerzen in Zähnen und Beinen.

Und das Narcanti.

Ohne das riskierte Alfredo mit jedem Schuss den Tod. Wenn er zufällig eine Überdosis abbekam, war diese Ampulle ein Gegenmittel gegen das Heroin im Körper und konnte ihn ins Leben zurückholen.

Ohne das Narcanti im richtigen Moment würde er an Herzstillstand sterben.

Dieses verfluchte Medikament hatte jetzt ich, nahm es mit nach Turin, und wer weiß, wo Alfredo gerade war und was er machte, während ich abhaute, um ihn nie mehr wiederzusehen.

Und ihm mit der Ampulle die Möglichkeit zum Überleben nahm.

Draußen vor dem Fenster pfiff der Schaffner zur Abfahrt.

Ich stürzte aus dem dreckigen Klo, sprang auf das Trittbrett und landete einen Moment, bevor die Zugtüren zugingen, auf Knien auf dem Bahnsteig.

Jemand fragte, ob ich mir wehgetan hätte.

Alles in Ordnung, antwortete ich, während meine Hoffnung auf Verschwinden langsam aus dem Bahnhof fuhr.

Dass ich den falschen Zug genommen hätte, aber das wäre egal.

Ich machte seit 21 Jahren alles falsch.

43

Es war bereits Abend, als ich in La Fortezza ankam. Ich hatte fast drei Stunden vom Bahnhof nach Hause gebraucht, weil der Bus nicht kam, und als ich endlich unten am Hügel ankam, musste ich den Kilometer bergauf zu Fuß gehen, während es dunkel wurde, weil keiner vorbeikam, der mich hätte mitnehmen können.

Geschieht mir recht, dachte ich bei mir.

Zu Hause fragte mich meine Mutter, wo ich gewesen wäre. Ich sagte ihr, ich hätte eine alte Freundin getroffen und wäre mit ihr in eine Bar gegangen.

Sie schien keinen Verdacht zu schöpfen, auch wenn sie genau wusste, dass ich außerhalb des Viertels keine Freunde hatte und niemanden kannte.

Stattdessen sagte sie mir, dass es Alfredo am Nachmittag dreckig gegangen wäre, dass er sich übergeben hätte, sich jetzt besser fühle, aber nichts essen wollte. Sie wollte, dass ich ihn überredete, was zu essen.

Alfredo schlief ruhig oben in der Wohnung.

Das schummrige Licht einer alten Lampe, die im Korridor an geblieben war, warf ungewohnte Schatten auf sein Gesicht, zeichnete die Umrisse und betonte die Schatten, wodurch es noch magerer, eingefallener und leidender wirkte.

Die zerwühlten hellen Haare auf dem Kissen, die schmalen

Lippen, die die Zähne freigaben, die über den Wangenknochen gespannte Haut. Die dunklen Augenringe, deutlich wie blaue Flecken.

Er war erst zwanzig, aber in diesem Moment sah er viel älter aus.

Ich berührte ihn leicht an der Schulter, um ihn zu wecken.

»Bea ... bist du das? Wo warst 'n du? Is' schon fast Nacht.«

»Wie geht's dir? Tun dir die Beine weh? Ich habe dir Entzündungshemmer mitgebracht, wenn du isst, kannste hinterher einen nehmen. Mama hat Pasta gemacht, ich hab dir 'nen Teller hochgebracht, steh auf, ja?«

»Gleich. Komm mal her.« Er hielt mir den Arm hin wie ein Kind, und ich kuschelte mich hinein, ich klammerte mich an seinen knochigen Körper.

»Du hast so lange gebraucht – wo warst du denn?«

»Bin in der Stadt spazieren gewesen. Hier, ich hab dir Narcanti gekauft, das musst du immer dabeihaben, denk dran.«

»Bea ... hast du wen kennengelernt?«

»Wie meinste das?«

»Ich mein' ... bist du heute mit 'nem Typen unterwegs gewesen?«

»Ich erzähl dir von Narcanti, und du fragst mich nach 'nem Typen, sag mal, hörst du überhaupt zu, wenn ich mit dir rede? Das is' wichtig, kapiert? Das Zeug rettet dir den Arsch.«

»Weiß ich, dass das wichtig ist, kapiert. Aber jetzt sag schon – hast du 'nen Freund?«

»Nee, Alfredo. Hab ich nich'. Mir reicht's, auf dich aufzupassen – da kann ich keine Ablenkungen gebrauchen.«

Er lächelte zufrieden.

»Weißt du, Bea, ich hab auch nur dich. Ich hab keine andre Freundin.«

»Ach was? Wer soll dich auch nehmen?«

»Du bist genauso blöd wie immer.«

Er drehte sich beleidigt weg. Ich nutzte die Gelegenheit, um aufzustehen.

»Komm schon, das Essen wird kalt.«

Wir aßen schweigend, mit gesenktem Kopf, ohne uns anzuschauen. Ein sehr trauriges Abendessen, fand ich.

Alfredo stocherte in der Pasta rum, er würgte jeden Bissen runter, um mich zufriedenzustellen, aber man sah, dass er keinen Hunger hatte.

»Heute war ich drauf und dran wegzugehen.« Ich sagte es einfach so.

Meine Stimme klang flach und ausdruckslos.

Er hob nicht mal den Kopf.

»Wohin denn?«

»Weiß nich'. Ich weiß nur, dass ich zum Bahnhof gegangen und in den ersten Zug gestiegen bin. Ich wär beinahe weggefahren, ich schwör's.«

»Und warum hast du's nich' gemacht?«

Weil ich dich liebe, hätte ich sagen wollen.

Aber nicht genug, um dich gehen zu lassen.

Und dann schau dich an, schau doch, was aus dir geworden ist. Du würdest keinen Tag ohne mich überleben. Das hat nix mit dem H zu tun, damit, dass dir die Zähne ausfallen und du dich kaum auf den Beinen halten kannst. Wenn ich gehe, stirbst du, aber nicht an einem Schuss. Du stirbst, weil du einen Teil von dir verlierst, weil dir ein Teil entrissen wird, und ohne diesen Teil stirbst erst du und dann ich.

Es gibt Leute, die tun das, hätte ich ihm sagen wollen, es gibt Leute, die tun das einfach.

Aber ich liebe dich nicht genug, um mich umzubringen.

Stattdessen sagte ich gar nichts.

Ich schaute aus dem Fenster, in die totale Finsternis der Straße unter uns, in das Licht der anderen Häuser.

»Ich musste dir doch das Narcanti bringen.«

44

Ich dachte, ich könnte mich daran gewöhnen. Ich hatte mich ja an alles vorher gewöhnt. Wie alle anderen hier würde ich gute Miene zum bösen Spiel machen und es irgendwann normal finden.

Aber diesmal war es anders. Ich konnte nicht akzeptieren, dass mir die Lage entglitten war, dass uns die Ereignisse überrannt hatten und uns nach unten zogen.

Mit irrer Geschwindigkeit fielen wir in den Abgrund.

Ich begriff zu spät, dass nichts mehr zu retten war. Bis dahin hatte ich mir in den Kopf gesetzt, dass wir es schafften, dass wir auch diese Hürde überwinden würden.

Stattdessen gingen wir im Zeitraffer daran kaputt.

Jeden Tag verschwand ein Stück.

Da waren die Blutergüsse auf den Armen und am Hals, Krisen, Panikattacken, dann kam der Turkey.

Dazu Schweißausbrüche, Zittern, die dunklen Augenringe und der trockene Mund mit dem dunklen, blutenden Zahnfleisch.

Er konnte kaum noch laufen, nicht mehr denken, seine Knochen stachen überall durch die Haut, sein Gesicht war so abgemagert, dass es wie das einer Mumie aussah.

Er hatte nur noch die Kraft rauszugehen, um Stoff zu kaufen.

Und jedes Mal, wenn er aus dem Haus ging, dachte ich, er käme nicht zurück.

Alle sagten mir, dass wir ihm nicht helfen konnten. Dass wir ihn machen lassen sollten, dass er verloren war, ein hoffnungsloser Fall.

Es würde eh nicht mehr lange dauern.

Wie es in mir aussah, wusste keiner.

Du weißt, dass was kaputt gegangen ist und du es nicht mehr reparieren kannst.

Du weißt, dass er dir entgleitet und du es nicht mehr festhalten kannst. Und du wünschst dir, dass alles so wird wie früher oder es wenigstens so bleibt, wie es ist, selbst damit könntest du leben.

Nicht mal wegdrehen konnte ich mich und so tun, als wäre nichts. Auch wenn ich es hätte ignorieren wollen, war es doch ständig und immer da.

Ich sah den Verfall, den sie mir schon vor Jahren angekündigt hatten, und konnte nichts tun, er wollte sich nicht helfen lassen.

Alfredo hatte seinen Weg gewählt, ich musste meinen wählen.

Meiner war, auf ihn aufzupassen.

Ohne was zu sagen, ohne zu klagen. Ich ließ ihn gehen, auch wenn das bedeutete, ihn umzubringen, und das tat mehr weh als jeder Entzug.

Er hatte seinen Weg, ich meinen.

Ich bin ihn bis ganz zum Schluss gegangen.

Bis zu dem Tag, an dem er starb.

Danach hatte ich keinen Weg mehr, den ich gehen konnte.

45

22. Juni 1987

Die Zwillinge. So nannten sie uns.

Ich war im Bad.

Ich war im Bad und stand vor der vom Kalk zerfressenen Wanne.

Ich war im Bad, aber nicht in unserem, und da war Alfredo.

Er saß mit dem Rücken an die Wand gelehnt, die Beine ausgestreckt, der Mund offen.

Die Spritze hing schief von seinem Arm herab, der blanke Hohn.

Sie sagten, wir wären Zwillinge, und vielleicht sind wir das wirklich gewesen.

Jetzt nicht mehr.

Ich stand da, ich war weiß.

Alfredo lag auf dem Boden, Alfredo war blau.

Ich lebte.

Er nicht.

Ich habe sofort versucht ihn zu vergessen. Ich habe versucht, so zu tun, als wäre er nicht da, aber sein Gesicht war mir wie eingebrannt, wie die alte Brandwunde, einer seiner blöden Scherze, der Beweis seiner Macht über mich.

Und ich spürte den kalten, schmutzigen Fußboden unter meinen Beinen, die nachgaben, ich spürte die Fliesen, die so kalt wie sein Körper waren, sein Gesicht, die blauen Lippen, die Haut, die nicht mehr warm werden wollte.

Ich weiß, dass ich ihn umarmt habe, dass ich versucht habe, ihn festzuhalten, ihn nicht zu verlieren, aber er war schon kalt, so kalt wie alles Eis der Welt, kalt wie der Fußboden und das, was ich in mir zurückgehalten hatte.

So kalt, dass es kein Zurück mehr gab.

In der Dunkelheit sind Hände und Stimmen. Warme Hände, lebendige Hände und besorgte Worte. Vielleicht weint jemand, aber das bin nicht ich.

Sie schreien, und ich schreie lauter, ich versuche, sie fernzuhalten, ich versuche, dich gegen diese Hände zu verteidigen, die mich wegziehen, die mich zwingen wollen, mich streicheln und versuchen, mich von dir zu lösen, aber sie rutschen weg, weil ich dich nicht loslasse. Keine Sorge, Alfredo, keine Angst, ich bleibe bei dir.

Im Dunkeln.

46

Nach der Dunkelheit kam ein helles Licht. Und ein Erwachen, das mir die Eingeweide umdrehte, ein Aufwachen so schmerzhaft wie noch ein Tod.

47

Heute scheint die Sonne, es ist heiß.

Ich gehe aus der Kirche, gehe über den Platz mit den Kieselsteinen und setze mich auf eine Bank.

Ich zünde mir eine Zigarette an, starre auf meine Hände und warte.

Als der Sarg von Alfredo rauskommt, hebe ich die Hand zum Gruß.

Jemand in der Menge auf dem Kirchplatz denkt, dass ich ihn grüße, und grüßt zurück. Es ist mir egal, sollen sie denken, was sie wollen. Alfredo weiß es.

Ich stehe auf, werfe die halb aufgerauchte Kippe weg und gehe.

Ich gehe nach Hause, ich gehe, um was zu tun, was ich nicht tun sollte.

Vor mir die zerkratzte Tür, der schmuddelige Abtreter, den keiner je gereinigt hat, liegt umgedreht vor dem Eingang. Ich schließe auf.

Drinnen ist keiner, wer auch? Von der ganzen Familie sind drei tot, einer im Gefängnis, einer adoptiert. Von anständigen Leuten hoffentlich.

Jetzt wird die Stadt die Wohnung einer anderen Familie zuteilen, Afrikanern, Sinti oder Kalabriern, aber vorher besetzt eine andere Familie die Wohnung, tauscht das Schloss aus, es wird Streit geben, Teller und Müll werden aus dem Fenster fliegen, die Bullen werden kommen und viele schlaflose Nächte. Dann werden die Kinder Angst vor der Wohnung haben, weil dort drin einer an einer Überdosis gestorben ist, wird man erzählen, und ein Mädchen hat ihn im Bad gefunden und ist verrückt geworden. Jetzt hört man nachts ihre Schritte, Lachen und von fern Musik, in der Wohnung sind Gespenster, es spukt.

Die Sonne, das gleißende Licht, das durch das geöffnete Fenster dringt.

Es durchflutet die Zimmer, es lässt die Armaturen in der Küche und die weißen Fliesen im Bad aufblitzen.

Ich bin nicht reingegangen. Ich bin auf der Schwelle stehen geblieben, um das Spiel des Lichts auf den Wänden zu beobachten. Als sie ihn fortgeschafft hatten, haben sie alles geputzt. Ich habe mich hingekniet und den Duschvorhang gepackt. In einer Ecke war ein Blutfleck, sein Blut, das in den Adern stillstand.

Ich bin aufgestanden und habe mich im Spiegel gesehen. Und Alfredo, Alfredo stand hinter mir und hat mich angelächelt. Ich habe zurückgelächelt und ihm gesagt, dass er mir nicht mal als Geist Angst macht.

Sein Bild hat angefangen zu lachen und sich aufgelöst, wie Rauch.

In seinem Zimmer war das übliche Durcheinander, so als würde er jeden Moment wiederkommen, Kleider auf dem Boden und dem Stuhl, aufgerissene Schubladen, Kassetten von Antonello Venditti und Claudio Baglioni auf dem Bett verstreut.

Das Bett ungemacht, die Laken zerwühlt.

Ich habe mich reingelegt und mir die Decke über den Kopf gezogen. Sie roch nach mir und nach ihm.

Es ist nicht zu spät, noch nicht.

Deshalb nehme ich das Kissen, das Kissen mit unserem Geruch, dem Geruch, der uns gleichmacht, den wir vermischt haben.

Ich stecke es unter den Arm, gehe durch den Flur und mache die Tür hinter mir zu.

Hoffentlich für immer.

Am merkwürdigsten ist, wie schnell man lernt, wie man plötzlich Dinge erkennt und sie beim Namen nennt. Wenn jemand stirbt, den du liebst, packt dich was im Bauch und hält dich fest umklammert. Nicht am Herz, nein, der Herzschlag bleibt gleich, das Blut wird rein- und rausgepumpt, die Brust tut nicht weh, das berühmte Herzklopfen ist bloß eine Erfindung aus billigen Liebesromanen.

Der Schmerz, unter dem du dich krümmst, sitzt im Magen.

Er ist nicht so stark wie ein Faustschlag, aber schlimmer, denn er kommt von innen, schleicht den Hals runter und wabert durch dein Innerstes, das sich zusammenzieht.

Der Schmerz einer toten Liebe ist so schrecklich wie Ersticken, aber ich werde mich dran gewöhnen.

Ich werde mich an viele Dinge gewöhnen, und es wird genauso viele geben, auf die ich verzichten muss.

Die Geräusche und Gerüche und das Licht hier. Wenn ich gehe, werde ich eine andere Art von Dschungel ertragen müssen, rhythmischer, weniger chaotisch.

Das Klirren von Geschirr. Die lärmenden Fernseher. Die erstickende Dunkelheit mancher Ecken hier. Das Geschrei und

Gelächter, die Mofas ohne Auspuff, die über die holprigen Straßen röhren, das nervige Geklapper von Holzlatschen auf der Treppe an heißen Sommertagen. Unterdrücktes Stöhnen, zerbrechendes Glas, in der Ferne Schüsse. Motoren, die aufheulen, um gegen die Leitplanke zu krachen, wo dann jemand jede Woche Briefe, Fahnen, Tränen und frische Blumen hinbringt. Die dumpfe Stille in alten Gemeinschaftswaschräumen, wo uns nie jemand gesucht hat.

Der Geruch des Wassers, der Geruch der zum Trocknen aufgehängten Wäsche und der von morschem Holz, das sich im Regen auflöst. Der Geruch von Gras, Amphetaminen und Heroin. Schießpulver, der Geruch von Blut und der Bettlaken, in das es gesickert ist. Hauchdünne Sägespäne in den Haaren, die du nicht mehr loswirst. Der stinkende Atem dunkler Ecken. Wein jenseits des Verfallsdatums, verwahrloste Menschen.

Das bläuliche Licht auf den Terrassen, wo nie ein Sonnenstrahl hinkommt, und das künstliche, gelbliche in den Hausfluren. Sonnenuntergänge, die sich in den Scherben kaputter Flaschen auf dem Asphalt widerspiegeln und glitzern wie Brillanten. Die Scheinwerfer nachts, in deren Licht die Stoppschilder aufblitzen, der blaue Schein der Fernseher in dunklen Wohnungen.

Der Klang deiner Schritte, dein Geruch auf dem Kissen, der schwächer wird, das Licht des Tages, an dem du mich allein gelassen hast.

48

Als ich runter zu mir gehe, ist dort nur Mama.

Sie wollte nicht zur Beerdigung, Beerdigungen machen ihr zu viel aus, Abschiede hält sie nicht aus.

Wenn dein Sohn stirbt, ist es noch schlimmer.

Mein Vater und Francesco sind gegangen, sie haben alle Kraft zusammengenommen und sind in die Kirche gekommen, obwohl sie mit roten Augen und Dreitagebart kaum präsentabel waren. Sie haben den Sarg mit auf ihren Schultern getragen.

Schon am Eingang höre ich meine Mutter im Bad und gehe zu ihr.

Sie kniet über dem Klo, die Arme um die Schüssel gelegt, und kotzt sich die Seele aus dem Leib.

Was sie da hervorwürgt, weiß ich nicht, sie isst seit Tagen nichts.

Aus der Küche kommt der Geruch von Kaffee, der auf dem Herd anbrennt. Es riecht schrecklich, völlig unerträglich.

Meine Mutter richtet sich auf, in ihren Augen stehen Tränen.

»Alfredo«, sagt sie, »unser Alfredo ist weg.«

Und plötzlich ist es das Selbstverständlichste von der Welt.

Ich möchte sie umarmen, möchte ihr sagen, dass sie aufhören soll zu weinen, aber ich schaffe es nicht. Ich weiche ihr aus, laufe zum Klo, beuge mich darüber und übergebe mich auch. Ich bedecke ihr Erbrochenes mit meinem, Schmerz auf Schmerz, ich weiß nicht, ob das so funktioniert, ob man den Schmerz so auslöschen kann.

Ich stehe auf, wische mir mit dem Handrücken über den Mund und spucke ein paar Mal aus. Ich konnte sie nicht kotzen sehen, konnte den verbrannten Kaffee nicht riechen. Seit einiger Zeit bin ich empfindlich, bestimmte Gerüche drehen mir den Magen um.

Ich schaue meine Mutter an. Sie schaut mich an. Ihre Augen durchdringen mich, sie lesen in mir, ihr Blick geht vom Mund runter zum Herz, der Lunge, der Leber. In den Bauch.

Ihr Blick lotet mich aus.

»Seit wann, Bea?«

Meine Mutter ist noch jung, siebenunddreißig. Sie ist schön und ähnelt mir. Sie ähnelt auch Alfredo. Hier ähneln wir uns alle.

Ich antworte nicht. Sie liest in mir wie in einem Buch.

»Seit wann bist du schwanger?«

Da kommt die Welle. Ich habe sie erwartet. Ich krümme mich auf dem Boden zusammen und weine.

»Im zweiten Monat«, sage ich.

Ich weiß nicht, woher ich den Mut nehmen werde, meinem Kind zu sagen, dass sein Vater gestorben ist, ohne von seiner Existenz gewusst zu haben.

49

In den folgenden Tagen versuche ich zu überleben.

Meine Mutter pflegt mich, als wäre ich krank. Sie will, dass ich im Bett bleibe, und kocht für mich. Seit Tagen esse ich nichts, sie sagt, dass mir das nicht gut tut.

Sie sagt, dass *ihm* das nicht gut tut.

Um sie zu beruhigen, würge ich alles runter, was sie mir bringt. Pasta mit Sauce, Fleisch, Obst, manchmal ein Eis. Ich will nichts essen, aber ich zwinge mich, weil meine Mutter sich entspannt, wenn sie kocht. Sie fühlt sich nützlich, und ich will nicht, dass es ihr schlecht geht.

Es reicht, dass es mir schlecht geht.

Die Tage, die vergehen, kommen mir sehr lang vor, als wollten sie nie enden, und ich kriege keine Luft mehr. Manchmal bilde ich mir ein, auch gestorben zu sein, und nur dann fühle ich mich besser.

Arianna ist immer in meiner Nähe, sie streichelt und küsst mich, sie quatscht mich mit lauter Zeug zu, das ich vergessen habe, Dinge, die wir als Kinder gemacht haben. Oft muss ich lachen, und dann steigt in mir eine Zärtlichkeit auf, die mir den Hals zuschnürt. Ich sage ihr, dass ich froh bin, dass sie meine Freundin ist, ich bitte sie, mir noch was zu erzählen, und das lässt sie sich nicht zweimal sagen.

So durchleben wir all die Jahre noch mal, aber der Name

von Alfredo, der ja auch dabei war, kommt nie über ihre Lippen.

Ich frage sie nicht danach, nach dem Warum. Ich weiß, dass ihr das wehtut. Arianna wird eine von denen sein, die nie zum Grab gehen. Sie wird sagen, dass sie sich lieber vorstellt, er wäre verreist.

Sie wird sagen, dass es manchmal besser ist, sich eine Lüge auszudenken und dran zu glauben, um weiterleben zu können.

Ich sehe das nicht so wie sie. Ich kann nicht mit Lügen weiterleben, jedenfalls nicht jetzt.

Mein Vater wird meine Mutter jeden Tag auf den Friedhof begleiten. Sie wird beten und Stofftiere und Blumen hinbringen. Ich werde diese Liebe zu einem Grab dumm finden, aber die Einbildung, sie könnte Alfredo so zeigen, wie sehr sie ihn liebt, wird ihr helfen, sich weniger allein zu fühlen.

Langsam geht es mir besser. Jetzt kann ich mich wieder aufrecht halten, meine Beine geben nicht mehr nach. Und ich denke manchmal an das, was kommt, und frage mich, wem mein Kind ähneln wird.

Ob es meins oder seins sein wird.

Nachts wache ich manchmal auf und strecke die Hand nach ihm aus, aber da ist nur mein Bruder. Francesco weiß, was ich in diesen Momenten denke, deshalb umarmt er mich, bis ich wieder einschlafe.

Jetzt kommt es uns so vor, als würde das immer so bleiben, aber wir wissen nur zu gut, dass es vorbeigeht.

Eines Nachmittags, während ich auf dem Bett sitze und rauche, kommt mein Vater ins Zimmer. Er hat einen merkwürdigen Blick, es sieht so aus, als schämte er sich.

»Bea«, sagt er zu mir, »wir brauchen ein Foto für den Grabstein.«

Er flüstert, sodass ich ihn kaum verstehe.

Ich drücke die Zigarette aus, stehe auf und gehe zum Schrank. Ganz unten, unter ausrangierten Kleidern, liegt ein Umschlag mit Fotos.

Ich leere ihn auf der Bettdecke aus und lege die Bilder nebeneinander.

Erinnerungen aus den Siebzigern, Fotos von uns Kindern. Francesco und Alfredo sehr klein, schmollend vor einem Ball. Ein Bild von uns dreien in der Badewanne, man sieht auch die Hände meiner Mutter, die von der Aufnahme abgeschnitten sind. Meine gesamte Familie, mit Massimiliano und Andrea.

Alfredo, wie er auf einer Bank sitzt, seine Füße reichen nicht bis auf den Boden, er guckt in die Kamera und lächelt.

Das ist schön. Ich gebe es meinem Vater, der mich mitleidig anschaut. Er denkt wohl, ich habe den Verstand verloren.

»Schatz, das können wir nich' nehmen.«

»Warum nicht?«

»Weil wir ein neueres Foto brauchen. Auf dem da ist er nich' mal acht.«

»Aber es ist eins von ihm. Ist doch egal, von wann.«

»Geht nich'.«

Ich zucke die Schultern. Ist mir egal. Versteckt unter den anderen sind die Schnappschüsse von meinem achtzehnten Geburtstag. Arianna, Francesco. Meine Freunde, die feiern.

Alfredo, der mich vor der Torte umarmt und mich anschaut.

»Ist das besser?«

Mein Vater nimmt das Foto in die Hand, es sieht aus, als hätte er Angst, es zu zerreißen.

»Haben wir davon ein Negativ?«

»Wozu?«

»Dann mache ich ’nen Abzug davon.«

»Haben wir vor Jahren verloren, Papa.«

»Ich muss es zerschneiden, Bea.«

»Aber warum denn? Nimm’s doch so.«

Sein Blick ist voller Schrecken über das, was er mir gleich sagen muss. Er will, dass ich glücklich bin, will sehen, dass es mir besser geht, aber dazu ist es zu früh.

Er umarmt mich. Ich spüre seine raue Wange an meiner. Mein Vater hat mich noch nie umarmt.

»Ich kann’s so nich’ nehmen, nich’ mit allen beiden. Du bist nich’ tot.«

Ich schweige.

Ich will ihm nicht widersprechen.

Schließlich entscheide ich, dass er es zerschneiden darf. Ein Foto macht keinen großen Unterschied. Ich folge ihm in den Flur, und er nimmt eine Schere aus der Schublade. Ich schaue zu, wie sich die Schneide auf das Papier legt. Ich wende den Blick ab. Mitanzuschauen, wie er uns plötzlich trennt, tut mir weh.

Ich schließe die Augen und höre nur das Geräusch der Schere auf Papier.

Ein Stück des Fotos landet vor meinen Füßen, und ich hoffe, dass die Rückseite oben ist, aber das Glück ist nicht auf meiner Seite, der Zufall nimmt mich auf den Arm. Dort auf dem Boden ist mein Gesicht, mein Gesicht, das mich nicht anschaut.

Jetzt gibt es nur noch mich.

50

Nach und nach wird mir La Fortezza zu eng werden. Ich werde das Bedürfnis haben wegzugehen und werde das auch tun.

Ich werde einen Koffer mit nutzlosen Sachen vollpacken, ein Zugticket kaufen und nach Bologna fahren.

Ich werde bei Marta bleiben, sie hat eine kleine Wohnung in der Innenstadt gemietet, sie weiß, dass es mir dort gefallen wird.

Ich werde bei ihr wohnen können, sie wird sich freuen, auch wenn wir uns seit fast vier Jahren nicht gesehen haben.

Sie wird sagen, dass es ihr vorkommt wie ein Tag.

Sie und ich werden zusammen sein, wir werden immer zusammen sein. Sie wird mich nie nach Alfredo fragen, und dafür werde ich ihr dankbar sein. Marta wird immer für mich da sein. Sie wird immer da sein, wenn ich jemanden brauche, der mich aufrichtet, jedes Mal, wenn ich es allein nicht schaffe.

Sie wird meinen Bauch anschauen, der wächst. Es wird sie rühren, zu spüren, dass sich in mir etwas bewegt, das nachts tritt und mich manchmal weckt.

Sie wird davon überzeugt sein, dass es ein Mädchen ist, auch wenn man das noch nicht weiß, auch wenn ich es nicht wissen will. Ich werde bis zum Schluss hoffen, dass sie recht hat.

Marta wird diejenige sein, die mich in einer Januarnacht 1988 ins Krankenhaus bringt, sie wird die Stunden damit verbringen, den Korridor auf und ab zu laufen, zu rauchen und Kaffee zu trinken, auf das Kind zu warten, das meins ist, das aber nun auch ein wenig ihres sein wird.

Es wird ein Junge sein, ich werde ihn Mattia nennen.

Ich werde am Tag danach meine Mutter anrufen und ihr sagen, dass ich einen Sohn habe.

Sie wird mich besuchen wollen, sie wird mich bitten, zurück nach Hause zu kommen, aber das schaffe ich noch nicht.

Ich werde Jahre warten müssen.

Ich werde mich in Bologna einleben. Ich werde mit meinem Sohn und mit Marta leben, und an dem Tag, an dem er sie Tante nennt, wird sie heulen müssen, und ich werde sie damit aufziehen.

Plötzlich wird es mir so vorkommen, als wäre ich glücklich, vor allem, wenn ich ihn wachsen sehe, und ich werde merken, dass er nichts von mir hat, gar nichts. Vielleicht ein wenig die Lippen, aber ich bin nicht sicher, es ist schwer zu sagen, wenn sie so klein sind. Dafür hat er so gut wie alles von Alfredo, er sieht genauso aus wie sein Vater.

Ich werde lächeln bei dem Gedanken, und ich werde denken, dass die Zeit alle Wunden heilt, auch die tiefsten.

Nach fünf Jahren kehre ich zum ersten Mal zurück nach La Fortezza, und es wird alles so sein wie immer.

Meine Familie – mein Vater wird auf dem Sessel liegen und Fußball gucken. Arianna und Francesco werden immer noch zusammen sein, sie haben sich nicht getrennt. Alle meine Freunde werden mich begrüßen, Alfredos Wohnung wird immer noch leerstehen.

Zum Glück, ich kann mir niemand anderen in der Wohnung vorstellen.

Und Mama.

Meine Mutter, die immer noch dieselbe sein wird, nur mit ein paar weißen Haaren.

Wenn sie Mattia sehen wird, wird sie weinen, sie wird das sagen, was ich schon weiß.

»Mein Gott, er sieht genauso aus wie Alfredo in dem Alter.«

Ein paar Tage später werde ich die Kraft finden, auf den Friedhof zu gehen, wo ich nie gewesen bin, und ich werde das Foto auf dem Grabstein anschauen, das Foto, auf dem er nicht in die Kamera schaut, das Foto, das an meinem achtzehnten Geburtstag gemacht wurde.

Nichts wird mir so fern vorkommen wie dieser Augenblick, der damals vom Blitz eingefangen wurde, und dann werde ich Mattia auf den Arm nehmen, der Sohn, der ihm ähnlich sieht und von dem er nichts wusste, und der Gedanke, wie die Dinge hätten sein können, wenn Alfredo noch am Leben wäre, was wir gemacht hätten mit diesem Kind, das zufällig gekommen ist, schnürt mir die Kehle zu.

»Mama, weinst du?«

Ich schaue Mattia an, der zu klein ist, um die außerordentliche Ähnlichkeit zu bemerken, die ihn an das Foto vor seinen Augen bindet. Ich lächle.

»Nein, mein Schatz, ich weine nicht.«

Eines Tages werde ich ihm erklären, warum der Junge auf dem Foto nicht in die Kamera schaut.

Eines Tages werde ich ihm von Alfredo erzählen.

Eines Tages, aber nicht jetzt.

Ich habe Zeit.